Editora Charme

EU NUNCA PODERIA...

AUTORA BEST-SELLER DO *NEW YORK TIMES*

PENELOPE WARD

Este livro é um trabalho de ficção.
Todos os nomes, personagens, locais e incidentes são produtos da imaginação da autora.
Qualquer semelhança com pessoas reais, coisas, vivas ou mortas, locais ou eventos é mera coincidência.

1ª Impressão 2024

Produção Editorial - Editora Charme
Fotógrafo - Anders Kavin
Design da capa - Letitia Hasser, RBA Designs
Adaptação de Capa e Produção Gráfica - Verônica Góes
Tradução - Alline Salles
Preparação e Revisão - Equipe Editora Charme
Imagens internas - AdobeStock

Esta obra foi negociada por Brower Literary & Management, Inc.

CIP-BRASIL. CATALOGAÇÃO NA PUBLICAÇÃO
SINDICATO NACIONAL DOS EDITORES DE LIVROS, RJ

W232e

Ward, Penelope
Eu nunca poderia... / Penelope Ward ; tradução Alline Salles. - 1. ed. - Campinas [SP] : Charme, 2024.
360 p. ; 22 cm.

Tradução de: I could never
ISBN 978-65-5933-178-9

1. Romance americano. I. Salles, Alline. II. Título.

CDD: 813
24-93420 CDU: 82-31(73)

Meri Gleice Rodrigues de Souza - Bibliotecária - CRB-7/6439

Editora Charme

www.editoracharme.com.br

Editora Charme

Tradução - Alline Salles

EU NUNCA PODERIA...

AUTORA BEST-SELLER DO *NEW YORK TIMES*

PENELOPE WARD

Para minha filha e meu afilhado — os Scottie da vida real.

UM

Carly

— Então você não sabe exatamente no que está se metendo? — minha amiga Christina perguntou.

Um cervo perambulava pelas árvores ao longe. *Você, definitivamente, não está mais em L.A., Carly*. Percebi, pela primeira vez, que poderia haver ursos ali. New Hampshire era *rural.* Estremeci.

— Só encontrei Scottie algumas vezes — eu disse, trocando o celular de orelha. — Ele parecia bem fofo. Mas tenho certeza de que será um desafio cuidar dele. Não vou saber o que fazer. Nunca cuidei de ninguém na minha vida, que dirá de um homem adulto.

Meu noivo, Brad, cuidaria de seu irmão mais novo se pudesse. Mas, já que ele não estava mais ali, senti que era minha responsabilidade. Scottie tinha vinte e três anos e tinha um nível mais comprometido de autismo. Ele era não verbal e, de muitas formas, como uma criança. O pai de Brad, Wayne, tinha sido o único cuidador até ele falecer depois de um infarto no mês anterior. E meu amado Brad havia morrido dois anos antes em um acidente de carro. Nas últimas semanas, Scottie estivera sob o cuidado temporário da irmã de Wayne, Lorraine, que deixara claro que não queria cuidar dele a longo prazo.

Christina suspirou.

— Tem certeza disso? É uma responsabilidade enorme.

— É o que Brad teria desejado. Ele nunca aprovaria que sua tia louca Lorraine cuidasse de Scottie. O pai dele era o guardião de Scottie. Como Lorraine é a parente mais próxima de Wayne, todo mundo presumiu que ela assumiria a responsabilidade. No entanto, ela não é a pessoa certa, e não está interessada. Provavelmente, Wayne não estava muito preocupado... ele nem tinha sessenta anos ainda. Então não havia plano B além de Lorraine. A primeira coisa que ela fez quando liguei para ver como estavam as coisas foi perguntar se eu poderia ir ajudar. Ela está planejando voltar a dormir na própria casa a partir desta noite, o que significa que ficarei sozinha com Scottie. — Olhei para a casa. — Enfim, tenho que ir. Estou estacionada em frente à casa há dois minutos já e preciso entrar.

— Ok, bem, se precisar de algo, me avise. Posso encomendar coisas e mandar entregar para você.

— Obrigada. Agradeço mesmo, Christina. Mas não fui para Marte, só New Hampshire. — Dei risada. — É apenas temporário, certo? Até eu conseguir colocá-lo em um lar de acolhimento. — Olhando para o bosque ao lado, murmurei: — Falo com você depois.

— Boa sorte, Carly.

Pela pesquisa limitada que eu tinha feito até agora, sabia que a lista de espera para entrar em um lar de adultos neuroatípicos poderia ser longa, então *temporário*, na verdade, poderia significar anos, até onde eu sabia; embora, certamente, eu torcesse para ser mais rápido do que isso.

Saindo do meu carro, andei até a entrada da casinha. Respirei fundo ao me preparar para bater. A cabana de madeira era simples, para dizer o mínimo. Brad havia crescido ali em Woodsboro, New Hampshire, uma cidade rural de New England. Eu viera com ele algumas vezes para visitar seu pai e irmão, no entanto, nunca imaginara que *eu* moraria ali.

Após eu bater à porta, Lorraine a abriu quase que imediatamente e soltou uma respiração desesperada.

— Ah, graças a Deus! — Ela foi para o lado para eu entrar. — Será que você tem internet móvel?

Sem olá? Sem como você está?

— É um prazer ver você também, Lorraine. — Coloquei a mala em um canto e soltei a bolsa, o que fez um barulho alto quando caiu no chão.

Scottie estava andando de um lado a outro e chacoalhando seu tablet, apontando para a tela.

Lorraine continuou reclamando.

— Ele está subindo pelas paredes porque estamos sem internet.

Ai, isso não é bom. Eu sabia que Scottie dependia totalmente de seus aparelhos.

— O que aconteceu com a internet?

— Acham que foi uma das linhas externas. Não sabem quanto vai demorar para consertar.

Scottie continuou andando para lá e para cá de maneira nervosa. Com seu cabelo loiro e os traços delicados, ele me lembrava muito do meu Brad — a semelhança tirou meu fôlego. Era como ver Brad de novo, mas na forma de uma criança adulta. Brad era sete anos mais velho do que Scottie. A mãe deles havia falecido de câncer quando Brad tinha dezoito anos e Scottie, onze. Então fazia muito tempo que a vida não era fácil para essa família. E o autismo mais comprometido de Scottie significava que, apesar de ele conseguir se comunicar com a ajuda dos aparelhos, não conseguia conversar ou expressar seus sentimentos verbalmente. Na maior parte do tempo, ele estava em seu próprio mundo e precisava de cuidado individualizado.

Ergui a mão de maneira nervosa para tentar chamar a atenção dele.

— Oi, Scottie.

Ele praticamente enfiou um iPad na minha cara e apontou para ele como se dissesse, *Não me importo com quem você é, só faça esta maldita coisa funcionar.*

— Eu tenho internet, sim — eu disse. — Vou fazer funcionar para você.

Pegando meu celular, me atrapalhei para ligar a internet. No instante em que o fiz, a tela de Scottie voltou à vida, e ele entrou no site que estivera morrendo de vontade de acessar. Rapidamente, ele se acomodou em um lugar no sofá.

Me virei para Lorraine.

— Não precisa de muito para agradá-lo, hein?

Em vez de responder, ela pegou o casaco.

— Tem alguma pergunta antes de eu ir, querida?

Ela já está indo? Pisquei.

— Bom, você não me deu nenhuma instrução. Pensei que nos sentaríamos para que você pudesse me dizer do que ele precisa, o que gosta de comer... essas coisas.

— Marquei um compromisso no cabeleireiro pensando que você chegaria há meia hora, então estou com pressa agora — ela disse. — Já estou atrasada, e não quero perder minha hora. Mas não há muita coisa para falar em termos do que dar para ele comer. Wayne costumava fazer um tipo de frango. Era a receita da nossa mãe. É a única coisa que Scottie come, mas precisa ser feito *bem* especificamente. Escrevi as instruções para você no balcão, e deixei potes suficientes de comida para esta noite na geladeira. Fiz essa comida há uns dois dias. Mas você terá que fazer mais para amanhã.

Engoli em seco. Para começar, eu não era das melhores cozinheiras, que dirá fazer frango do zero para um cliente exigente. *Senhor, me ajude.* Seria um desastre. Eu estivera contando com a ideia de poder pedir comida, pelo menos para os primeiros dias até eu me organizar. *Acho que isso não aconteceria.*

— Ele não come mais *nada*?

— Só come esse frango no jantar. E a sobremesa dele também precisa estar alinhada. — Ela ergueu uma foto. — Imprimi isto para você poder ver como é feita e escrevi a receita neste papel.

Ela me entregou a foto de um guardanapo com bolachas e outros doces alinhados em um padrão linear.

— O que acontece se as coisas não estiverem alinhadas corretamente?

— Ele fica bravo, joga tudo no chão.

— Certo. — Engoli em seco. — Bom... se o frango é o jantar dele, o que ele come durante o dia?

— Ou mais do mesmo frango ou só bolachas de água e sal e pretzels. A refeição principal dele é o jantar.

— Não parece muito saudável. — Franzi o cenho. — Sem vegetais?

— Você pode tentar, mas eu nunca tive sorte. Ele cospe tudo.

Suspirei, me virando para onde Scottie estava sentado no sofá, balançando para a frente e para trás conforme ouvia algo no YouTube. Pelo menos ele estava satisfeito por enquanto.

— Enfim, como falei, estou atrasada para meu compromisso. É a primeira vez que tenho uma oportunidade de ir desde que estou ficando com Scottie. Tenho certeza de que reparou nas minhas raízes. Tudo bem?

Essa mulher não poderia fugir mais rápido dali.

— Acho que sim, mas posso ligar se tiver mais pergunta?

— Claro, querida. Não hesite. Sempre estarei por perto. Moro a apenas alguns quilômetros no fim da estrada.

Respirei fundo.

— Certo.

Antes de eu poder dizer mais alguma coisa, Lorraine foi embora. Parecia que tinha sido colocada uma pedra em meu peito.

Me sentindo perdida, fiquei parada no meio da casa e olhei em volta conforme sons confusos saíam dos eletrônicos de Scottie. Devia ter três coisas diferentes tocando, assim como muitos aparelhos.

A decoração ali dentro era escura, desde os papéis de parede até a mobília de couro marrom, enrugada. Havia apenas dois quartos na casa térrea de estilo cabana de madeira. Olhei dentro de um deles e, imediatamente, identifiquei-o como de Scottie. Havia fotos de cronogramas penduradas e um monte de adesivos de personagens de desenho que eu não reconhecia espalhados pelas paredes, junto com uma foto emoldurada de Elton John. *Estranho*.

Eu sorri para uma foto em cima da cômoda de Scottie com o irmão, Brad. *Meu Brad*. Olhando para o teto, falei com meu noivo falecido.

— Sei que você faria a mesma coisa por mim. Eu amo você, e juro mantê-lo em segurança até conseguir encontrar um bom lar para ele.

Como se alguém lá em cima quisesse me desafiar nisso, olhei pela porta para a sala de estar e vi Scottie parado em cima da mesa de canto ao lado do sofá. A mesa era frágil, e eu duvidava que ela pudesse suportar o peso dele por muito tempo.

Corri para a sala.

— Eita! É melhor você descer daí, amigão!

Ele me ignorou. Como ele não falava, eu não poderia perguntar por que decidira fazer isso.

Aproximadamente um minuto depois, ele, enfim, pulou para o chão, o que fez a casa inteira tremer. Felizmente, ele parecia ileso. Se tivesse quebrado o tornozelo ou algo assim, teria sido uma merda completa. Enxuguei o suor da minha testa.

Assim que Scottie se acomodou em seu lugar no sofá de novo, fui para a cozinha e abri a geladeira. Não havia muita coisa lá dentro: o pote que continha o frango e algumas jarras de suco de cranberry. Tive que presumir que aquela era sua bebida preferida.

Eu ainda tinha tantas perguntas. Será que eu o levava comigo ao mercado ou era mais fácil mandar entregar as compras? A que horas ele ia dormir? Ele precisa de algo para conseguir dormir à noite? Lorraine receberia um monte de perguntas minhas depois, independente se ela gostasse ou não.

De alguma forma, consegui sobreviver ao resto daquela tarde. Fiquei, principalmente, sentada ao lado de Scottie enquanto ele assistia a vídeos ou jogava em um app que tinha um gato falante que falava de volta com você. Como Scottie praticamente só emitia sons sem sentido e resmungava para a tela, o gato fazia igual. Tentei interagir, porém Scottie franzia o cenho quando eu me juntava... ele não parecia gostar dos meus esforços. Tenho quase certeza de que, se conseguisse se expressar verbalmente, perguntaria por que essa idiota tinha, de repente, invadido o espaço dele.

Quando, finalmente, chegou a hora de sentar para jantar, tentei algumas coisas diferentes para encorajá-lo a sair do sofá. Nada deu certo até eu segurar um dos itens da sobremesa: uma bolacha Oreo. Ele pareceu entender a ideia e se levantou para se sentar à mesa da cozinha.

Imediatamente, Scottie pegou um dos pedaços de frango e deu uma mordida. A sobremesa estava alinhada exatamente como Lorraine havia me instruído em seu recado.

Estenda um guardanapo quadrado. Na parte de baixo, duas vitaminas gelatinosas. Acima delas, adicione um palitinho de queijo cheddar. Acima disso, coloque quatro balas Junior Mints. Então, bem no topo do guardanapo, coloque dois Oreos. Os preferidos dele são as duplamente recheados.

Felizmente, ela também havia deixado uma lista de compras de itens obrigatórios.

Enquanto Scottie continuava a mastigar o frango, a campainha tocou.

A esperança floresceu dentro de mim com a ideia de Lorraine voltar. Mas por que ela tocaria a campainha? Contudo, quando abri, meu coração parou de bater e meu corpo se encheu de pavor. De repente, esse dia difícil tinha ficado muito pior.

O que ele está fazendo aqui?

DOIS

Carly

Josh Mathers era mais alto do que eu, cheirando a couro, pimenta e um toque de cigarros misturados com o ar gelado do outono do lado de fora.

— O que está havendo? — Pisquei. — Por que está aqui?

Ele entrou na sala passando por mim, puxando uma mala preta de rodinha.

— Vim para aliviar para você.

— Como assim?

— Vou ficar com Scottie — ele falou, sem fazer contato visual. — Eu já estava planejando fazer isso. Mas, aí, soube que você estava aqui e apressou as coisas. — O otário, enfim, olhou para mim com seus olhos cor de avelã penetrantes. — Pode voltar para a Ilha da Fantasia.

Só tinha encontrado o melhor amigo de Brad algumas vezes. E meio que o desprezava, embora não o conhecesse muito bem. Mas tinha um bom motivo para meu desdém. Josh era um galinha e fora má influência para Brad na adolescência. Ele era o "rebelde" e estava sempre colocando os dois em encrenca. Também nunca gostava quando Brad ia sem mim visitar Josh em Chicago. Não que eu não confiasse em Brad. Só nunca sabia o que o amigo dele poderia aprontar enquanto os dois estivessem embriagados. Josh Mathers era sinônimo de problemas. Pensar em confiar a ele cuidados de Scottie, portanto, parecia absurdo.

— Aliviar para mim? Acabei de chegar — eu disse. — Mas, mesmo assim, acho que é melhor para ele se eu ficar.

— Tenho certeza de que eles ensinaram bastante na escola de beleza sobre como cuidar de homens adultos.

Colocando as mãos na cintura, bufei.

— Estou surpresa por sequer se lembrar com o que trabalho. Você nunca se esforçou para me conhecer quando Brad estava vivo.

— Sério, Carly? — ele retrucou. — Acha que vai conseguir lidar com ele?

— Por enquanto, foi tudo bem. — Dei de ombros.

— Você está aqui há um total de quê? Umas duas horas? Está tudo bem até ele ter uma crise e você não conseguir controlá-lo. — Ele me olhou mais uma vez. — Ele tem o triplo do seu tamanho.

Cruzando os braços, ergui a cabeça para parecer mais alta.

— Lorraine não falou que ela teve problemas em lidar com ele, e ela não é maior do que eu.

— Ela não teria admitido nada para você, porque a desencorajaria a vir. Ela é guardiã dele no papel, mas está procurando uma saída dessa responsabilidade desde que Wayne morreu. Ela contou para você que precisou solicitar a ajuda do vizinho para levantar Scottie do chão na semana passada?

Balancei a cabeça.

Ele assentiu.

— Abe é amigo do meu pai e contou a ele que ajudou. Lorraine deve ter se esquecido de mencionar isso para você.

— Ela pediu que *você* viesse aqui?

— Não. Como falei, estava planejando voltar para cá para cuidar das coisas desde o funeral de Wayne. Só precisava resolver umas coisas primeiro.

— Bom, não precisa ficar. Você obviamente tem um emprego e uma vida em Chicago.

Ele estreitou os olhos.

— E você não tem uma vida?

— Resolvi pausá-la. Minha carreira é um pouco mais flexível. Trabalho como freelancer e só pego trabalhos quando quero.

Como maquiadora contratada, frequentemente trabalhava em emissoras de TV e filmes na Califórnia. Foi em uma filmagem dessa que conheci Brad, que fora autor de um seriado de comédia popular na época.

— Bom, trabalho principalmente de forma remota, de qualquer forma — Josh disse. — Então não é um problema, para mim, estar aqui. — Ele me olhou desafiadoramente. — É o que Brad teria desejado.

Colocando meus ombros para trás, eu o desafiei.

— Como sabe o que Brad teria desejado? Conversou sobre esta situação com ele? Porque, até onde sei, ninguém esperava que Wayne morresse aos sessenta anos.

— Nunca falamos sobre isso especificamente, mas, quero dizer, é isso. Você só conheceu Brad por, o quê...? Dois anos? E talvez encontrou Scottie algumas vezes? Scottie cresceu comigo. Sou praticamente irmão dele.

— Isto não é uma competição, mas, já que parece que você está transformando em uma, não acha que, se Brad iria se casar comigo, ele *também* teria confiado a mim seu irmão?

Josh me olhou desafiadoramente.

— Na verdade, não. Provavelmente, ele sabia que poderia depender de *mim* e não precisava especificar nada se acontecesse alguma coisa. Ele sabia que eu interviria.

Ergui as mãos no ar.

— Bom, acabei de revirar toda a minha vida para vir para cá. Dirigi o país inteiro até aqui. Não vou a lugar nenhum.

Josh olhou para a ponta dos meus dedos.

— Como, exatamente, planeja limpar a bunda de Scottie com essas garras, aliás?

Olhei para minhas unhas stiletto na cor lavanda. Com toda sinceridade, nunca tinha pensado em ter que ajudar Scottie no banheiro. Imagino que deveria ter pensado nisso. Mas ainda aprenderia tudo que essa responsabilidade envolvia. Lorraine tinha se esquecido de mencionar que Scottie não conseguir cuidar totalmente de si mesmo nessa parte.

Apesar de estar surtando internamente, continuei com a cabeça erguida.

— Vou pensar em algo. — *Finja até quando puder.*

— Provavelmente, você não estava pensando nisso quando pediu para que colassem essas pedrinhas brilhantes nas suas unhas — ele repreendeu. Antes que eu pudesse responder, Josh olhou em volta. — Onde *está* Scottie, afinal?

Apontei para trás de mim.

— Ele está comendo à mesa da cozinha.

Ele olhou por cima do meu ombro e ergueu uma sobrancelha.

— Tem certeza disso?

Me virei e vi que Scottie não estava em seu lugar. *Claro!* Era para eu ficar de olho nele, não era? Não havia contado com a distração desagradável de Josh Mathers, o idiota extraordinário.

Corri até a mesa.

Metade do frango de Scottie estava intacto, e toda a sobremesa se fora. Mas a pior parte era que ele tinha tentado se servir de suco de cranberry — porque, aparentemente, eu havia me esquecido de servir. Agora havia suco por todo o chão, e a porta da geladeira estava totalmente aberta. Primeira lição importante aprendida: não se pode tirar os olhos de Scottie nem por alguns minutos.

— Merda — murmurei.

— Sabe de uma coisa? Tem razão. — Josh sorriu presunçosamente. — Parece que você tem *tudo* sob controle.

Revirei os olhos. Esse homem estava ali por poucos minutos, e já tinha conseguido me estressar tanto que estava ficando nervosa.

Havia um som de resmungo vindo do quarto de Wayne, que era ao lado da cozinha. Josh me seguiu lá para dentro, e encontramos Scottie deitado calmamente na cama, assistindo a alguma coisa no iPad dele como se não tivesse acabado de destruir a cozinha.

— Vamos, Scottie — eu disse, me esticando. — Você precisa lavar as mãos. Tenho certeza de que estão engorduradas.

Ele nem se mexeu.

Josh passou por mim e subiu na cama.

— Vamos, cara — ele falou firmemente. — Hora de lavar as mãos.

Quando Scottie deu uma olhada para Josh, começou a rir e balançar no colchão. Ele estava sorrindo, na verdade. Não consegui deixar de sorrir, mesmo que significasse que Josh, claramente, tinha uma vantagem sobre mim: Scottie o escutou de imediato.

O rosto de Josh se iluminou.

— Sentiu minha falta, hein?

Scottie envolveu seu braço no pescoço de Josh, dando um mata-leão nele, antes de cheirar o cabelo brilhante dele.

— Ok, amigão — Josh disse. — Você me cheirou bastante. Agora chega.

— Ele sempre cheira você assim?

— Ele gosta do meu cabelo. Sempre gostou.

Precisava admitir que era um cabelo lindo — para um babaca. Brilhante, grosso e castanho. Estava um pouco mais comprido do que me lembrava da última vez em que vira Josh — no enterro de Brad.

De repente, Scottie pegou Josh pelas bolas.

Meu queixo caiu. *Que bom. Eu poderia te beijar agora por isso, Scottie.*

— Não. Preciso delas. — Josh tossiu. — Solte-as.

Cobrindo a boca, dei risada na minha mão. Definitivamente, esse foi o ponto alto de um longo dia.

Apesar de Scottie soltar, em certo momento, o saco de Josh, ele envolveu de novo o pescoço dele com o braço e continuou a lutar com ele até Josh ficar preso. Josh era um cara grande, mas Scottie era ainda maior.

Depois que Josh, enfim, conseguiu se soltar, ele se levantou da cama, com o cabelo todo bagunçado.

— Muita coisa para um cara grande e forte que consegue lidar com ele, hein? — Gargalhei.

Josh me lançou um olhar mortal.

Carly: Um.

Josh: Zero.

TRÊS

Carly

Como o aquecedor não estava ligado no momento, a casa estava ficando mais gelada do que o clima entre mim e meu aparente novo colega de casa. Então, Josh saiu para ir ao mercado comprar lenha para a lareira.

Enquanto ele estava cuidando disso, eu lutava para dar um banho em Scottie, o que me deixou parecendo que havia ganhado uma competição de camiseta molhada. Parecia que Scottie pensava que a banheira era um escorregador. Ele ficava deslizando o corpo para frente e para trás na banheira e, toda vez que o fazia, um dilúvio de água me atingia e inundava o chão. Sem contar como ele ficou rígido quando eu estava lavando suas partes íntimas.

Também demorou um pouco para fazer Scottie se acalmar para dormir. Agora fazia sentido por que ele tinha um colchão no chão em vez de em uma cama com estrado. Ele teria quebrado a cama, considerando todos os pulos que gostava de dar.

Saí do quarto de Scottie depois de colocá-lo para dormir e me joguei no sofá, já exausta e me sentindo sobrecarregada. Não apenas minha primeira noite foi um fracasso épico, como parecia que Josh estaria ali para testemunhar esse desastre seguindo em frente. *Ele vai ficar mesmo?*

Embora pudesse ser útil ter um segundo par de mãos, a ideia de ele ficar me deixava incomodada. Mas talvez ele não estivesse planejando dormir ali. Resolvi encurralá-lo para esclarecer seus planos. Vi que ele tinha conseguido acender a lareira, mas não o encontrei em nenhum lugar. Será que ele havia saído de novo? *Será que eu teria tanta sorte?*

No entanto, um minuto depois, Josh entrou na casa, cheirando a cigarro.

Me levantei e fui direto ao ponto.

— Então... — Esfreguei as mãos. — Qual é o plano? Só há um quarto além do de Scottie. Então...

— É. — Ele assentiu. — Vou ficar com o sofá... até você decidir voltar para casa. O que eu ainda acho que seria sábio, já que você está fora do seu habitat.

— Falei para você que não vou a lugar nenhum.

— Vamos, Carly. Você é praticamente uma estranha para ele. Não pertence a este lugar.

— Uma estranha é melhor de que uma má influência — bradei.

— Acha que sou má influência para Scottie? Que... eu vou trazer mulheres para cá e o deixar bêbado? Tire os olhos do seu umbigo, srta. Certinha. Eu não faria nada que o colocasse em perigo. — Ele olhou para minha camiseta. — Você tomou banho *com* ele ou algo assim? Por que está toda molhada?

— Se você soubesse tanto dele quanto diz que sabe, saberia a resposta disso. Ele acha que a banheira é o escorregador dele. — Cheirei o ar. — Você fede a cigarros. Espero que não pense que vai poder fumar perto dele.

Josh semicerrou os olhos.

— Você *sabe* que Wayne fumava, certo?

— Bom, não me importo. Ninguém deveria respirar essa coisa.

— Estou tentando parar — ele murmurou. — Estava indo bem até voltar para cá. No segundo em que pousei em New Hampshire, simplesmente... — Ele suspirou em vez de finalizar sua frase.

— Bem, *tente parar* lá fora... não dentro desta casa nem perto de Scottie.

— Você *não* viu que eu estava do lado de fora?

— Mantenha assim — repreendi.

Josh fingiu um sorriso.

— Sabe onde você não terá que se preocupar comigo fumando?

— Onde?

Ele cerrou os dentes.

— Lá na Califórnia.

— Você acha que é engraçado?

— Não estou tentando ser. — Ele inclinou a cabeça para o lado. — Está dizendo que estou?

— O que acha que Brad pensaria de você fazendo graça nesta situação?

— Eu estou fazendo graça? Parece que você fugiu do Titanic. E, quanto a Brad, ele era educado demais para falar que está fora da sua alçada. Ele estaria secretamente me agradecendo por tentar te dar uma chance de ir embora.

O som de Scottie gritando de seu quarto interrompeu nossa discussão.

Nós corremos para lá e vimos que ele havia tirado todo o enchimento de um de seus travesseiros. Havia penas voando por todo lado. Scottie ria histericamente, como se fosse a melhor coisa do mundo.

Que bagunça que terá que ser limpa.

— Provavelmente, ele nos ouviu discutindo e ficou chateado — eu disse.

— Isso mostra o quanto *você* sabe sobre ele — Josh retrucou. — Ele faz isso o tempo todo sem motivo.

Esse homem estava me deixando irritada demais. Quanto mais ele me irritava, mais eu ficava determinada a provar que ele estava errado quanto a eu ser uma péssima cuidadora.

— Nada acontece sem um gatilho — murmurei, decepcionada comigo mesma por deixar esse cara me afetar tanto.

Josh e eu começamos a pegar as penas em silêncio. Encontrei um saco pequeno de lixo de cozinha para que tivéssemos onde jogá-las. A todo minuto, eu xingava baixinho a reviravolta que essa situação tinha tomado. O que me incomodava mais do que qualquer coisa? No fundo, *não pensava* realmente que seria capaz de lidar com Scottie sozinha. Não queria admitir isso. Ter outro par de mãos, provavelmente, era uma coisa boa. Só queria que fossem *quaisquer* mãos, exceto as de Josh.

Quando acabamos, parecia que havíamos depenado um frango e tentado esconder as provas. Scottie havia se acalmado, pelo menos, e parecia que estava prestes a cair no sono.

Josh baixou uma das persianas que eu, de forma inadvertida, deixara erguida. A última coisa que eu queria era que Scottie acordasse mais cedo do que o necessário por causa do sol. Também vi uma máquina de som estático e a liguei.

Depois que saímos do quarto, Josh e eu paramos na sala de estar diante das chamas da lareira. Só olhamos um para o outro. Por mais que eu não gostasse dele, não estava em posição de escolher. Ninguém mais iria se voluntariar para ajudar.

— Detesto admitir — eu disse, engolindo um pouco do orgulho. — Mas esta função está mais para um trabalho em dupla mesmo. Acho que seria útil trabalharmos juntos, assim podemos aliviar para o outro de vez em quando.

Josh ficou em silêncio. Já que ele não refutou minha sugestão, escolhi presumir que significava que concordava comigo.

— Você não tem família na cidade? — perguntei. — Não precisa dormir aqui. Pode ir e voltar.

Ele franziu a testa.

— Como isso vai te ajudar à noite se ele acordar e fizer algo?

Esfregando minha têmpora, eu não tinha nada a dizer para isso.

— Tenho dois irmãos e meu pai na cidade — ele adicionou. — Mas *acho* que é melhor se eu passar a noite aqui.

— Certo — concordei. — Onde vai trabalhar durante o dia? Obviamente, não há espaço para escritório.

— Não importa. Posso trabalhar de qualquer lugar. E, se houver uma reunião, simplesmente levo meu laptop para um lugar em que Scottie não esteja. Tenho, sim, que fazer muitas ligações, mas pelo menos estarei aqui se precisar de mim ou se tiver que ir ao mercado ou algo parecido.

Eu sabia pouquíssimo sobre a carreira de Josh, só que ele trabalhava no mundo corporativo.

— O que você faz mesmo? — perguntei.

— Sou recrutador.

— O que isso envolve?

— Seleciono candidatos qualificados para vagas.

— Ah, então é por isso que você foi tão rápido em me reprovar para esta.

Ele deu de ombros.

— Tem razão. Você não é qualificada para cuidar dele sozinha. Mas, mais do que qualquer coisa, eu só estava tentando te dar uma folga para seu próprio bem, Carly.

— Estou disposta a encarar o desafio. — Suspirei. — Além disso, sinceramente, tudo na Califórnia me lembra de Brad... da nossa vida antes de ele morrer. Preciso de uma mudança de cenário. Aqui é onde ele cresceu, mas nenhuma das nossas memórias foi aqui. — Olhei para ele. — Mas imagino que seja o contrário para você.

Assentindo de maneira sombria, ele se afastou. Claramente, Josh não tinha planos de se abrir comigo.

Ele foi até a geladeira e a abriu. Coçou a barba por fazer em seu queixo e, logo, fechou a porta. Não havia nada para ver lá dentro.

— Está vazia — eu disse. — Não tive tempo de ir às compras ou pedir comida.

Ele olhou para o relógio e coçou o peito.

— Está tarde, de qualquer forma. Não preciso comer nada esta noite. Vou simplesmente aguentar até amanhã.

A tensão permaneceu no ar enquanto nos encaramos. A iluminação embutida acima dele lançava um brilho em seus olhos cor de avelã. Josh era extremamente bonito. Não havia como negar isso. Somente o cabelo dele merecia seu próprio agente de modelo. Seu nariz era reto, seus lábios, cheios e seu queixo era perfeitamente anguloso. Apesar de sua aparência, sempre o achei feio por dentro.

Conforme o observava, percebi que os olhos de Josh haviam descido para baixo do meu pescoço — e permanecido ali.

O que está havendo?

Ele está me secando?

Não pode ser.

Ele não me suporta.

Antes de eu conseguir refletir mais sobre isso, ele avançou na minha direção, sua mão dando um tapa no topo do meu peito sem aviso. Então, senti o beliscar de seus dedos em minha pele.

— O que foi isso? — gritei, meu coração batendo descontrolado.

— Peguei. — Seus ombros se ergueram e desceram enquanto ele

mostrava seu punho e abria seus dedos compridos a fim de revelar algo não identificável na palma de sua mão. — Tinha uma aranha nojenta subindo em você.

Olhei mais de perto e, de fato, era uma aranha esmagada que parecia uma daquelas de pernas longas.

— Jesus... — Arfei. — Não sabia o que tinha acontecido. Por um segundo, pensei que você tivesse me dado um tapa sem motivo.

Ele franziu o cenho.

— Nossa, isso seria bem bizarro.

Olhei para a marca vermelha da mão dele na minha pele. Meus mamilos traidores ficaram duros ao ver aquilo, o que era tão horrível que eu nem tentaria analisar.

Pigarreei.

— Odeio aranhas. Teria surtado se soubesse que ela estava subindo em mim. Então, obrigada. — Esfregando a ponta dos dedos pelo local, que ainda ardia um pouco, adicionei: — Apesar de ter ficado surpresa por você simplesmente não a deixar aqui para sua própria diversão.

Ele arqueou uma sobrancelha, parecendo bem sério.

— Por que eu me divertiria com isso?

Primeiro e principalmente, porque eu tinha prova de que ele não gostava de mim. E eu nunca entendera por quê. Não tinha feito nada para merecer isso. Também nunca havia tido a oportunidade de *perguntar a ele* por que se sentia assim. Tinha sido um longo dia para nós dois, então, talvez, eu devesse ter parado aí, mas não o fiz.

— Por que acho que você se divertiria ao ver uma aranha em mim? — perguntei, ainda esfregando o lugar no qual ele tinha batido. — Porque nós dois sabemos que você não gosta de mim. E, com base nisso, preciso dizer... Estou surpresa por você não ver problema nesse acordo de ficarmos na mesma casa.

Ele estreitou os olhos.

— Quem falou que não gosto de você?

— Na verdade... *você* falou. — Engoli em seco, minha pulsação acelerando.

Sua mandíbula ficou tensa.

— Nunca falei isso.

— Não na minha cara.

— Explique.

Eu tinha guardado isso para mim por *tanto* tempo. Nunca nem havia contado a Brad que eu sabia — porque tinha muita vergonha e não queria começar uma guerra entre ele e seu mais velho amigo. Eu amava Brad *nesse* nível.

Resolvi simplesmente falar.

— Sem querer, vi uma mensagem de texto que você enviou a Brad quando ele e eu começamos a namorar.

O pomo de adão de Josh se mexeu.

— Certo...

— O celular dele estava no balcão enquanto ele estava no banho. Ele havia te enviado uma foto da gente. Você respondeu e disse... — Pausei, me encolhendo com a lembrança. — Que havia alguma coisa no meu rosto que te incomodava.

Ele piscou e desviou o olhar por um instante.

— Bom, obviamente não era para você ver isso.

— *Obviamente* — murmurei, sentindo amargura no fundo da minha garganta.

— Olha... — Ele suspirou. — Eu não sabia nada sobre você. Se soubesse que você e ele acabariam ficando noivos, talvez eu não tivesse...

— Compartilhado seus sentimentos *verdadeiros*? — Cruzei os

braços, embora eu realmente quisesse dar um soco nele.

— Foi uma coisa idiota de se dizer. — Ele esfregou a mão no rosto. — Não quis dizer literalmente.

— Não quis dizer literalmente? — Baixei a voz, percebendo que tinha acabado de gritar e não queria acordar Scottie. — De que outro jeito pode não gostar de um rosto... senão *literalmente*?

Josh permaneceu em silêncio conforme olhou para o chão.

Eu o tinha mesmo pegado de surpresa. *Ótimo*. Ele merecia.

— Nunca contei a Brad que vi — admiti. — Por mais que eu detestasse você por essa mensagem de texto, não queria causar intriga. Sabia o quanto você significava para ele... por alguma razão desconhecida.

Josh, enfim, me olhou direto nos olhos.

— Eu nunca deveria ter falado isso, e peço desculpa. De verdade. E, por mais que você pareça não acreditar em mim, essa mensagem não significou nada mesmo. — Ele respirou fundo e ficou menos sério. — Acho que isso explica por que você nunca foi minha maior fã. Brad me contou que você não gostava quando ele me visitava porque não confiava em mim. Pensei que fosse porque você me achava má influência. Agora sei que havia mais nisso.

Eu me preocupava, *sim*, quando ele estava com você.

— Não deveria. Brad é adulto com uma mente própria. — Ele pausou. — *Era* adulto. — Ele balançou a cabeça. — Ainda tenho dificuldade de pensar nele no passado.

Minha garganta se apertou.

— Bem, essa é uma coisa que temos em comum.

Josh olhou para seus sapatos e enfiou as mãos nos bolsos. Então se virou na direção da sala de estar.

— Acho que é melhor eu procurar um cobertor ou algo parecido para dormir.

— Vou ver se há alguma coisa no armário de Wayne — eu disse, ainda me sentindo meio amarga.

Josh me seguiu até o quarto onde eu dormiria, bem ao lado da cozinha.

Quando abri o armário, estava lotado do teto ao chão. Todas as roupas de Wayne ainda estavam penduradas ali. Cheirava a um pouco de mofo, então fiz uma nota mental de limpar assim que eu tivesse um segundo para respirar.

— Acho que essa era a solução de Wayne para a falta de armário nesta casa — falei conforme vasculhava. — Simplesmente guardar tudo aqui dentro?

Josh acendeu um abajur no canto do quarto.

— Brad ficava oferecendo para ele comprar um lugar maior, porém Wayne nunca quis sair desta cabana. Era aqui que ele tinha todas as lembranças com Yvonne, onde eles começaram a família deles.

— Consigo entender. — Me virei para olhá-lo. — Eles a perderam tão jovem.

— É. — Ele balançou a cabeça. — Foi uma época terrível.

— Você e Brad estavam no ensino médio quando ela morreu?

Ele assentiu sombriamente.

Eu sabia que Josh era da mesma idade de Brad, que teria trinta anos agora se estivesse vivo. Aos vinte e oito, eu era dois anos mais jovem.

Voltei a procurar um cobertor e consegui encontrar um pequeno xadrez no meio de todas as roupas no armário.

— Este será suficiente? — perguntei quando entreguei a ele.

Parecia que poderia cobrir somente metade do corpo dele.

— Vai servir — ele disse.

Peguei um dos dois travesseiros na cama. Era mais pesado do que eu esperava, cheio de penas.

— Leve este também. Não preciso de dois. — Eu o joguei na direção dele com força, sem querer.

Ele o pegou.

— Você gostou de jogar isso em mim, não gostou?

Dei uma piscadinha.

— Talvez um pouco.

QUATRO

Carly

Uma batida à porta me acordou na manhã seguinte. Quando saí do quarto, vi Josh sem camisa já na porta da frente. Suas costas perfeitamente musculosas, tatuadas com o desenho de uma serpente, bloquearam minha visão de quem quer que estivesse lá.

Uma *cobra*. Apropriado.

Eu não gostava dele, no entanto, não havia como negar o quanto era gostoso.

Sua voz grave, matutina estava rouca quando ele falou.

— Posso ajudá-la?

— Sou a terapeuta cognitiva-comportamental de Scottie. — Ouvi uma mulher dizer. — Trabalho com ele uma ou duas vezes por semana.

Josh coçou sua cabeça com cabelo desarrumado.

— Ah. — Ele deu um passo para o lado. — Entre.

Flagrei os olhos da morena atraente indo rapidamente para o peito dele.

Ele ergueu a mão.

— Sou Josh. É um prazer conhecer você.

— Lauren. — Ela sorriu e eles se cumprimentaram.

Eu poderia ter jurado que ela resistiu a soltar a mão.

— Não sabia que tinha alguém que vinha ver Scottie em casa. — Interrompi a observação dela.

Ela se virou para mim, parecendo me ver parada ali pela primeira vez.

— É. — Ela pigarreou. — É um serviço que fornecemos em casa, pago pelo estado. Só estou trabalhando com ele há uns seis meses, mas ele está em nosso programa adulto há um tempo.

— Lorraine se esqueceu de mencionar isso — eu disse. — O que você faz com ele?

— Nós lemos juntos, montamos quebra-cabeças, arrumamos coisas e trabalhamos o autocuidado... coisas como escovar os dentes, vestir-se e amarrar os sapatos — ela explicou. — Você deve ser Carly.

Assenti.

— Sim.

— A tia dele mencionou que você viria para ficar com ele no lugar dela. Não sabia que era casada.

— Ah. — Olhei para Josh. — Ele não é meu marido. Este é o amigo do irmão de Scottie, Brad. Eu era noiva de Brad antes de ele falecer.

Ela sorriu para Josh, seus olhos se iluminando.

— Entendi.

Aposto que sim.

A última coisa de que eu precisava era estar no meio de uma paquera — ou pior — entre Josh e essa aluna de faculdade.

Ela se voltou para mim.

— Sinto muito por seu noivo. Antes de Wayne falecer, ele costumava me contar tudo sobre ele. Era um produtor de filmes, certo?

— Trabalhava na televisão como roteirista, mas tinha sido promovido a produtor antes de morrer, sim.

— Sinto muito. — Ela franziu o cenho. — Então vocês dois estão aqui para cuidar de Scottie... juntos?

— Estamos dividindo a responsabilidade neste momento — Josh explicou. — Até podermos encontrar um bom lar permanente para ele.

Lauren assentiu.

— É muito legal da parte de vocês.

— Scottie ainda está dormindo — eu disse. — Se soubesse que você viria, eu o teria acordado.

— Tudo bem. Wayne costumava acordá-lo antes de eu chegar, mas não me importo de acordá-lo. — Ela olhou para Josh. — Se precisar de alguma coisa, me avise. Temos muitos recursos na agência que podem ajudar com sua busca para um local.

Era interessante ela oferecer para ajudá-*lo* e não ajudar a *nós*. Era doentio o quanto esse cara era um ímã de mulheres, dada sua personalidade questionável. Mas, então, de novo, Lauren ainda não sabia disso. Era uma pena que Josh Mathers não vinha com um rótulo com um aviso cobrindo seu rosto perfeito.

Após ela entrar no quarto de Scottie, baixei a voz.

— Talvez você queira colocar uma camiseta antes que eu tenha que limpar a baba do chão dessa garota.

— Eu não estava esperando visita nesta manhã mais do que você, raio de sol. — Ele olhou para meu peito.

— Claramente.

Fechei os olhos. Eu não tinha colocado sutiã. Talvez teria sido bom perceber isso antes de repreendê-lo. Pigarreando, cobri o peito com os braços.

— Que horas você começa a trabalhar?

— Às nove.

— Você toma café? — perguntei.

— Eu praticamente me empanturro de café o dia todo.

— Verifiquei ontem à noite e não vi nenhuma cápsula. Posso ir ao mercado e comprar, junto com coisas para o café da manhã, aproveitando que ela está aqui com Scottie.

Ele passou a mão por seu cabelo grosso.

— Legal. Sim. Vou tomar banho enquanto você está fora.

Assenti e me apressei para meu quarto para colocar sutiã e uma roupa. Escovando meu cabelo, percebi o quanto tinha crescido. Me perguntei se teria oportunidade de cortá-lo enquanto estava ali, ou se acabaria parecendo a Rapunzel quando fosse embora de Woodsboro.

Antes de ir, salvei o número de Josh no celular e enviei a ele uma mensagem rápida para que ele pudesse me adicionar como contato no caso de precisarmos enviar mensagem enquanto eu estava no mercado.

O ar gelado do lado de fora atingiu meu rosto, e foi muito bom sair um pouco da casa. O alívio me lavou conforme entrei no carro. *Ah, o silêncio.* Parecia que eu tinha, momentaneamente, voltado à minha vida — a que eu tinha antes de ela ser virada de cabeça para baixo. Fazia menos de vinte e quatro horas, mas parecia que eu não sentava no meu carro há anos.

Quando saí pela estrada rural, liguei para Christina a fim de atualizá-la com os últimos acontecimentos.

— Oi! Você ainda está viva — ela disse ao atender. — Estava esperando notícias suas.

— Finalmente tenho um momento livre para respirar.

— Como estão as coisas por aí?

Comecei uma risada histérica. Não consegui evitar. Foi muito bom deixar tudo sair. Mas Christina deve ter pensado que eu estava louca.

— O que aconteceu com você?

— Ah, Christina. — Dei tapas no volante. — Que confusão.

— Ai, não. Por quê? O que houve?

— Para começar... Não estou sozinha com Scottie. Tenho um colega de casa inesperado.

— O quê? Quem?

— Josh Mathers.

— Josh... — Ela demorou um pouco. — O melhor amigo gostoso-pra-caramba de Brad? Esse cara? O que mora em Chicago? O que você não suporta?

— Sim. Esse mesmo. Aparentemente, ele e eu tivemos a mesma ideia de largar tudo e mudar para cá temporariamente para cuidar de Scottie.

— Bem, se ele está lá, significa que você pode vir para casa?

— Não. — Suspirei. — Ainda vou fazer isso. Mas também não é tão simples quanto pensei. Percebi, logo depois que cheguei, que isto é uma função de mais de uma pessoa. Não me surpreende que Lorraine tenha saído correndo daqui como um morcego saindo da caverna quando cheguei ontem.

— Então, espere... Josh vai ficar lá permanentemente *com* você e Scottie?

— No futuro previsível, sim.

— Você não falou que a casa era pequena? Onde ele está dormindo?

— No sofá. Só há um quarto além do de Scottie. E é o meu.

— Bem, isso é péssimo... para ele.

— É. Talvez eu troque com ele, mas ainda não chegamos nesse ponto. Ainda estou em choque.

Ela deu risada.

— Entendo.

— A pior parte é que ele reconheceu que sabia que eu não era grande fã dele. E admiti que sabia que ele nunca gostou de mim também. Então agora há essa tensão entre nós.

Escolhi não contar a ela sobre a antiga mensagem de texto de Josh. Ainda tinha muita vergonha disso, e nunca havia contado a ninguém... exceto Josh.

— Bom, parece que vocês precisam aprender a gostar um do outro se vão morar juntos. — Ela pausou. — Na verdade, agora que sei que ele está aí, talvez *eu* faça uma visita.

— Por quê?

— Ele está solteiro, não está?

— Sim. Mas você não quer se envolver com ele. Eu não deixaria. Ele é um galinha.

— Quem falou que estou interessada em um relacionamento? O cara é lindo.

Revirei os olhos.

— Está revirando os olhos?

Dei risada.

Conversamos por mais muitos minutos, até eu chegar ao mercado e encontrar uma vaga para estacionar.

— Enfim, é melhor eu ir. Estou na frente do mercado e preciso comprar café para o sr. Todo-Rabugento antes de ele ter que começar a trabalhar.

— É muito legal da sua parte, considerando que você não gosta dele.

— Bom, imagino que ele fique ainda mais irritante sem cafeína. — Dei risada. — Além do mais, meio que preciso para mim mesma, para poder lidar com ele.

— Me mantenha informada — ela disse.

— Você sabe que vou.

Após desligar, saí do carro e peguei um carrinho, quase trombando em alguém no caminho porque estava muito perdida em pensamentos.

Conforme perambulava pelos corredores internos, resolvi ser educada e perguntar para Josh.

Carly: De que tipo de café você gosta?

Ele respondeu quase que imediatamente.

Josh: De qualquer tipo.
Carly: Então, de abóbora?
Josh: Na verdade, não estou a fim de vomitar hoje, então não.
Literalmente, qualquer tipo, menos esse.
Detesto qualquer coisa com abóbora.
Carly: Foi por isso que perguntei. Torra Escura, Torra Clara?
Josh: Clara com um toque de loucura parece do seu gosto.

Sério? Digitei mais rápido.

Carly: Isso era mesmo necessário?
Josh: Não, mas achei engraçado.
Carly: Que bom que você se diverte.
E, só por isso, vou comprar de abóbora para você.

Com relutância, joguei uma caixinha de cápsulas de torra escura no carrinho.

Josh: Ei, sabe onde você deveria ir para comprar café?
Carly: Onde?

Josh: No Coffee Bean and Tea Leaf. Eles têm um café ÓTIMO. Brad me levava lá quando eu ia visitá-lo.

Cocei a cabeça.

Carly: Eles não têm loja aqui. Só na Califórnia.
Josh: Exatamente.
Carly: Agora vou levar um de abóbora com uma dose de abóbora para você, espertinho.
Josh: Que seja, Abóborazinha.
Carly: E a maioria das coisas que eu comprar para a casa será sem glúten.
Josh: Ótimo.
Carly: Está sendo sarcástico?
Josh: Não, quero dizer que as coisas por aqui estavam muito divertidas já. Sem glúten só fica melhor.
Carly: Pão de abóbora sem glúten para você. 😉

Continuei andando de um lado a outro dos corredores, e Josh me enviou outra mensagem.

Josh: Na verdade, esqueci de trazer desodorante. Você se importa de comprar? Te reembolso, claro.
Carly: Algum tipo específico?
Josh: Qualquer um feito para homem.
Carly: Essência de mulherengo extrapicante?
Josh: Serve.
Carly: Não tóxico ou...
Josh: Está falando sério?
Carly: Sim!

Josh: Tóxico. Preciso que realmente funcione.

Carly: Eu mesma uso limões em vez de desodorante.

Josh: Está me zoando?

Carly: Não. Esfrego uma fatia em cada axila diariamente.

Josh: Isso explica por que você cheira mal.

Carly: É melhor estar brincando.

Josh: Talvez esteja. Talvez não.

Carly: Os limões funcionam e são totalmente seguros. Sem alumínio entrando em meu sistema linfático e me matando daqui a vinte anos.

Josh: Todas as merdas que existem para se preocupar na vida e você está preocupada com desodorante? Talvez seja melhor relaxar.

Carly: Isso vindo de alguém que, voluntariamente, suga monóxido de carbono. Eu nem deveria ter perguntado sobre o desodorante. É claro que você não dá a mínima para sua saúde.

Josh: Vou querer o tóxico com alumínio extra, por favor.

Carly: Desodorante tóxico para um cara tóxico. Saindo!

Josh: Limões para uma torta. 😉

Carly: Olhe para você, tão rápido. Por que não usa essa velocidade para voltar para Chicago? Rs.

Josh: Estou brincando. Uma torta é algo que você não é, na verdade. Meio azeda, talvez... mas definitivamente não uma torta.

Carly: Vou entender sua retaliação como um elogio.

Josh: Viu? Embora você tenha me chamado de tóxico, retirei a torta. Quem é o maduro?

Carly: Preciso admitir.

Josh: Agora você me fez pensar onde mais você coloca limões.

Dei risada quando peguei um desodorante masculino que estava na promoção.

Carly: Na sua bunda, Mathers. E lá se vai sua carteirinha de maduro. Vou ficar aqui mais uns cinco minutos se pensar em mais alguma coisa.

Os pontinhos se mexeram na tela.

Josh: Na verdade, pode comprar um pote de sorvete?

Carly: Por favor, não me fale o tipo. Ficarei aqui o dia todo tentando escolher alguma coisa.

Josh: De pistache.

Carly: Humm...

Josh: O que foi?

Carly: Esse também é o meu preferido.

Josh: Bom, parece que acabamos de encontrar a única coisa que temos em comum além de Brad.

Carly: Será uma semana longa. É melhor eu comprar dois potes?

Josh: Sim. E alguma bebida com álcool.

CINCO

Carly

No fim daquela tarde, voltei a sair para comprar lençóis extras no Walmart mais próximo, que ficava a trinta minutos dali.

Quando retornei, arfei com a visão diante de mim.

Josh estava à mesa da cozinha em uma reunião por vídeo enquanto Scottie estava sentado em seu colo. Josh havia curvado o pescoço para ver além de Scottie, cujo nariz estava enterrado em seu cabelo. Enquanto isso, Josh estava com o fone e falando como se não tivesse um homem adulto sentado em seu colo.

Eu queria tirar uma foto, porém me contive.

Assim que Josh me viu, falei "Desculpe" sem emitir som.

O único motivo pelo qual havia saído de novo era porque Lauren ainda estava ali. Eu tinha planejado voltar antes de ela ir embora, no entanto, ficara presa no trânsito.

Ele ergueu a mão como se me dissesse que estava tudo bem.

Scottie desceu do colo de Josh e foi até o sofá. Josh passou a mão por sua camisa a fim de alisar os vincos e continuou falando sem parar.

Quando, enfim, finalizou a reunião, balancei a cabeça, admirada.

— Você lidou com isso muito bem.

— Não tive muita escolha. Felizmente, havia explicado a situação para meus colegas antes de vir para cá, então a maioria não ficou surpresa quando o viu na tela. Eles acharam bem cativante. Mas desliguei minha câmera logo depois de ele me atacar.

— Você parece ter um efeito calmante em Scottie.

Ele abriu um sorriso.

— É, acho que sou o preferido dele.

— Definitivamente, não sou eu. — Suspirei. — Enfim, terminou por hoje?

Ele tirou seu fone e fechou o laptop.

— Sim.

— Legal.

Ele olhou para a sacola que eu estava segurando.

— Encontrou tudo de que precisava?

— Sim. Umas toalhas, um travesseiro novo para Scottie, um cobertor maior para você e um jogo extra de lençóis. Desculpe por ter demorado tanto. — Olhei em volta pela cozinha, me sentindo desconcertada. — Tenho que fazer o frango dele antes do jantar. Sei que vou fazer errado.

Josh passou a mão pelo cabelo.

— Por quê?

Coloquei a sacola no chão e peguei a receita escrita que Lorraine tinha me deixado.

— Olhe para essas instruções. O frango tem que ser martelado do jeito certo, o azeite tem que ser de uma marca específica... que, felizmente, temos na despensa porque me esqueci de comprar mais cedo... e tem que tomar cuidado com a proporção de ovo para farinha. — Coloquei de volta o papel no balcão com um tapa. — Do contrário, ele não come.

— Facinho. — Josh arregaçou as mangas. — Posso te ajudar.

— Sério? Você cozinha?

— Isso importa? Nenhum de nós nunca fez esse frango enorme. Só vamos seguir as instruções. Dará certo.

— Ok. — Lambi os lábios. — É... hum, vou esquentar o azeite. Por que não lava o frango e martela os peitos para mim. — Imediatamente, corei. Isso soou muito errado.

Ele deu um sorrisinho.

— Sou conhecido por dar uma boa martelada.

— Foi péssima.

— Mas você está sorrindo. E estava corando bem antes de eu sequer dizer isso, então você que tem a mente suja, Abóborazinha.

— Por favor, não me diga que vai me chamar assim?

— Te incomoda?

— Sim.

— Então, vou. Esse é o seu apelido. — Ele deu uma piscadinha. — É isso ou Axilas de Limão. Você que sabe.

— Vou ficar com Abóbora. — Revirei os olhos e peguei a frigideira enorme debaixo do balcão.

Scottie brincava com seu tablet na sala, parecendo alheio ao fato de que Josh e eu, provavelmente, destruiríamos seu jantar.

No entanto, surpreendentemente, desenvolvemos um método: Josh lavava e martelava o frango enquanto eu mergulhava cada peito em ovo, farinha e migalhas de pão italiano, então o soltava no azeite quente.

Olhe para nós trabalhando juntos. Se não éramos, no momento, o epítome de uma família doméstica, porém disfuncional, eu não sabia o que era.

Tudo corria tranquilamente até Scottie entrar na cozinha com seu tablet erguido na orelha e dar uma olhada no que estávamos fazendo.

Josh se virou para ele.

— Ei, amigão. Estamos fazendo seu frango enorme. Está empolgado?

Scottie balançou para a frente e para trás conforme observava o balcão coberto de farinha com bastante interesse. Então saiu da cozinha e foi direto para o meu quarto.

Me encolhi, torcendo para não ter deixado nada para fora que ele pudesse pegar. Então me lembrei das roupas.

— Droga. Tenho roupa limpa lá dentro que dobrei mais cedo. Ele vai pular na cama e bagunçar tudo.

— Nós dois estamos com frango nas mãos, então deixe-o — Josh disse. — Eu dobro de novo depois.

Assim que meu nervosismo quanto a Scottie perambulando pelo meu quarto se acalmou, ele entrou novamente na cozinha. Quando vi, algo voou na frigideira com azeite. Josh e eu pulamos para trás simultaneamente.

O quê?

Pisquei rapidamente, grata por não ter espirrado azeite quente em mim. Scottie havia jogado alguma coisa na frigideira e saído correndo.

Josh pegou o cabo e ergueu a coisa da gordura fervilhante antes que ela pudesse se desintegrar.

— Que porra é esta? — ele berrou.

Horrorizada, congelei.

Josh a segurou na minha direção.

— Parece um pedaço de frango de borracha.

Balancei a cabeça.

— Não é um pedaço de frango.

— O que é, então?

Eu quero morrer.

— É um dos meus sutiãs de silicone. Ele deve ter vasculhado minhas coisas lá dentro e pensou que isso deveria ser adicionado à nossa comida.

O sutiã era nude e parecia exatamente com um peito de frango.

A expressão de Josh se transformou de choque para pura diversão. Seus ombros chacoalharam conforme ele colocou o sutiã em um papel-toalha. Ele se apoiou no balcão.

— Parece mesmo uma porra de um frango. — Ele colocou a mão na barriga e mal conseguia emitir as palavras entre sua risada. — Ele só estava tentando ajudar.

A risada se espalhou como um incêndio, explodindo em mim também. Nós dois estávamos praticamente chorando.

Sequei meus olhos.

— Vou ter que arranjar uma chave para você.

Scottie correu de volta para a cozinha.

— Scottie, não entre no meu quarto! — eu disse a ele.

— É. Isso vai funcionar — Josh declarou sarcasticamente. — Você pode entrar em qualquer quarto que quiser, amigão. Fale para ela acalmar os peitos de frango.

Eu o cutuquei com o cotovelo.

— Muito engraçado.

— Tem razão. Meu humor é meio... *insípido.*

Pegando um pano de prato, eu o chicoteei nele.

— Peitos de Frango! — Ele bufou e jogou o pano por cima do ombro. — É ainda melhor do que Axilas de Limão!

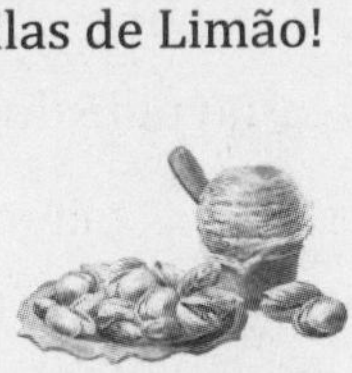

O incidente do peito de silicone pareceu ser uma virada de chave em nossa situação disfuncional, porque, por um milagre, mais tarde, nós três conseguimos nos sentar e ter um jantar bem legal e normal. Não houve discussão. Nem desatenções de Scottie. *Nem birras de Josh e Carly*.

Embora glúten me deixasse enjoada, eu estava com muita preguiça para fazer uma refeição separada, então toquei o foda-se por uma noite e comi o mesmo frango que todo mundo. Havíamos feito bastante para repetir *e* durar para Scottie por alguns dias. Eu também tinha feito uma salada e assado batata-doce no forno para Josh e para mim.

Falei com a boca cheia.

— Esse frango é bom demais. Não me admira que ele goste.

— Sério? Só consigo sentir gosto de silicone. — Josh deu uma piscadinha conforme mastigou. — Devo ter pegado uma parte ruim.

Gesticulei com meu garfo.

— Não sei se um dia vou conseguir conviver com isso.

Ele deu risada.

— Sabe quem teria adorado essa coisa toda?

Parei de mastigar e sussurrei:

— Brad.

Josh pareceu perdido em pensamentos por um instante.

— Ele teria descoberto uma forma de escrever isso em um dos roteiros dele, sabe? Ele sempre estava em busca de material. Toda hora que algo louco acontecia quando estávamos juntos, ele me ligava depois e dizia "adivinhe o que entrou na série"?

— Você já assistiu à série?

— Não tudo. Mas vi, talvez, metade dos episódios — ele respondeu.

— Você viu aquele em que a personagem, Maddie, envia uma mensagem de texto atrevida para seu médico sem querer?

— Sim. Me lembro desse.

Apontei para mim mesma.

— Foi esta garota aqui.

— Ai, caramba. — Ele deu risada.

— É. Brad achou engraçado, mesmo que eu tenha ficado horrorizada.

Josh suspirou.

— Bom, ele também teria achado engraçado o incidente do frango de silicone.

Meu peito se apertou.

— É. Ele teria morrido de rir. — Percebi o que tinha acabado de falar. — Aff. — *Morrido.* De rir.

Ficamos sentados em silêncio, observando Scottie devorar seu último pedaço de frango.

— Vejo agora que teria sido bem desafiador fazer isto sozinha. — Limpei a boca e engoli meu orgulho. — Estou feliz que você esteja aqui.

Josh hesitou, mas assentiu, parecendo um pouco pego de surpresa pela bandeira branca que eu acabara de erguer. Ele amassou seu guardanapo e o jogou para o lado.

— Não sei como Wayne fazia isso todos os dias, para ser sincero.

— Acho que o amor lhe dá força. Scottie foi tudo o que restara a ele.

— E agora Scottie não tem ninguém. — Josh balançou a cabeça devagar. — A vida é injusta pra caralho. Tive bastante raiva nesses últimos anos. Esperava que fosse ficar mais fácil, mas, na verdade, não fica.

— Pensei que eu fosse a única.

A voz de Josh foi quase inaudível.

— Eu teria dado qualquer coisa para ser eu e não ele.

Lutei contra as lágrimas.

— Bem, isso é uma prova da sua amizade.

Scottie interrompeu nosso momento sério quando pulou de seu assento. Eu o levei até a pia e o ajudei a lavar as mãos antes de ele desaparecer em seu quarto.

— Ele realmente amava você, sabe?

Eu tinha começado a tirar a mesa, porém as palavras de Josh me fizeram parar de me mexer. Me virei para encará-lo.

— É. Sei, sim. Mas obrigada por dizer isso.

Josh se recostou na cadeira.

— Eu não queria acreditar que ele tinha se apaixonado por você. Eu o testei bastante no início... jogava a tentação na cara dele quando ele ia me visitar. Mas nada disso importava. Em certo momento, enxerguei o quanto ele estava comprometido. E o invejei por encontrar esse tipo de conexão com alguém.

— Essa deve ser a coisa mais madura que você já falou, Mathers.

— Não fique esperançosa, Abóbora. Não é uma tendência. Só fui pego de surpresa na sua conversa sentimental por um instante.

Eu sorri.

— Bem, você não consegue encontrar algo como o que Brad e eu tínhamos se não estiver aberto a isso.

— É. — Ele suspirou. — Nunca estive, na verdade. Acho que estava ocupado demais me divertindo por aí. — Ele se levantou e começou a tirar o resto das coisas da mesa.

Conforme eu enchia a máquina de lavar louça, de novo, fiquei surpresa por ele.

— Já saiu com alguém desde... você sabe?

— Não. — Balancei a cabeça. — Sei que faz dois anos, mas não me senti preparada.

Ele secou o balcão.

— Acho que ele iria querer que você seguisse em frente.

— Sei que iria. Mas preciso sentir que é o certo, e ainda não cheguei lá. Talvez assim que eu passar por este período... sabático aqui.

Ele assentiu.

— Falando nisso, provavelmente, seja bom seguirmos com o processo de colocar Scottie na lista de espera para um lar. Acho que nenhum de nós quer ficar aqui em Woodsboro por mais tempo do que precisamos. A terapeuta, Lauren, me deu o número dela e falou que ajudaria a marcar uma reunião com a agência para a qual ela trabalha, se quisermos.

— Interessante como ela deu a você o número *dela* e não da linha direta para a agência.

Ele deu um sorrisinho.

— É. Também percebi.

Não sabia se foi toda a conversa sobre Brad ou o fato de eu estar me sentindo estranhamente culpada por gostar de estar perto de Josh naquela noite, mas, de repente, precisava de um pouco de espaço.

— Por que não vai fazer suas coisas? — eu disse a ele. — Eu limpo aqui.

— É melhor eu ajudar com a louça — ele insistiu.

— Tem pouca agora. Você teve um longo dia no trabalho e depois me ajudou a cozinhar.

Ele ergueu uma sobrancelha.

— Tem certeza?

— Sim.

Ele bateu o pano de prato no balcão.

— Na verdade, eu adoraria tomar um banho para não ter que fazer isso de manhã.

— Vai lá.

Josh lavou as mãos antes de ir até sua mala no canto da sala. Ele tirou umas roupas e as levou até o banheiro.

Deixada sozinha na cozinha, uma onda de emoção me atingiu. Josh havia me dado um pequeno vislumbre de seu lado mais gentil naquela noite. Falar sobre Brad realmente tinha trazido isso à tona. Interessante, mas não era surpresa. Brad sempre trazia à tona o melhor das pessoas; ele, com certeza, sempre trazia à tona o melhor de mim. Ele me fez sentir amada depois de todos os outros homens que passaram por minha vida terem me decepcionado. Realmente sentia falta dele naquela noite.

Alguns minutos depois, eu estava colocando detergente na máquina de lavar louça quando ouvi o que parecia Josh gritando do fim do corredor.

— Não! Solta meu pau!

Fechei a porta da máquina de lavar louça e corri para ver o que estava havendo. A porta do banheiro estava aberta. Através do vidro jateado do box, dava para ver as silhuetas de *dois* corpos nus. As roupas de Scottie estavam no chão ao lado das de Josh.

— Por que ele entrou aí? — gritei, contendo minha risada.

— Caralho, não sei! Você não estava de olho nele?

— Ele estava quieto no quarto dele. Pensei que as coisas estivessem sob controle enquanto eu estava terminando de arrumar a louça.

— Em um segundo, eu estava de olhos fechados, esfregando xampu no cabelo. Quando vi, a porta se abriu e ele estava parado diante de mim, puxando meu pau.

Dei mais risada, incapaz de esconder agora.

— Quando você acabar de rir, se importa de tirá-lo daqui e o secar? Estou pelado, então não consigo exatamente sair neste momento. — Ele abriu a porta só o suficiente para deixar Scottie sair. — Vá, Scottie.

— Venha, Scottie. Deixe o tio Josh em paz — eu disse, tentando não encarar o corpo de Josh através do vidro.

— Nós vamos te dar banho depois.

Finalmente conseguindo tirá-lo, sequei Scottie e o levei de volta ao quarto dele para se vestir. *Talvez ele prefira chuveiro?*

Quando Josh, enfim, voltou para a sala, ele usava uma camiseta preta e calça de moletom cinza que estava meio baixa. Seu cheiro era incrível, de sabonete e perfume. Tentei não admirar o quanto ele era atraente, o jeito que a camiseta abraçava seu peito, o jeito que seu cabelo molhado caía na testa. Seus pés grandes.

A protuberância forçando aquela calça justa. Percebi que tais coisas haviam acontecido mais vezes do que eu queria admitir, e me odiei por isso. Culpei o fato de que eu estava solitária, na seca e não transava há mais de dois anos, então não poderia evitar ao que meu corpo reagia.

Pigarreei.

— Desculpe por aquela coisa toda.

Josh passou uma mão por seu cabelo.

— Acho que você não poderia ter previsto que ele faria isso.

— Como Wayne lidava com o banho? Eu nem tinha pensado em como Scottie poderia se meter em encrenca enquanto fica sem supervisão.

Josh se ajoelhou para vasculhar sua mala.

— Wayne devia tomar uns banhos rápidos pra caramba.

— É. Ou espere... — Estalei os dedos. — Acabei de pensar em uma coisa.

Ele olhou para cima.

— No quê?

— Talvez ele tomasse banho *com* Scottie, assim ele não precisava se preocupar com isso. Foi por isso que Scottie entrou no banho com você. Ele pensou que *era para ser assim.*

Josh passou os dentes em seu lábio inferior.

— Na verdade, isso faz bastante sentido.

— Eu sei. Temos tanta coisa a aprender, né?

— É. — Ele suspirou conforme se levantou e massageou sua lombar. — Um dia de cada vez.

— O que aconteceu? — perguntei.

— Ãh, esse sofá não é o mais confortável. Ferrou um pouco com minhas costas.

— Por que não trocamos? — sugeri. — Você dorme na cama esta noite.

— Não. Não quero que você tenha o mesmo problema. Ninguém deveria dormir neste sofá. Vou até a loja amanhã ver se encontro aqueles colchões infláveis. Não temos espaço para muito mais coisa por aqui.

— Será um saco ter que encher aquilo toda noite, não vai?

— Essa é a menor das minhas preocupações ultimamente, Abóbora.

Dei risada.

— Acho que sim.

Ele olhou para um DVD que eu estava segurando.

— O que é isso?

— Encontrei uma caixa de DVDs no quarto de Wayne. A maioria não tem etiqueta com nome. Tem alguma ideia do que são?

— Não. — Ele apontou para a televisão. — Mas há um aparelho de DVD bem ali. Coloque um.

Coloquei o DVD na máquina e apertei play antes de me sentar no sofá ao lado de Josh. Depois de uma interferência inicial na tela, surgiu um filme caseiro dos meninos quando eram mais jovens. Brad devia ter uns oito anos, e Scottie era um bebê que havia acabado de começar a andar. A mãe deles, Yvonne, estava sentada no chão, brincando com eles. Ela era tão linda, com cabelo loiro curto e olhos grandes. Ela meio que me lembrava de uma versão mais jovem de Carol Brady, de *The Brady Bunch*. Dava para ouvir Wayne no fundo, elogiando-a. Yvonne corou em certo momento. Eu nunca tinha visto realmente uma filmagem dela — também nunca percebera o quanto Brad e Scottie se pareciam com ela.

— Esta casa está igual como era na época, não está? — perguntei.

— Sim, sem brincadeira.

Josh e eu continuamos assistindo a esse momento familiar comovente. Scottie parecia fazer mais contato visual quando era um bebê. Me fez pensar se ele sempre foi uma criança atípica ou se o diagnóstico neurodivergente veio com o tempo.

A câmera retornou para Yvonne. Seu rosto ficava vermelho toda vez que Wayne focava nela. Ela não parecia amar ser o centro das atenções.

— Eu me lembro de Yvonne como se fosse ontem — Josh disse, admirado. — Ela era praticamente uma mãe para mim.

Tirei minha atenção da tela por um instante.

— Suas mães devem ter sido amigas.

A expressão dele ficou como uma pedra.

— Eu não tive mãe.

Meu estômago se afundou.

— Sua mãe faleceu?

— Não. Mas não quero muito falar disso. — Ele se virou para mim com uma expressão de alerta. — Certo?

— Certo — sussurrei.

Josh se levantou e desapareceu na cozinha. Fiquei sentada lá em transe, continuando a assistir ao vídeo. Parecia que o homem que uma vez pensei não ter coração tinha um monte de sentimentos reprimidos. Provavelmente, havia *muita* coisa que eu não sabia sobre Josh.

SEIS

Josh

— Quanto tempo você acha que vai demorar para colocá-lo em um lar de acolhimento? — meu irmão Michael perguntou conforme me entregou uma cerveja.

— Bom, com certeza, não vou simplesmente largá-lo em um lugar velho qualquer. Precisa ser o local certo. Então, sinceramente, não sei.

Michael era casado com sua namorada do ensino médio, Vanessa, e morava a uns três quilômetros de Wayne. Meu outro irmão era solteiro e também morava na cidade.

Eu havia ido até a casa de Michael para pegar ferramentas que eu precisava para consertar umas coisas na casa.

Ele abriu uma garrafa de cerveja Blue Moon.

— Vai morar naquela casinha indefinidamente? Por que não dorme aqui? Temos um quarto de hóspedes.

— Carly não conseguirá administrar se acontecer alguma coisa no meio da noite. Ele é grande demais.

— Como a tia fazia?

— Lorraine, aparentemente, ligava para Abe, que mora ao lado, quando as coisas saíam do controle. Mas não é justo com ele.

Michael jogou um pretzel na boca.

— Você nunca gostou dessa Carly, certo?

Parecia idiotice agora pensar que eu nutria sentimentos negativos por Carly. A maioria disso foi baseado na minha impressão dos sentimentos dela por *mim*. Agora que eu sabia que ela havia visto aquele comentário babaca que eu tinha enviado a Brad — do qual nem me lembrava até ela mencionar —, não poderia culpá-la por guardar rancor. Ela tivera todo direito de pensar que eu era um otário. Mas, ultimamente, ela estava simpatizando comigo.

— Achei que não gostava na época em que Brad começou a sair com ela. Mas, depois de morar com ela durante a última semana, percebi que nunca a conheci direito. Na época, sentia que Brad estava indo muito rápido... sabe, ficando noivo da primeira loira gostosa por quem se apaixonou na Califórnia.

— Loira gostosa, hein? — Ele deu risada detrás de sua garrafa. — O que acha dela agora?

— Ela é ok. — Dei um longo gole na minha cerveja. — Ainda não a conheço tão bem. Mas tem que respeitar qualquer uma que está disposta a vir cuidar de um homem adulto que ela mal conhece.

Ele deu um sorrisinho.

— *E* você a acha gostosa...

Meus olhos se estreitaram.

— O que importa?

— Não sei. Talvez vocês dois devessem... você sabe... tentar tirar o *melhor* disso enquanto estão presos na mesma casa?

A sugestão dele me irritou.

— Que porra está insinuando?

Michael deu de ombros.

Meu irmão é louco.

— Se está insinuando o que acho que está, você ficou doido. Eu nunca faria isso com a garota de Brad. — Dei um soco leve em seu braço. — Está louco?

— Desde quando você tem moral, irmão?

A pergunta dele me ofendeu. Claro que eu não tinha sido bom em relacionamentos e havia traído uma cota de namoradas no ensino médio. Talvez até tenha roubado uma garota de um ou dois amigos na época. Mas Brad? Brad era diferente. Brad era *família.*

Bati a garrafa na mesa.

— Há alguns limites que não se pode passar. Mexer com a noiva do seu irmão de outra mãe é um deles.

Michael analisou meu rosto.

— Sei o que está pensando, Josh. Mas não seria a mesma situação do que o tio Stone fez com o papai e a mamãe.

Um sentimento antigo e familiar de ódio me percorreu. Assim como sempre acontecia à menção da traição da minha mãe, desconversei para não ter que lidar com isso.

Minha cadeira derrapou no chão conforme me levantei.

— Valeu pela cerveja. É melhor eu ir.

A caminho de casa, enviei mensagem para Carly.

Josh: Precisa de alguma coisa enquanto estou fora?

Os pontos se mexeram por um tempo antes de sua resposta surgir.

Carly: Preciso que não me mate quando voltar.

Como assim?

Josh: Eu não estava planejando isso. Há um motivo para eu querer?

Carly: Provavelmente.

Josh: Me conte o que houve.

Carly: É melhor se você vir, em vez de eu explicar por mensagem.

Josh: Ótimo. Certo. Daqui a pouco chego em casa.

Havia pensado que as coisas já estavam surtadas na casa, mas, aparentemente, eu não fazia ideia do quanto poderiam piorar. Me preocupei que a mensagem dela tivesse algo a ver com Scottie, mas não. Quando passei pela porta de Wayne, ele estava sentado no sofá como sempre, balançando para a frente e para trás com a música dele.

Então um cachorro gigante com a língua balançando veio correndo na minha direção.

— Por que tem um goldendoodle aqui? — perguntei conforme ele ficou em pé nas patas de trás para me cumprimentar.

— Ah, essa é a raça? Não conseguia me lembrar do nome.

— Responda minha pergunta, Carly. Por que há uma porra de um cachorro aqui?

Ela sorriu de forma estranha.

— Sinceramente... não sei.

— Certo. Vai precisar explicar um pouco melhor.

— Saí para ver se tinha correspondência, e ele simplesmente estava parado ali ao lado da caixa de correio me encarando. Parecia perdido e não tem coleira. Então me seguiu para dentro, e eu lhe dei um pouco de atum.

— Atum?

— É a única coisa que temos na casa que é seguro para cachorros, de acordo com a internet. — Ela se sentou à mesa da cozinha, e o cachorro de pelo marrom bagunçado colocou as patas da frente no colo dela. Ela fez carinho atrás das orelhas dele. — Tenho que ligar para a polícia ou algo assim.

— Ou *algo assim*? Ainda não ligou?

— Não. — Ela enterrou o nariz no pelo dele.

— Há quanto tempo ele está aqui?

— Há uma hora, mais ou menos.

Inspirando lentamente para me acalmar, tentei argumentar com ela.

— Certo, a última coisa de que precisamos nesta maldita casa é um cachorro, Carly. Não preciso te falar isso. Mal há espaço para nós três. Temos que entrar em contato com eles *agora*.

Ela abriu um sorriso culpado.

— Vou fazer isso.

Ela foi para a cozinha, e o cachorro e eu a seguimos.

Puxei uma cadeira e me sentei.

— Você não parece estar com pressa.

Ela passou as mãos no pelo do cachorro.

— Ele é tão fofo e macio.

— E roubado... — corrigi.

Carly piscou.

— Não fique bravo.

Porra.

Não sei o que aconteceu comigo naquele instante, mas uma imagem transando com ela passou pela minha mente. *De onde veio essa porra?*

Carly pensou que eu estivesse bravo com ela. E, aparentemente, na verdade, eu queria encostá-la no balcão e transar com ela. Perceber isso foi extremamente problemático. Eu preferiria estar bravo com ela. Não entendia por que eu tinha ido de irritado a extremamente excitado em um milissegundo. O maldito estresse de estar ali devia estar me pegando.

Claro que Carly era gostosa. Não havia como negar. No entanto, ter esse tipo de imagem vívida — e ter *gostado*? Tudo porque ela piscou para mim? Convite direto para o inferno.

O cachorro pulou no meu colo e começou a me lamber.

— Jesus... — murmurei, enrugando meu rosto e apertando meus lábios fechados, tentando não deixar que ele me lambesse na boca da forma que ele parecia querer. — O hálito dele está cheirando totalmente a atum.

Carly caiu na gargalhada.

— Ele gostou de você.

Scottie chegou por trás de mim logo depois e deu uma boa cheirada no meu cabelo conforme o Bafo de Atum continuava a lamber meu rosto.

— Você é bastante popular por aqui, Josh — ela zombou.

— Todo mundo gosta de mim nesta casa... exceto você, Abóbora.

Ela deu risada.

— Vou gostar de você se não reclamar do cachorro pelo resto da noite.

— Resto da noite? Ele precisa ir embora antes disso!

Ela riu mais enquanto o cachorro continuava a atacar meu rosto com sua língua de atum.

Revirei os olhos e enfiei os dedos no pelo do cachorro.

— Deveria ter ficado na casa do meu irmão.

Naquela noite, como esperado, o maldito cachorro ainda estava conosco, sentado aos meus pés como se eu fosse seu mestre há vinte anos. Ele estava comendo os restos da sopa que Carly tinha preparado. Pelo menos ela havia ligado para a polícia — eu me certificara de assistir conforme ela o fazia —, mas eles ainda não tinham recebido nenhum relato de animal desaparecido. Pensando bem, eu não tinha prova de que havia realmente alguém do outro lado da linha daquela ligação que ela fez. Teria que confiar nela com isso.

Scottie havia comido seu frango mais cedo e já estava na cama. Carly e eu tínhamos escolhido ter um jantar incomumente tarde depois que ele foi dormir. Pelo menos, assim, poderíamos comer em paz sem termos que nos preocupar com o que ele estava aprontando.

Tínhamos acabado de terminar a última massa sem glúten de Carly. Precisava admitir, Carly sabia cozinhar, mesmo que ela jurasse não ter muita experiência.

Limpei a boca.

— Estava muito bom... mesmo sem o glúten.

— Qualquer coisa é melhor do que sutiã de silicone frito, certo? — Ela riu.

— Verdade. — Dei risada. — Antes de vir para cá, não consigo me lembrar da última vez que alguém cozinhou uma refeição caseira para mim. Então essa parte tem sido legal.

— Essa é a única parte legal?

— Não é tão ruim com você quanto pensei que seria — admiti.

— Ah, Josh. Você sabe como encantar uma garota.

Ela piscou sedutoramente como um desenho.

Dei de ombros.

— O que posso dizer? Sou um cara encantador.

Após me levantar para colocar meu prato na lava-louças, abri uma das gavetas a fim de pegar um pano de prato para as panelas, porém, em vez disso, encontrei dúzias de caderninhos. Todos eles tinham a mesma coisa impressa:

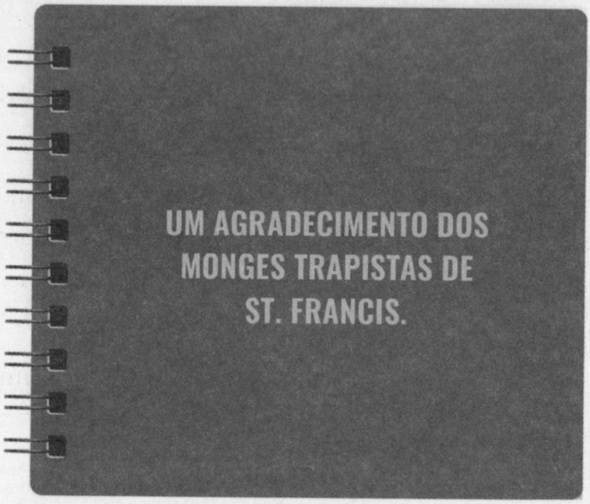

Ergui um.

— O que é tudo isso?

— Também vi isso. Acho que Wayne deve ter feito bastante doação a eles ao longo dos anos.

— Jesus. — Dei risada. — Sem intenção de trocadilho.

— Poderíamos escrever alguma coisa a todo minuto de todo dia e não diminuir nada desses caderninhos. Pensei em tirá-los para abrir espaço na gaveta, mas não quero simplesmente jogá-los fora. Obviamente, Wayne os ganhou. Então deveríamos usá-los.

— É, acho que sim — eu disse, jogando-o de volta na gaveta.

Ela suspirou ao se levantar e levou seu prato até a pia.

— Como foi a visita ao seu irmão mais cedo? Acabei não perguntando antes.

— Boa. Foi legal vê-lo. Fazia um tempo já.

— Ele tem filhos, certo?

— Ele e a esposa têm uma menina e um menino. Maya tem onze anos e Max tem nove. Estavam na escola, então eu não os vejo desde que voltei.

— Acho que você falou que tem outro irmão.

— Sim. Ele é solteiro e também mora aqui, não muito longe do meu pai.

— Seu pai mora sozinho?

— Sim.

Tive a sensação de que ela estava se coçando para eu falar mais sobre minha família — especificamente o que aconteceu com minha mãe. Mas eu não estava a fim de falar disso. Então mudei de assunto ao direcionar a conversa para ela.

— E sua família? Onde está?

— É só minha mãe. Ela mora no Oregon com meu padrasto.

— Não tem irmãos?

— Não.

— Onde no Oregon?

— Bend. Foi onde cresci.

— Não foi lá que a última loja Blockbuster estava localizada?

— Sim. — Ela deu risada. — Muito bem.

— E quanto ao seu pai?

Carly hesitou por um instante.

— Ele foi embora quando eu tinha dez anos. Mudou-se para o Arizona. Se casou novamente com uma viúva e, basicamente, tornou-se um pai para os filhos dela.

Uau.

Engoli em seco.

— Sinto muito.

— Tudo bem. Me acostumei à ideia de ele não estar na minha vida. Nem todo mundo tem um papel permanente na sua vida, sabe? Acho que aprendi isso da forma mais difícil.

Deixei as palavras se assentarem.

— Essa também foi uma lição que aprendi. Mas algumas perdas são muito mais difíceis do que outras. — Me apoiei no balcão, organizando meus pensamentos. Parecia justo eu me abrir um pouco em troca. — Na outra noite... Interrompi nossa conversa quando você me perguntou sobre minha mãe. Desculpe. Não queria falar disso porque ainda é difícil para mim.

Ela assentiu, porém ficou em silêncio.

— Ela saiu de casa quando eu tinha onze anos... mudou-se para um lugar que fica a umas duas horas daqui e eu não a via muito. Ainda não vejo, na verdade, depois de todos esses anos.

A boca de Carly se curvou para baixo. Parecia que ela sentia pena de mim, o que eu detestava pra caralho. Me lembrou de como me sentia quando era criança em eventos em que toda criança tinha a mãe junto, exceto eu. Eu nunca quis que as pessoas sentissem pena de mim, principalmente porque nunca queria me atentar ao fato de que minha mãe havia escolhido não estar na minha vida. Teria sido diferente se ela tivesse morrido e não tivesse escolha. Mas, para mim, não havia maior vergonha do que sua mãe, conscientemente, decidir que a vida era melhor sem você.

— Ela simplesmente não queria ser mãe? — Carly, enfim, perguntou.

Era ainda mais complicado e bizarro do que isso.

— Minha mãe teve um caso com o irmão do meu pai. Ela ainda está com ele. Meu pai a colocou para fora, e ela não exatamente lutou para ficar em nossa vida. Temos contato de vez em quando, bem superficial, porém não somos próximos. Ela é egoísta e nunca se esforçou para melhorar as coisas. — Pausei. — Também acho que ela fica longe porque sabe o quanto é doloroso para meu pai vê-la com meu tio Stone. No entanto, ela se recusa a deixá-lo. Ela escolheu a ele, em vez de a nós. Esse é o resumo da história.

— Uau. Certo. — Ela assentiu com empatia. — Tudo faz mais sentido agora. Sei que você falou que Yvonne era como uma segunda mãe para você.

— Não uma segunda mãe, minha *única* mãe. — Olhei para baixo. — Enquanto estava viva.

— Sinto muito. Brad nunca mencionou a situação da sua família.

— Provavelmente, ele estava condicionado a não falar sobre isso porque foi assim que o treinei. — Olhei para ela. — Mas, quando você me contou sobre seu pai ter ido embora, senti que precisava dizer alguma coisa.

— Entre meu pai e sua mãe... — Ela balançou a cabeça. — Acho que encontramos uma terceira coisa que temos em comum.

— Você está contando?

— Bom, há tão pouco... — Ela deu uma piscadinha. — Não é muito difícil de acompanhar.

— Quais são as outras duas mesmo? — Arqueei a sobrancelha. — Não é o amor por abóbora.

Carly contou em seus dedos.

— Uma era sentir falta de Brad. A outra era o sorvete de pistache.

— Ah. Sim — murmurei. — A primeira nunca vai mudar.

Parecia que ela ia falar mais alguma coisa, mas eu tinha cansado de falar sobre coisas tristes por enquanto.

— Bem, o jantar estava delicioso. Obrigado novamente.

— Esse molho era o preferido de Brad. Uma das poucas coisas que sei cozinhar bem.

Lá vem a tristeza de novo. Uma pontada de culpa me atingiu. Deveria ter sido Brad a saborear essa refeição deliciosa com ela. Parecia errado ter qualquer prazer nisso. O instante parecia roubado. Exatamente como o maldito cachorro me encarando com olhos arregalados. *Roubado.*

De repente, a culpa se tornou demais para suportar. Estava tarde, mas eu precisava de ar e sair um pouco daquela casa. Precisaria pegar o carro dela. Tínhamos decidido que, já que só um de nós saía por vez, não seria necessário que eu alugasse um.

Pegando meu celular, fingi ver a hora.

— Na verdade, preciso sair um pouco. Scottie já está dormindo e deve ficar bem por um tempo. Tudo bem se eu pegar seu carro?

— Claro. — Ela inclinou a cabeça para o lado. — Para onde?

— Vou encontrar alguém que conheci on-line para um drinque — menti. — Mas voltarei em umas duas horas.

— Tarde assim?

— É.

A expressão dela se entristeceu.

— Ah. Certo... sem pressa. Divirta-se.

Entrei no carro e dirigi, mas não fazia ideia de para onde estava indo. Só sabia que estar de volta a Woodsboro me fazia sentir coisas que eu não queria sentir — coisas que não sentia há muito tempo — quanto à minha mãe e a Brad. Eu voltava para casa para o Natal ao longo dos anos, mas essas viagens sempre eram uma parada rápida na casa de Michael e, então, já voltava para Chicago. Entrava e saía. Mas agora, estar na antiga casa de Brad sem ele me fazia sentir como um impostor. Sem contar que o lembrete diário de que três das quatro pessoas da família Longo tinham falecido era uma coisa difícil de engolir.

Precisando de um jeito de digerir isso um pouco, simplesmente aumentei a música e dirigi, sem destino em mente.

SETE

Carly

Era bem extraordinário o quanto Josh e eu tínhamos aprendido a administrar as coisas em apenas umas duas semanas. Isso não quer dizer que sempre nos dávamos bem; a provocação parecia ser um de nossos passatempos preferidos. No entanto, tínhamos uma rotina e estávamos fluindo. Eu cuidava de Scottie o melhor que conseguia enquanto Josh trabalhava durante o dia. Então, ele assumia enquanto eu fazia compras ou o jantar à noite. Não era sempre perfeito, porém tanto a casa quanto Scottie estavam inteiros, então eu considerava isso uma vitória.

O goldendoodle que eu tinha nomeado carinhosamente de Bubba também ainda estava conosco. Não havia pistas de onde ele tinha vindo, e muito para o desgosto de Josh, parecia que o cachorro continuaria vivendo conosco.

Josh continuava dormindo toda noite no colchão de ar que ele comprara. Apesar das minhas muitas ofertas para revezar o quarto, ele recusava.

Resolvi me aproveitar que Lauren, a terapeuta de Scottie, estava na casa certa tarde e marquei um horário para retocar minhas raízes. Embora tivesse, naturalmente, cabelo castanho-escuro, quando morava em L.A., sempre fazia mechas loiras.

Nadine's Nest, certamente, era diferente do salão glamouroso que eu frequentava onde morava. Havia apenas duas cadeiras em todo o lugar e, em vez de fotos de modelos de cabelo nas paredes, havia alguns pôsteres de ícones dos anos 1970, como Elvis e Cher. A proprietária do salão, Nadine, o administrava junto com sua filha Bianca. Enquanto Bianca colocava minhas mechas no papel-alumínio, acabei contando a ela toda a história de como fora parar em Woodsboro.

— Então você não tem tanto tempo hoje — ela disse ao pintar algumas mechas.

— Falei para Josh que voltaria lá pelas quatro.

Ela pausou.

— Josh é o cara que está te ajudando a cuidar do irmão do seu noivo?

— Sim.

— Qual é o sobrenome dele?

— Mathers.

— Ah... — Ela deu um sorrisinho. — O mundo é pequeno por aqui. Eu conheço Josh Mathers.

Claro que conhece.

— Por que fez essa cara?

— Ele namorou minha irmã no ensino médio. — Ela dobrou um pedaço de papel-alumínio. — Eles se formaram no mesmo ano. Temos um apelido para ele.

— Qual é?

— O Grande Idiota.

É. Revirei os olhos.

— Não muito original.

— Bom, ele tinha um pau grande e *é* um idiota. Então é apropriado.

Minha pele se aqueceu.

— Certo. Eu não precisava saber disso.

— Na verdade, ele traiu Nicole. Mas isso foi há muito tempo. Tenho certeza de que ele está mudado agora.

Não tenho tanta certeza.

— Então você deve ter conhecido meu noivo, Brad Longo, também?

— Ah, sim. Ele era fofo. Eu fiquei tão triste de saber que ele faleceu. Não liguei os pontos quando você mencionou o irmão autista, mas agora tudo faz sentido. Você era a noiva de *Brad*. Uau. — Ela parou de trabalhar por um instante para olhar para mim. — De novo, sinto muitíssimo por sua perda.

Detestava quando as pessoas falavam isso. Sempre me levava de volta à semana em que Brad morreu e ao estado horroroso de negação em que eu estivera, do qual provavelmente não tinha saído por completo até agora.

— Obrigada.

Ela analisou minha expressão no espelho.

— Como você está?

Meu peito pareceu pesado.

— Na maioria dos dias, só vivo em negação e tento me ocupar com trabalho ou responsabilidades. Claro que não tenho o trabalho tradicional enquanto estou aqui. Estou tirando um tempo sabático.

— No que você trabalha?

— Sou maquiadora.

Seu rosto se iluminou.

— Sério?

— Sim. Trabalho como freelancer em L.A. Principalmente para projetos de televisão e filme.

— Isto vai soar totalmente aleatório, mas há alguma chance de eu conseguir te convencer a fazer maquiagem para casamento aos sábados enquanto você está por aqui? Sei que não é tão empolgante quanto televisão, mas realmente me ajudaria. É tão difícil encontrar alguém confiável que sabe o que está fazendo.

— Não sei. Depende se valer a pena.

— Seriam quinhentos dólares por apenas algumas horas de trabalho pela manhã. A maioria dos casamentos são à tarde, então, com certeza, você finalizaria lá pela uma ou pelas duas.

Seria bom ter um dinheirinho extra para gastar.

— Vou conversar com Josh e ver se ele estaria disposto a cuidar de Scottie nas manhãs de sábado. Aí retorno para você.

Ela sorriu.

— Legal.

Após o compromisso, tinha uma hora para gastar antes da hora que falei para Josh que voltaria.

Carly: Há algum motivo para eu ter que voltar correndo? Estou pensando em fazer minhas unhas, se conseguirem me encaixar.
Josh: Não tem pressa. Fique tranquila.
Carly: Lauren ainda está aí?
Josh: Sim.

Provavelmente, ela estava usando minha ausência para enfiar os dentes em Josh sem meus olhos observadores.

Carly: Legal. E, quando eu chegar em casa, precisamos conversar. Tenho nudes.
Josh: Muito interessante. Pensei que fosse meio pudica para isso.
Carly: Ãh?

Josh: Por acaso está ditando a mensagem e falhou?

Subi a tela para ver o que eu tinha escrito. *Aff!*

Carly: Não nudes. Novidades! Eu estava usando a voz para mandar mensagem.
Josh: Caramba. Nudes soou intrigante.

Quando voltei após meu compromisso, uma cena interessante estava acontecendo no sofá. Não somente Scottie estava sentado no colo de Josh durante uma reunião pelo Zoom, como o cachorro estava transando com a perna de Josh.

Quando cobri a boca para abafar a risada, Josh me mostrou o dedo do meio.

Fui à cozinha e encontrei um pedaço de papel no balcão de um dos caderninhos de Wayne. Josh havia escrito algo nele e usou um limão como peso de papel.

Quase usei este limão para meu chá gelado. Mas, então, percebi que era o último e não quero que você cheire mal amanhã. Então, talvez, adicione limões à próxima ida ao mercado.

UM AGRADECIMENTO DOS MONGES TRAPISTAS DE ST. FRANCIS.

Revirei os olhos e dei risada, mas escolhi não falar do recado até Josh acabar sua reunião de trabalho.

Depois que ele desconectou a ligação — e escapou do sofá —, entrou na cozinha.

— Bem, aquela cena foi uma visão e tanto para meus olhos — chiei.

Ele suspirou.

— Só tenho que manter minha câmera desligada permanentemente. Talvez devesse fechar as malditas cortinas também. Qualquer um que olhar para dentro desta casa teria um belo de um show.

Ergui o recado que ele tinha me deixado.

— Obrigada pela forma desnecessária com a qual me disse que precisávamos de limões, aliás.

— Por nada. Imaginei que deveria começar a usar esses caderninhos.

Quando o cachorro entrou correndo, me abaixei para acariciá-lo.

— Bubba, você estava se divertindo um pouco demais. — Esfreguei suas orelhas. — Seu cachorrinho atrevido.

Josh arqueou uma sobrancelha.

— Você falou para ele que eu era fácil, não falou?

Dei risada.

— Sim.

— Falou com a polícia de novo ou está secretamente torcendo para eles nunca ligarem de volta para nós?

O último.

— Da última vez que fiquei sabendo, eles não tinham pistas, mas vou perguntar de novo.

— Claro que vai. — A boca de Josh se abriu em um sorriso. — Seu cabelo está bonito, aliás.

O sorriso dele e o elogio inesperado me aqueceram por inteiro. O que estava havendo comigo? Devia estar solitária pra caramba se estava reagindo a *Josh* desse jeito. Ele não tinha feito nada além de sorrir e me falar que meu cabelo estava bonito, e eu estava me transformando em uma maria-mole. Mas um sorriso genuíno e um elogio direcionados a mim eram coisas raras dele.

— Obrigada — eu disse, enfim, pigarreando. — Encontrei uma velha amiga sua hoje.

— Quem?

— Minha cabeleireira. O nome dela é Bianca DiLoreto. Você namorou a irmã dela no ensino médio.

— Ah. — Ele coçou o queixo. — A irmã de Nicole. Não é uma amiga, mas, é, tudo bem.

— Enfim, ela me ofereceu um emprego para fazer a maquiagem para casamentos aos sábados de manhã. Essas eram as minhas novidades.

— Suas *nudes*. — Ele deu uma piscadinha.

— Isso. — Dei risada. — Enfim, não quis aceitar sem combinar com você, já que você teria que ficar com Scottie enquanto estou fora.

Ele não hesitou.

— Não tem problema.

— Sério?

— Achou que eu teria problema com isso? Será bom você sair. E por que não ganhar um dinheiro extra para si?

— Obrigada. — Assenti. — Concordo.

— Também é bom para sua sanidade.

Humm... Me surpreendeu o fato de um homem que, originalmente, eu tinha pensando que me *enlouqueceria* estava preocupado com minha sanidade. Devo ter encarado seu rosto ridiculamente perfeito por tempo demais conforme refleti nisso.

— O que foi? — ele perguntou.

— Estou esperando seu outro lado aparecer — admiti.

— Do que está falando?

— Você tem sido paciente, bastante respeitoso, apesar de me encher o saco, e legal, em geral, comigo. Não há muito para odiar ultimamente.

— Está *procurando* motivos para me odiar?

— Não mesmo. Este processo é muito mais fácil se nos dermos bem.

— Talvez você tenha tirado conclusões erradas sobre mim desde o início. Já pensou nisso?

— Talvez eu tenha... sobre certas coisas. Apesar de que a verdade é que estamos morando juntos há umas semanas e nos dando perfeitamente bem. Mas, ao mesmo tempo, ainda não sinto que conheço você. Quem nós somos quando estamos vivendo esta situação e quem nós somos fora daqui, provavelmente, são duas coisas diferentes.

— Conhecer um ao outro não é uma exigência do trabalho, Carly. Mas não tenho nada a esconder. Pode me perguntar o que quiser.

Perguntar a ele o que eu quiser. Esse era um convite que eu não poderia recusar. Respirei fundo e soltei a pergunta que estivera me corroendo por anos.

— O que meu rosto tem que te incomodou?

Josh arregalou os olhos, então mirou o chão.

— Percebi que você foi direto na jugular.

Meu sangue estava fervendo.

— Acha que sou feia ou algo parecido? Foi por isso que falou aquilo?

— Não — ele respondeu de imediato. — Absolutamente, não.

— Isso não é uma coisa que as pessoas normalmente dizem... que o rosto de alguém as incomoda.

— Você não deveria ter levado para o lado pessoal.

— Como não se leva para o lado pessoal? É a porra do meu rosto! — gritei.

— Não significava nada, Carly, por mais difícil que possa ser de acreditar. Eu só estava sendo um imbecil. Gostava de encher o saco de Brad por um monte de coisa. Ele tinha acabado de começar a namorar você, e fiz um comentário idiota. Não há muito mais do que isso nesse assunto.

— Mas você ainda não respondeu minha pergunta. Foi um insulto bastante específico. Houve um motivo para você pensar em dizer isso. Só não quer admitir. — Senti minhas bochechas queimarem de frustração. — Cansei desta conversa.

As orelhas dele estavam vermelhas quando, finalmente, me olhou nos olhos.

— Você quer que eu minta e diga que foi porque te achei feia só para te dar uma resposta?

Coloquei as mãos na cintura.

— Não posso mudar meu rosto, sabe.

— Jesus, Carly. Não se tratava do seu rosto, não.

Calafrios percorreram minha coluna conforme ele se aproximou.

— Não se tratava do meu rosto? Então por que mencionou meu rosto? Agora está me confundindo.

Josh soltou uma respiração demorada e olhou para o teto.

— Quando Brad me mostrou sua foto, você me lembrou de alguém de quem eu não queria ser lembrado. Foi o único motivo pelo qual falei isso.

Estreitei os olhos.

— Quem?

Dava para ouvir um alfinete cair antes de ele finalmente falar.

— Você me lembrou da minha mãe naquela foto.

Pisquei.

— Da sua mãe?

— Você nem se parece muito com ela, mas havia algo em sua expressão naquela foto... no seu rosto. Foi por isso que falei isso. Nunca nem expliquei isso para Brad. Ele só pensou que eu estivesse sendo um idiota, tenho certeza. *Ele* nunca me perguntou por que falei isso.

Meu queixo caiu.

— Bem, isso é meio... bizarro.

Ele cruzou os braços.

— Você acha?

Eu não sabia o que dizer. *Eu o tinha feito lembrar da mãe dele?* A que tinha traído o pai dele com o tio. A que o abandonou. Pelo menos o comentário dele fazia um pouco mais de sentido agora. Não saber o que ele queria dizer havia me incomodado por tempo demais.

— Bem, obrigada pela sinceridade.

— Não poderia deixar você seguir pensando que havia algo de errado no seu rosto — ele disse. — Isso teria sido mais perturbado do que eu sou.

— Você não é perturbado porque tem trauma com sua mãe. E não precisa me contar mais nada. Respondeu minha pergunta. Podemos esquecer esse assunto.

Ele expirou e começou a andar de um lado a outro.

— Não há muito para contar. Minha mãe decidiu, há muito tempo, que a vida dela era melhor sem o marido e os filhos. Voltar a Woodsboro nunca é fácil para mim, mas principalmente agora que Brad se foi. Este lugar, e os Longo, sempre foram minha distração da vida na minha casa. Sempre me senti querido aqui.

— Imagino que seu pai não lidasse bem com as coisas.

Ele parou de andar de um lado a outro e se virou para me encarar.

— Ele fez o melhor que podia, porém sempre estava deprimido. Agora ele está melhor. Mas, na época, meus irmãos e eu tivemos que cuidar de nós mesmos, na maior parte do tempo, enquanto também cuidávamos dele. Era por isso que eu sempre estava aqui. Era minha fuga, meu jeito de lidar com isso... fingindo ser parte de outra família. Então, depois que Yvonne morreu, foi um tipo totalmente diferente de perda. Para ser sincero, foi pior do que minha mãe ir embora.

— Cada canto desta casa deve ter uma lembrança para você, não é?

Ele olhou em volta e sussurrou:

— Sim.

Quando seus olhos encontraram os meus de novo, perguntei:

— Ainda faço você lembrar dela?

Josh balançou a cabeça.

— Não. Foi só uma primeira impressão estranha com base em uma foto. Você não se parece com ela, e não é nada como ela, acredite em mim. Você se importa mais com aquele maldito cachorro do que minha mãe já se importou conosco. E você é ótima com Scottie, mesmo que metade do tempo não saiba o que está fazendo. Você dá o seu melhor.

Dei risada.

— Está dizendo que mereço um consolo como prêmio por meus esforços?

Josh me olhou de lado.

— Que porra é um consolo?

— Nunca ouviu falar nisso?

— Já, mas depende do significado. — Ele estalou os dedos. — Espere, um consolo para colocar no seu peito de silicone que fritamos?

Bufei.

— Pensei que você fosse mais inteligente. Um consolo que não é um *vibrador*, Mathers.

— Desculpe. Só conheço um tipo de consolo... nada mal, devo admitir.

— É um termo para o prêmio dado a quem chegou em último lugar. Um prêmio de consolação. Um consolo.

— Ah. Bem, então sim, você, definitivamente, merece um consolo como prêmio. — Ele deu uma piscadinha. — Mas dez pelo esforço.

— Bom, obrigada. — Coloquei uma mecha de cabelo atrás da orelha. — Sei que também está tentando. Iríamos empatar para o prêmio de consolação por aqui.

Só olhamos um para o outro por alguns minutos.

— É minha vez de te perguntar uma coisa — ele disse.

— Xiiiii. — Minha pulsação acelerou. — Certo.

— Por que você surtava quando Brad ia me visitar em Chicago? Era só por causa daquela mensagem ou tinha mais alguma coisa?

— Não confiava nem um pouco em você — expliquei. — Ele sempre falou que você o metia em encrenca quando eram menores, e eu me preocupava que isso se estendesse à vida adulta. Ele me contava sobre todas as mulheres com quem você saía, que ele achava que você nunca iria sossegar.

— Acha que sou tão ruim assim? — Josh deu risada. — Vou admitir, eu gostava de festa. E gosto de mulheres. Mas nunca tentei levá-lo para o lado errado assim que percebi o quanto ele estava comprometido. No fim, eu respeitava os sentimentos dele por você.

— Acredito em você agora. Mas não era fácil de enxergar isso na época.

Josh se apoiou no balcão.

— Sinceramente? Viver no limite ficou meio entediante para mim, principalmente desde que Brad morreu. Talvez seja depressão, mas nada me anima mais. Nada me estimula. — Os olhos dele se fixaram nos meus. — Queria poder encontrar algo que fizesse isso.

Senti meu rosto esquentar.

— Como foi aquele encontro que você teve na outra noite?

— Ah. — Josh desviou o olhar. — Não… deu certo.

— Que pena. — Suspirei. — Talvez não seja tanto que nada te anime, mas mais o fato de que você está ficando mais velho, querendo coisas diferentes.

Ele deu de ombros.

— Não sei o que quero. Esse sempre foi o problema, mas, principalmente, agora que tudo na vida parece superficial. — Ele olhou para a ponta dos meus dedos e sorriu. — Você cortou suas garras.

— Você estava certo. Eu não conseguia limpar a bunda dele com elas.

Josh caiu na gargalhada.

— Você nunca pensou que teria que se preocupar com essas coisas, hein?

— Na verdade, falando em coisas com que *você* nunca pensou que teria que se preocupar… Tenho um favor a pedir.

— Qual?

— Você consideraria deixar Scottie tomar banho com você a partir de agora… planejando, claro? Não está dando certo eu dar banho nele. Ele não gosta de ficar sentado quieto, e eu fico inteira molhada. Acho que seria mais tranquilo se ele conseguisse ficar parado no chuveiro com alguém. Claramente, ele prefere assim, e desconfio de que esteja acostumado assim. Obviamente, não é apropriado que eu dê banho de chuveiro nele.

— Tenho certeza de que falo por ele quando digo que acho que ele *adoraria* isso. — Josh sorriu maliciosamente.

Dava para me sentir corando.

— É, bem, *eu* não...

— Você prefere que meu pau seja puxado.

— Basicamente, sim.

Josh olhou desafiadoramente para mim, então suspirou.

— Certo. Vou levá-lo comigo. Mas preciso, tipo, de dez minutos para mim mesmo lá primeiro. Então eu grito e você pode trazê-lo. Pode ser?

— Sim. Claro.

Minha imaginação correu solta sobre por que Josh poderia precisar desses dez minutos sozinho no banho. Brad sempre costumava se masturbar no banho. Dada essa situação de moradia e a falta de privacidade, presumi que o banho devia ser onde Josh se dava prazer. Senti uma pontada indesejada entre as pernas ao pensar nisso, de novo um lembrete de que eu precisava me acalmar. Por algum motivo, eu achava aquele visual tão excitante — eu *o* achava tão excitante —, que era quase perturbador. Era nojento e inapropriado ter pensamentos sexuais em relação ao melhor amigo de Brad. Mas me via cada vez mais consciente ultimamente do quanto exatamente fazia tempo que eu havia encostado em um homem. Se Josh fosse qualquer outro, eu poderia ter me aproveitado de nossa situação de moradia. Mas, já que isso *nunca* aconteceria, eu precisava controlar esses pensamentos sexuais.

Após o jantar naquela noite, Josh me ajudou com a louça antes de se sentar com Scottie enquanto eu tomava banho.

— O banheiro está livre — anunciei ao sair, totalmente vestida, pingando água das pontas do cabelo e caindo em minha camiseta.

— Faz alguma ideia de por que ele escuta as músicas de Elton Jonh de trás para a frente?

Passei a mão em minhas mechas molhadas.

— Ele tem um app que grava músicas e as tocas ao contrário. É louco todas as coisas que ele sabe fazer, mesmo que não converse com a gente. — Suspirei. — Mas ele definitivamente ama Elton John.

— Demorei um pouco para descobrir que ele estava ouvindo *Can you feel the love tonight?* — Josh se levantou. — Enfim, na verdade, vou treinar antes de dar banho nele, se não se importa.

— Não sabia que tínhamos uma academia em casa — zombei.

— Só vou fazer o que conseguir no espaço que temos. Preciso fazer alguma coisa. Eu morava na academia na minha cidade. Estou começando a me sentir péssimo.

Isso era cômico, considerando que a *aparência* dele estava longe de péssima. O homem era a perfeição física, e seu corpo parecia uma pedra. Mas imagino que, quando se está acostumado a treinar e tem que parar, você se sente esquisito.

— Por que não se matricula em uma academia em Woodsboro? — sugeri.

— A mais próxima fica a uns trinta minutos, mas pode ser que eu me matricule, dependendo de quanto tempo ficarmos aqui. Por enquanto, só vou improvisar.

Ele tinha razão. Nenhum de nós sabia quanto tempo ficaríamos presos em Woodsboro, então precisávamos organizar rotinas ali. Fiz uma nota mental de acompanhar o processo para inserir Scottie em uma lista de espera naquela semana. Josh havia feito umas ligações, mas, até agora, ninguém tinha retornado para ele. Estávamos tão ocupados ajustando-nos à vida ali, que não tivemos oportunidade de ser muito proativos com isso ainda.

Scottie voltou para o quarto dele, e eu me ocupei na cozinha enquanto Josh começava seu treino. Ele começou com abdominais, depois mudou para flexões. Como a cozinha era aberta à sala de estar, eu tinha um assento na primeira fileira ao seu treino. Assim como Bubba, que havia se acomodado no canto da sala. Poderia jurar que o cachorro estava babando. *Não posso culpar você, Bubba.*

Quando Josh, enfim, começou a erguer e baixar a mesa de canto, usando-a como peso, fiquei realmente paralisada. A forma dos músculos dele mudava, dependendo do movimento. As definições de seu abdome se destacavam ainda mais quando ele fazia força. Uma linha fina de pelo levava ao V na parte de baixo de seu abdome. E, então, havia o brilho de suor em sua pele perfeita... Seu corpo bronzeado era como um trabalho de arte atrás de cordas de veludo hipotéticas que eu nunca teria o direito de cruzar. E nem vou falar dos grunhidos sutis, que facilitavam bastante imaginar como ele soaria ao transar.

Quando finalizou, Josh pegou uma toalha para secar seu corpo. Minha língua pinicou conforme minha boca se abriu levemente, os músculos entre minhas pernas acordando ainda mais. Talvez eu tenha admirado aquela visão um pouco demais.

— Posso te ajudar?

A pergunta dele me tirou do transe, mas demorou alguns segundos para eu registrar por que ele tinha me perguntado isso. Ele havia me flagrado encarando. Meu estômago gelou.

— Não — eu disse quando balancei a cabeça e fingi estar ocupada na cozinha.

Idiota.

Depois disso, desapareci no meu quarto e não falei com ele pelo resto da noite.

OITO

Carly

Alguns dias depois, eu ainda não tinha superado o quanto aquilo havia sido terrível, então resolvi contar a Christina durante nossa ligação de atualização enquanto dirigia para casa do meu primeiro compromisso oficial como maquiadora no salão.

Ela estava desesperada, tentando me fazer sentir melhor por isso.

— Quando ele falou "Posso te ajudar?", talvez só estivesse perguntando se você precisava de alguma coisa.

Isso foi engraçado.

— Bem que eu queria. — Balancei a cabeça. — Não. Definitivamente, foi o jeito dele de me castigar por encarar. Josh é um desgraçado arrogante.

— E daí se ele estivesse provocando você?

— E daí? É humilhante, é isso.

— Ainda acho que você pode ter interpretado errado o motivo de ele falar isso.

— Não. Acho que o lado imbecil dele que eu tinha pensado ter hibernado voltou. Ele se acha. Sabe que é bonito. Ele me flagrou olhando, e decidiu chamar minha atenção por isso. Bem quando eu estava começando a pensar que ele era legal.

— Você falou alguma coisa para ele?

— Nenhum de nós mencionou isso de novo. Eu só fingi que nada aconteceu, fingi que tinha esquecido. Conversei amenidades com ele na manhã seguinte. E os últimos dias têm sido ocupados como sempre.

— Bem, então já está no passado.

— Para *ele*, talvez. Não para mim. Ainda me sinto idiota por encará-lo daquele jeito, e ainda mais idiota por deixar a guarda baixa por tempo o suficiente para ser flagrada.

— Você só é humana. — Ela pausou. — Precisa sair dessa casa. Já fez amigas aí com quem poderia sair?

— Bom, nesta manhã, fiz maquiagem para um casamento e fiquei conversando com uma das madrinhas... Lisa. Ela falou que poderíamos sair para beber ou jantar alguma noite. Ela também é nova na cidade. Então acho que vou aceitar o convite dela.

— Perfeito. Faça isso logo em vez de esperar, por favor. — Ela suspirou. — Só para você saber, não te culpo por secar Josh. Só consigo imaginar como ele estava uma visão e tanto todo suado.

— Você não está ajudando.

— Simplesmente, parece que o homem sabe transar, não é?

— Tchau, Christina! — Desliguei.

Mas, é, parece.

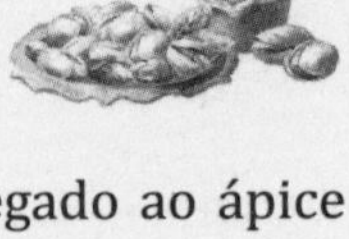

Pensei que tivesse chegado ao ápice da vergonha na outra noite, mas me enganei.

Josh estava sentado à mesa, casualmente tomando café quando entrei depois de dirigir para casa, vindo do salão. O cheiro de cigarros emanava dele. Ele não cheirava assim desde o primeiro dia que chegou.

— Onde está Scottie? — perguntei.

— No quarto dele — ele respondeu sem fazer contato visual.

Declarei o óbvio.

— Você está com cheiro de fumaça.

— Deve ser o fogo. — Ele levou a caneca à boca.

— Mentira. O fogão não solta fumaça.

— É. Eu cedi e fumei. Grande coisa. — Ele apontou para a porta. — Mas fumei lá fora, enquanto ficava de olho em Scottie através da janela.

— Você estava indo tão bem. O que aconteceu?

Ele ainda não estava olhando para mim, e olhava para a frente.

— Acho que só sou humano.

Então algo na frente dele em cima da mesa chamou minha atenção: pedaços de páginas rasgadas empilhadas... *meu diário.*

Uma onda de adrenalina me percorreu.

— Por que está com isso?

— Aparentemente, é seu diário.

— Estou bem ciente disso. — Meu coração começou a martelar. — Você estava xeretando no meu quarto?

Ele me olhou de forma perfurante.

— Pense, Carly. Dos dois homens desta casa, quem é mais provável que saqueie seu quarto?

— Era para você estar vigiando-o enquanto eu estava no salão.

— Porra, eu preciso mijar em paz. Já não é ruim o suficiente eu estar tomando banho com ele agora? Tendo minhas bolas puxadas?

Eu queria rir, mas esse momento estava longe de ser engraçado.

— Scottie arrancou essas páginas?

— O caderno é laranja brilhante, igual à capa do iPad dele. Provavelmente, chamou sua atenção. A gaveta ao lado da cama estava aberta, então ele deve ter entrado lá. Imagino que seja onde você o guarda. Admito que o deixei passear no seu quarto, mas você, às vezes, também deixa. Fui ver onde ele estava, garantir que não estivesse fazendo nada de ruim, e encontrei estas folhas espalhadas. — Uma veia saltou de seu pescoço.

Josh estava bravo. *Por quê?* Eu que deveria estar brava.

— Você leu?

— Só acabei vendo o que estava nas páginas que ele rasgou. Não li mais nada assim que percebi o que era.

Isto é ruim. Começando a suar, perguntei:

— Mas *quanto* você leu?

Ele se levantou e, lentamente, se aproximou de mim. A cada passo que ele dava na minha direção, eu dava um para trás. Quando não poderíamos mais andar, ele colocou os braços de cada lado de mim, apoiando as mãos na parede. E me esqueci de respirar.

Medo. Tesão. Vergonha. Pode escolher, eu estava sentindo tudo agora. Todas as emoções me atingiram de uma vez.

A respiração dele roçou meu rosto.

— O quanto eu realmente li? — Ele pausou. — O suficiente para saber que você acha que sou um porco do mal.

Aff. Não. Agora a raiva dele fazia sentido.

Quando ele recuou, fui até as páginas rasgadas na mesa e as folheei.

— É a última, só para você saber — ele comentou.

Li o que eu tinha escrito na outra noite.

Estou horrorizada. Eu estava encarando Josh enquanto ele estava treinando, e ele me pegou no flagra. O porco do mal chamou minha atenção! Mas, pior, que tipo de mulher seca o melhor amigo de seu noivo falecido? Devo precisar muito transar. Não se trata de Josh. Sei disso. Ele é um homem bastante atraente, mas não se trata dele. Só estou solitária. E acho que, de repente, está caindo minha ficha. Mas me sinto muito culpada.

Encarei o papel, incapaz de olhá-lo nos olhos.

— Você se sente culpada por me achar atraente?

Meu primeiro impulso foi negar que o achava atraente, mas eu tinha escrito isso. Não havia como voltar atrás.

Enfim, olhei para cima.

— Claro que me sinto culpada. É errado.

— Não há nada errado com atração física. É natural e automático. — Ele passou a mão pelo cabelo. — Mas o que *é* errado... é a forma como te deixei com vergonha por olhar para mim. Só estava brincando com você. — Os olhos dele analisaram os meus. — Eu *gostei* do jeito que você estava me olhando, na verdade. Então também sou meio perturbado, sabe? Também gostei de chamar sua atenção e te provocar, então talvez eu seja meio babaca... e um porco, como você diz. — Ele suspirou. — Desculpe por ter te deixado com vergonha. E você não é a única que se sente culpada ultimamente. — Ele balançou a cabeça. — Na maioria dos dias, me sinto culpado simplesmente por estar vivo.

— Foi por isso que você fumou... porque viu o que escrevi. Te deixou chateado.

— Talvez — ele disse quando voltou à sua cadeira. — Me fez perceber o quanto você acha que sou uma pessoa horrível. Mas estava chateado comigo mesmo antes sequer de ver o que escreveu... porque você tem agido estranha comigo, mesmo que estivesse fingindo que não tinha nada de errado.

Culpa do meu potencial como atriz.

— Apesar do que escrevi nesse diário no calor da minha vergonha, não acho que você seja horrível. Nem acho que seja um porco do mal. Mas você *tem* seus momentos. Nós dois estamos tendo, ultimamente. — Respirei fundo, me sentindo no limite. — Se eu fumasse, poderia fumar um agora mesmo. — Puxei uma cadeira e me sentei à frente dele. — Estou trancada nesta casa por tempo demais. O que me faz lembrar de que vou fazer planos para sair uma noite em breve com uma mulher que conheci hoje... para uma noite das garotas.

— Olhe para você, tendo uma vida. — Ele deu um sorrisinho.

— Tentando.

Ele assentiu.

— Fico feliz em vigiar Scottie enquanto você sai... assim que eu voltar.

— Voltar? — Arregalei os olhos. — Aonde você vai?

— Eu ia te contar quando chegou em casa hoje. Preciso voltar para Chicago por uns dias.

Meus músculos se enrijeceram.

— Ah... aconteceu alguma coisa?

— Tenho que me reunir com um cliente novo. Meu trabalho é noventa por cento remoto, mas, de vez em quando, sou requisitado para ir pessoalmente. Deve ser só por uns dias. Voltarei antes do próximo fim de semana. E então você pode sair.

— Certo... bom, obrigada por me avisar.

Era engraçado pensar que houve uma época em que pensei que poderia fazer tudo isso sozinha. Agora eu não sabia como iria sobreviver alguns dias sem Josh. Mas eu nunca poderia admitir isso para ele.

— Você ficará bem — ele disse. — No pior dos piores, se algo acontecer, Abe mora bem aqui ao lado.

Acenando minha mão, fingi confiança.

— É. Vou ficar totalmente bem. Não se preocupe.

Josh e eu não falamos mais nada sobre o diário naquela noite. Mas eu não ia conseguir esquecer isso com tanta facilidade. Provavelmente, isso viria me assombrar quando o Mr. Hyde[1] decidisse aparecer de novo um dia.

Na manhã seguinte, Josh já tinha saído para o aeroporto quando acordei. Scottie ainda estava dormindo, e a casa estava extremamente silenciosa. Era assim que teria sido se Josh nunca tivesse aparecido naquele primeiro dia? Certa vez, era isso que eu tinha desejado — ser deixada sozinha ali para cuidar de Scottie, para cometer meus erros sem plateia. Mas agora eu absolutamente odiava isso. Ele tinha acabado de sair, e eu já estava contando os minutos para Josh voltar de Chicago.

Quando fui pegar uma caneca, vi um recado no balcão.

É esquisito uma das minhas
comidas preferidas ser bacon?
Você sabe, considerando que
sou um porco e tal. Isso faz de

1 Referência ao livro *O Médico e o Monstro*, de Robert Louis Stevenson. (N.E.)

mim um canibal? Só estou brincando, Carly.

(Sério.) Até daqui a alguns dias.

UM AGRADECIMENTO DOS MONGES TRAPISTAS DE ST. FRANCIS.

Quando abri a gaveta para pegar uma cápsula de café, havia outro recado.

Você contou a Bubba como tenho sido babaca, não contou? Ele me deixou uma surpresa na cozinha esta manhã, e eu pisei nela.

Ele nunca fez isso. Você o treinou bem, Abóbora. Só estou brincando de novo.

UM AGRADECIMENTO DOS MONGES TRAPISTAS DE ST. FRANCIS.

Mas não é brincadeira o cocô do cachorro. Infelizmente, isso aconteceu de verdade.

UM AGRADECIMENTO DOS MONGES TRAPISTAS DE ST. FRANCIS.

Conforme preparei meu café, eu sorri enquanto bocejava. Mas, quando abri a geladeira para pegar o creme, encontrei outro recado grudado à caixa.

Este quase fez meu coração parar.

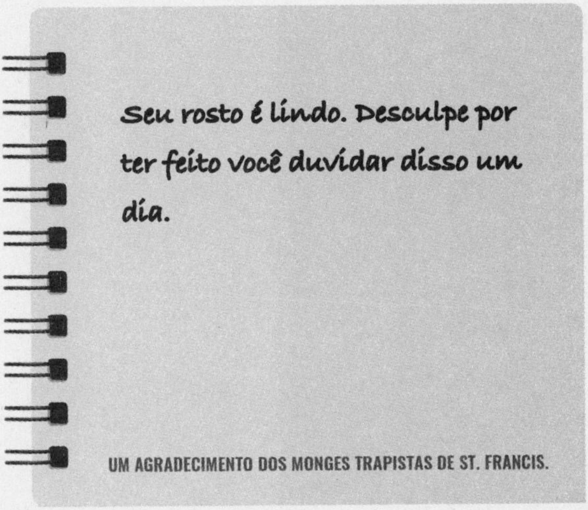

NOVE

Josh

Após outro dia ocupado no escritório, fui para o Piccadilly Pub no centro de Chicago com alguns colegas de trabalho. Mas minha mente ficava voltando para Woodsboro, especificamente para o que estava havendo na casa com Carly.

Na noite anterior ao meu voo, eu tinha ouvido um som de algo misterioso vindo do quarto dela depois que ela foi dormir. Era Brad. A voz dele. Primeiro, pensara que estivesse alucinando. Mas, então, percebi que Carly estava tocando uma de suas mensagens de voz antigas repetidamente. Eu havia colocado minha orelha na porta para ouvir e quase desabei. Tinha me acertado em cheio e, desde então, pensei praticamente só nisso.

Ela e eu havíamos tido uma conversa bem intensa por causa do diário também. A forma como sua respiração havia acelerado quando eu a encurralara contra a parede não passou despercebida por mim. Então, sim, imaginei que houvesse inúmeros motivos para eu não ter conseguido parar de pensar naquela noite.

Pensei como ela estava se sentindo depois dos últimos dias sozinha com Scottie. Enviei a ela uma mensagem de texto do pub.

Josh: Está tudo bem por aí?

Ela respondeu imediatamente.

Carly: Sim, acabei de tomar banho com Scottie. Então tem isso.

Ah, merda.

Josh: Hum... como você fez?

Carly: Ele se acostumou tanto a tomar banho com você que não consegui fazê-lo entrar lá a menos que eu fosse com ele. Coloquei um biquíni.

Porra. Isso me fez conjurar a imagem na mente.

Josh: Parabéns por improvisar, Abóbora.

Carly: Pelo menos tenho uma solução no caso de você não voltar.

Josh: Se planeja começar a usar esse biquíni pela casa, definitivamente vou voltar.

Imediatamente, me arrependi. Era um flerte muito grande, mesmo que estivesse só brincando. O álcool estava me deixando ousado.

Josh: Estou brincando, claro. Mas esse foi seu jeito de verificar e se certificar de que vou voltar?

Carly: Não consigo imaginar que você iria querer depois de ter um gostinho da liberdade de novo.

Esse era o problema. Eu *sentia falta* de estar na casa com Carly e Scottie — e o maldito cachorro. Estava começando a parecer um lar, enquanto ali — estar fora em um bar gelado — parecia estranho. Essa sensação de saudade de algum lugar, definitivamente, era nova para mim.

Josh: Estarei de volta amanhã.

Carly: Legal.

Josh: Aí você pode ter sua noite de folga pela cidade. Apesar de que, só um alerta, Woodsboro não é tão animada.

Carly: Só de sair vai ser legal. Vou mandar mensagem para minha nova amiga Lisa para confirmar. Provavelmente, será no sábado à noite.

Josh: Sim. Quando quiser.

Carly: Como é estar de volta a Chicago?

Josh: Meio estranho. Mas estou curtindo minha cama.

Carly: Imagino!

Josh: Como está o cachorro?

Carly: Ainda aqui.

Josh: Droga, estava torcendo para ele ter ido embora quando eu voltasse. 😉

Carly: Não está falando sério.

Josh: Tem razão. Não estou. Estou acostumado a tê-lo por perto. Nunca pensei que diria isso.

Carly: Ele sente sua falta.

Josh: Ele sente falta da minha perna.

Carly: Rs

Josh: A única ação que estou tendo ultimamente. Então, talvez, eu devesse simplesmente apreciar.

Os três pontinhos se mexeram por um período incomumente longo.

Carly: Nenhuma ação em Chicago? Estou surpresa.

Josh: O que você acha? Que desço do avião e tenho uma mulher pronta?

Carly: Talvez seja assim que imaginei sua vida.

Josh: Tive minha parcela de diversão ao longo dos anos. Mas não é tão intensa quanto você imagina.
Carly: Você falou mesmo que as coisas mudaram depois que Brad morreu. Perdeu o interesse ou algo assim?

Minha cabeça girou um pouco. Eu já tinha bebido bastante, mas digitei as palavras mesmo assim.

Josh: Tudo mudou depois que Brad morreu, Abóbora. Tudo.
Carly: Eu sei.
Josh: Também comecei a perceber que a diversão que sempre pensei que estava tendo, provavelmente, era só meu jeito de mascarar outros problemas. Mas essa é uma conversa para outro dia.
Carly: Você é mais humano do que eu pensava, Mathers.
Josh: O que eu era antes, um primata?
Josh: Espere... um porco? 😊
Carly: Não, rs. Mas é bom saber que há alguém por aí que entende o que tenho passado.

Senti um aperto no peito.

Josh: Esta é uma conversa muito profunda para ter no meio de um bar lotado. Também estou meio bêbado, então provavelmente é melhor parar de trocar mensagem antes que eu comece a te contar segredos ou alguma merda.
Carly: Você não vai dirigir, né?
Josh: Não. Vou chamar um carro de aplicativo.
Carly: Certo, que bom. Tome cuidado.
Josh: Sim, mãe.

Carly: Isso é meio perturbador, sabe, depois que me contou sobre minha foto te fazer lembrar dela.

Merda.

Josh: Eu não quis dizer isso.
Carly: Certo. ☺
Josh: Fale para Scottie que mandei oi.
Carly: Vou falar.

— Está trocando mensagem com uma mulher? — meu amigo perguntou.

Me encolhi.

— Não. Por que acha isso?

— Você estava sorrindo. Imaginei que fosse isso.

Coloquei o celular na mesa com a tela para baixo, meio decepcionado comigo mesmo.

— Eu estava?

— Sim.

Jordan era meu colega de trabalho e amigo mais próximo em Chicago. Eu ainda não tinha contado a ele sobre Carly estar em Woodsboro comigo e sobre nossa situação de moradia. Ele achava que eu estava cuidando de Scottie sozinho, o que era o plano original.

— Eu só estava verificando como estão as coisas em Woodsboro — eu disse.

— Não consigo acreditar que você está ficando lá.

Dei um gole na minha bebida.

— Não é tão ruim.

— Sério? Você estava apavorado de ir...

— Estava. Mas tem sido tranquilo.

— Quem está com o cara agora enquanto você está aqui? A tia dele?

Eu não queria entrar nesse assunto.

— É meio que uma longa história.

Ele insistiu.

— Eu tenho tempo.

— A noiva de Brad está com ele, na verdade. Ela está morando conosco e me ajudando.

— Caralho. — Seus olhos praticamente saltaram da cabeça. — Como isso aconteceu?

— Nós dois tivemos a mesma ideia e ambos pensamos ser a pessoa certa para a função. Aparecemos quase na mesma hora e falamos um para o outro ir embora. Nenhum de nós se mexeu. Então nós dois percebemos o quanto era difícil e resolvemos ficar e ajudar um ao outro.

Jordan ainda estava processando.

— Espere... você está *morando* com ela?

— Sim. — Dei outro gole na bebida.

— É dessa garota que você nunca gostou, certo?

Minha garganta ficou ácida.

— Nunca a conheci de verdade.

— E agora?

Mexi o gelo com meu canudinho.

— Acho que ela é... ótima, para ser sincero. Temos nossos momentos quando nos provocamos, mas meio que gosto deles. Faz o tempo passar mais rápido.

— Que maluquice. Você estava escondendo isso de mim.

— Não é tão maluco. É só a forma como as coisas deram certo.

— O jeito que você estava sorrindo quando estava mandando mensagem para ela… Tem certeza de que não há nada acontecendo aí?

Sentindo uma onda de energia nervosa, balancei a cabeça.

— Não, claro que não. Não é assim.

— Sabe, não iria julgar você se estivesse acontecendo alguma coisa.

— Não está — disse rapidamente.

— Você não sente atração por ela?

— Isso é irrelevante. Não poderia fazer isso com Brad mesmo se eu sentisse.

— Brad não está mais aqui, Josh.

O tapa da declaração dele machucou meu peito.

— Está. — Apontei para o meu coração. — Ele está aqui. — Apontei para a minha cabeça. — E aqui. Então, não.

Senti que estava suando. Os pensamentos que eu tivera desde que flagrara Carly me secando tinham ficado mais sujos ao longo dos últimos dias. Assim como a culpa ficara mais pesada. Era ruim o suficiente eu ter acordado suado e duro na noite anterior depois de um sonho vívido em que eu estava transando com força com ela por trás enquanto puxava seu cabelo loiro e comprido. Eu sabia que não agiria por impulso, mas os pensamentos estavam lá — um exemplo perfeito do porquê eu tinha me voluntariado para ir a Chicago, apesar de, tecnicamente, não precisar. Eu poderia ter saído dessa. No entanto, precisava de uma pausa da tensão.

— Respeito seus sentimentos por Brad — Jordan disse. — Mas, só por curiosidade… Quero dizer, se você está morando com ela, e há uma atração mútua aí, deve ser difícil. Morar no meio da floresta com uma mulher gostosa? Não pode me dizer que o limite não estremece um pouco.

Se eu conhecia Jordan, ele iria continuar insistindo até tirar tudo de mim. Então resolvi facilitar o trabalho dele.

— Aconteceu uma coisa estranha que foi inteiramente minha culpa.

— Mastiguei um pouco de gelo.

— O que houve?

Expliquei o incidente com o diário e o que o incitou.

— Ela deve te achar muito babaca. — Ele riu.

Dei risada.

— Ela pensou assim por muito tempo. Então nenhuma novidade. Acho que só confirmei isso.

— Ela não quer querer você... — Ele deu um sorrisinho. — Mas ela quer.

— Carly não me *quer*. Acredite em mim. Ela só pensa que sou atraente. Não significa nada.

— Claro. Continue se enganando. — Ele riu. — Não consigo imaginar como as coisas devem ter ficado tensas depois disso.

— Foi praticamente logo antes de eu vir para cá. Acho que nós dois precisávamos de uma pausa, e por isso esta viagem veio na hora perfeita. Mesmo que seja só por uns dias.

— Bem, então... — Ele colocou a mão no meu ombro. — Nós deveríamos aproveitar ao máximo seu tempo aqui. Vamos para a balada.

Jordan usaria qualquer desculpa para continuar com a festa. O Ivy Club era o lugar para onde ele sempre ia antes de voltar para casa. Eu já sentia que tinha bebido demais, porém...

— Sim. Claro. Por que não? É minha última noite.

Assim que chegamos à boate, continuei me sentindo um peixe fora d'água conforme bebia outro drinque e fingia estar interessado em uma mulher que havia começado a conversar comigo. Mas eu sabia que iria para casa sozinho naquela noite. E tudo bem.

No carro de volta para casa, vi que havia perdido uma mensagem de Carly.

Carly: Boa noite, Josh.

Me senti mal por ela provavelmente ter pensado que eu tinha escolhido ignorá-la. No entanto, não queria acordá-la respondendo a mensagem no meio da noite.

Encarei o celular por muitos segundos, pensando no fato de ela ter se incomodado em me mandar uma mensagem de boa-noite. Mensagens de boa-noite não eram algo que eu recebia de alguém com frequência. Enviar a alguém uma mensagem antes de dormir indicava que você foi uma das últimas coisas em que a pessoa estava pensando. Me fez sentir... indigno. Mas bem — quente por dentro de um jeito que eu não estava acostumado. Sabia que não poderíamos ser mais do que amigos, ainda assim, aproveitei essa sensação por um instante. Por mais apreensivo que essa situação me deixasse, mal poderia esperar para voltar a Woodsboro.

DEZ

Josh

Carly praticamente pulou do sofá quando entrei na casa na noite seguinte.

— Josh! — Ela correu para me receber. — Você voltou cedo.

— Sim. — Coloquei minha mala no chão. — As coisas no trabalho foram finalizadas mais rápido do que o esperado, então peguei um voo mais cedo.

Ela estava com um sorriso enorme.

— Não estou feliz por você estar aqui para aliviar para mim nem nada assim.

— Nem um pouco. — Dei uma piscadinha e me abaixei para fazer carinho no cachorro, que estivera me rodeando para ter atenção. — Oi, Bubba. Seu garoto voltou.

Então fui até o sofá e me sentei, envolvendo um braço em Scottie. Ele não teve muita reação quando entrei.

— Sentiu minha falta, amigão?

Uma voz automática do iPad de Scottie disse:

— *Quero tomar banho.*

Ele tinha apertado o ícone do banho em seu app de imagens.

Carly riu.

— Acho que ele sente falta de seus banhos de homens nus.

— Ah, aposto que ele vai sentir mais saudade dos seus de biquíni.

Carly corou e colocou uma mecha de cabelo atrás da orelha.

— Estou fazendo massa sem glúten e aquele molho que você gosta. Está com fome?

Porra. Eu estava faminto. A pergunta dela me lembrou do sonho que eu tivera na noite anterior em que transava com ela enquanto ela me chamava de porco do mal e puxava meu cabelo. E, claro, isso só confirmava o fato de que eu *era* um porco do mal para estar tendo esse tipo de fantasia com a mulher de Brad. Me sentia um merda.

Pigarreei.

— Na verdade, estou morrendo de fome. Obrigado. Não comi nada além de sanduíches de pasta de amendoim e álcool nos últimos dias.

— Parece... nutritivo. — Ela deu risada.

Eu a encarei por um instante. Carly tinha molho na camiseta branca e seu cabelo estava todo bagunçado, porém ela ainda estava extremamente linda — de alguma forma, ainda mais linda do que antes de eu viajar. Por um momento, imaginei um mundo em que eu havia acabado de voltar para essa mulher, erguido-a no balcão e a beijado inteira. Um mundo, claro, em que ela também não tinha sido o amor da vida do meu melhor amigo.

Tire essas bostas desses pensamentos da cabeça, Josh.

Tinha um jeito infalível que eu sabia como mudar o rumo dos meus pensamentos — falar de Brad.

— Você estava ouvindo Brad na outra noite... antes de eu viajar. — Engoli em seco.

Carly se enrijeceu.

— Como você sabia?

— Ouvi a voz dele no seu quarto.

As bochechas dela ficaram vermelhas.

— Era uma mensagem de voz.

— Eu sei. Imaginei. — Cocei as orelhas do cachorro. — Você faz muito isso?

— Às vezes me traz conforto. Ele sempre me apoiava. E ouvir a voz dele me lembra de como era ser amada. Me sinto bastante sortuda por ter essas mensagens de voz.

— Não tenho nenhuma mensagem de voz dele salva. Não sei por quê. Nós sempre mandávamos mensagem de texto, eu acho. Mas foi bom ouvi-lo de novo.

Ela se aproximou e pegou a manga da minha camisa.

— Você pode ouvi-las quando quiser.

Eu sorri com tristeza.

— Obrigado.

Parecia que Carly estava prestes a chorar. Ela pigarreou.

— Então, como foi a viagem?

— Boa. Mas, como te falei, foi meio estranho voltar lá... como se eu fosse um peixe fora d'água em minha própria vida.

— Tenho certeza de que eu me sentiria igual se fosse para a Califórnia agora.

— Foi estranho ter todo o tempo livre nas mãos... mesmo trabalhando. Eu não era responsável por mais ninguém. Não sabia muito bem o que fazer sozinho.

— Posso imaginar.

— Meio que senti falta de estar aqui — admiti.

Ela inclinou a cabeça para o lado.

— Sério...

— É. Sério — eu disse.

— Bem, este lugar é empolgante — ela zombou.

Uma batida alta à porta interrompeu nossa conversa.

Quando abri, havia um policial parado ali.

Minhas mãos ficaram tensas.

— Posso ajudá-lo?

— Estou procurando Carly Garber.

Que porra?

— Sou eu — ela disse detrás de mim.

— Policial Allan Spencer, da Polícia de Woodsboro. Parece que, finalmente, localizamos o dono do cachorro que você está mantendo aqui.

Ah, merda.

— O quê? — A expressão de Carly se entristeceu. — Tem certeza?

— Sim. Parece que ele pertence a uma mulher local com transtorno neurocognitivo. O nome dela é Heidi Donahue. Mora na Wilson Road. Ela o levou para caminhar no meio da noite e não conseguia se lembrar do que aconteceu. A filha dela está procurando-o desde então. A srta. Donahue, aparentemente, não tinha contado para ela que o cachorro tinha sumido até recentemente, por isso a demora. — Ele nos mostrou uma foto.

Carly pegou a foto dele e a analisou.

— Uau. Certo. É. Esse é definitivamente Bubba. — Ela olhou para o policial. — Qual é o nome verdadeiro dele? Você sabe?

— Hank.

Abafei uma risada.

— Hank?

Carly olhou para mim. Eu não conseguia identificar se ela estava prestes a rir ou chorar.

— Hank — ela sussurrou.

— Sinto muito, Carly — murmurei.

— Você precisa levá-lo de volta agora? — ela perguntou ao policial.

— Sinto muito, senhorita, mas sim.

Carly foi até o sofá onde Bubba estava sentado. Ela enterrou o rosto em seu pelo.

— Você tem que ir para casa, Bub... Hank. Eu não sabia que era esse seu nome. Me desculpe.

— Vou deixar você se despedir — o policial disse. — Estarei lá fora.

Os olhos de Carly se encheram de lágrimas conforme ela envolveu os braços no cachorro. Era demais pedir para o maldito universo deixar essa mulher ficar com a única coisa que parecia fazê-la feliz? Não que nós devêssemos abrigar um cachorro perdido, mas Carly trabalhava muito por ali para *nos* fazer felizes. Ela merecia a alegria que esse cachorro tinha lhe trazido no curto período dele conosco. Ela já não tinha perdido o suficiente na vida? Agora ela também precisava se despedir dele.

É oficial. Estar aqui está me transformando em um frouxo do caralho.

Ela fungou.

— Fale tchau, Scottie. Bubba precisa ir.

Scottie se balançava para a frente e para trás, parecendo alheio à situação. Ele segurava seu iPad na orelha e ouvia música alta. Provavelmente, era bom não se importar de um jeito ou de outro sob circunstâncias tristes. Eu o invejava às vezes.

Me sentei no sofá do outro lado do cachorro.

— Tchau, Bubba. — Massageando atrás de suas orelhas, adicionei: — Vou sentir falta das suas roçadas na perna superespeciais.

O cachorro se inclinou para lamber meu nariz. Sua respiração cheirava a biscoitos.

— Você o leva lá fora, Josh — Carly disse, levantando-se de repente.

Me levantei.

— Tem certeza?

— Sim. — Ela andou de um lado a outro, secando seus olhos. — Não consigo me despedir de novo.

Assenti.

— Certo.

Depois de entregar Bubba ao policial do lado de fora, observei enquanto ele colocou o cachorro na parte de trás do carro. Bubba — Hank — me encarou da janela. Ele parecia abandonado. O maldito cachorro estava fazendo meus olhos lacrimejarem. *Droga*. Acenei para ele e assisti ao carro pegar a estrada. Estar de volta a Woodsboro estava me transformando em um bobão.

Quando voltei para a casa, Carly estava no sofá ao lado de Scottie, parecendo melancólica.

Ela se levantou, e eu me aproximei, colocando meus braços em volta dela e a trazendo para perto.

Falei em seu cabelo.

— Sinto muito.

Meu peito se contraiu e lutei contra a sensação que abraçá-la provocou em mim. Eu não tinha pensado direito. Só foi a coisa natural a se fazer. Entretanto, a forma como meu corpo reagiu só confirmou meus piores medos.

Ela olhou para mim.

— Não posso acreditar que ele se foi.

Recuei.

— Nós sempre teremos boas lembranças de Bubba-Hank. Quero dizer, o que teríamos feito com ele quando tivéssemos que ir embora?

— Eu estava planejando levá-lo para a Califórnia comigo — ela respondeu.

Caramba, ela era fofa demais. Eu deveria ter previsto.

— Você é uma boa mãe de cachorro, Abóbora. — Eu sorri. — Por que não pega um quando voltar?

— Provavelmente vou pegar mesmo. — Respirando fundo, Carly olhou para mim. — Você não está cheirando a fumaça. Acabei de perceber isso.

— Resisti o tempo inteiro que estive fora.

Ela sorriu.

— Que bom.

Meus olhos baixaram para os lábios dela, e os obriguei a se erguerem.

Você não tem direito de fazer isso, Josh. Tire seus malditos olhos dela.

Ela pigarreou.

— É melhor comermos.

— Sim. — Assenti. — Vamos comer.

Colocamos Scottie sentado com seu frango e sua sobremesa perfeitamente alinhada e nos juntamos a ele à mesa. Carly nos serviu dois pratos enormes de massa sem glúten com molho enquanto eu enchia duas taças de vinho tinto.

Depois de terminarmos o jantar, eu peguei nossos pratos vazios antes de ela ter a chance de fazê-lo e os levei até a pia.

— Você já tomou banho hoje? — perguntei a ela.

— Por quê? — Ela ergueu as sobrancelhas. — Estou fedendo?

— Não. — Dei risada. — Só estava pensando se você queria tomar um em paz.

— Na verdade, esperei mesmo, na esperança de que conseguisse tomar sozinha esta noite.

— Por que não vai relaxar e tomar um banho demorado? Ele e eu vamos depois.

— Parece divino. — Ela revirou os olhos.

Meu pau se mexeu. *Caralho.* O jeito que ela fazia aquilo com os olhos... *Faça parar.*

— Vá. — Eu a enxotei. *Vá, por favor.* — Vou arrumar aqui.

Ela sorriu.

— Tem certeza?

— Sim.

Depois que Carly desapareceu no banheiro, vi que ela tinha escrito alguma coisa em um caderninho perto da pia.

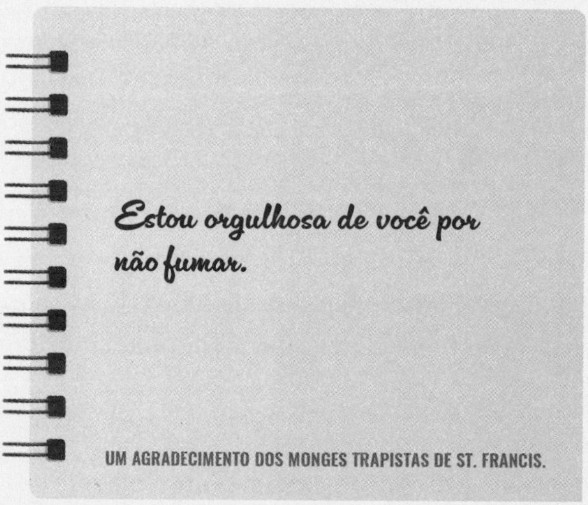

Sorrindo, fui até Scottie, que ainda estava sentado à mesa.

— Você deve ter gostado desses banhos de biquíni enquanto eu estava fora, não é? — Balancei a cabeça. — Brad cortaria a cabeça de nós dois se soubesse de algumas coisas que estão acontecendo por aqui ultimamente.

Scottie gritou, como se concordasse, apesar de eu ter praticamente certeza de que ele estava reagindo ao seu biscoito.

Quando eu havia enchido a lava-louças, lavado as panelas na mão e secado os balcões, Carly saiu do banheiro.

Pendurei o pano de prato no ombro.

— Isso foi rápido.

— Foi muito bom. Obrigada. — Ela passou a mão em seu cabelo molhado. — Ainda está tranquilo para ficar com ele amanhã à noite?

Quase tinha me esquecido de seus planos de sair com sua nova amiga.

— Totalmente. Sabe aonde vocês vão?

Ela inclinou a cabeça para o lado.

— Ao Bar?

Ótimo. Esse lugar era um mercado de carne. Assenti.

— Eu o conheço muito bem. Não há muitas opções em Woodsboro. Mas eles têm música boa ao vivo.

— E esse é o nome de verdade... o Bar?

— É. Original mesmo, certo?

Demoraria um total de cinco minutos para alguém dar em cima de Carly naquele lugar.

— Você também deveria ir... uma noite nesta próxima semana ou quando quiser — ela sugeriu.

— Talvez. Não saio com meus irmãos há um tempo.

— Imagino que sair em Woodsboro deva ser muito diferente para você do que é para mim — ela disse. — Deve ser estranho encontrar todas essas pessoas que você costumava conhecer na época em que...

Assenti.

— Esse é um dos motivos pelos quais ainda não saí. Não estou com pressa.

— Posso entender. — Ela suspirou. — Se encontro alguém que conheço no mercado, viro para o outro lado em vez de ir na direção da pessoa.

— Aposto que foi isso que você desejou poder fazer quando apareci aqui no primeiro dia.

— Deus, sim.

Dei risada.

Depois de levar Scottie para o banheiro comigo para a hora do banho, eu o ajudei a se vestir antes de colocar minhas roupas da noite. Definitivamente, eu sentiria falta da minha cama em Chicago naquela noite.

Quando Scottie e eu voltamos para a sala, Carly estava sentada no sofá com os pés para cima. Seus dedos delicados estavam pintados de vermelho. Meus olhos podem ter se demorado um pouco demais neles.

— Você assistiu a mais DVDs enquanto eu estava fora? — perguntei.

— Não. Esperei por você. — Ela se sentou ereta. — Quer assistir a um agora?

— Claro. — Me sentei ao lado de Scottie, que, imediatamente, começou a jogar em seu iPad.

Carly colocou outro DVD no aparelho. Era um vídeo de quando Brad estava em casa para o Natal. Parecia ter uns cinco anos, se eu tivesse que adivinhar — então, provavelmente, logo antes de ele conhecer Carly. Alguém estava filmando Wayne e Brad assistindo a Scottie abrir seus presentes de Natal.

Para minha surpresa, Scottie se levantou de seu lugar no sofá e foi até a televisão. Ele deve ter reconhecido a voz de Wayne. Eu tinha pensado que ele não estava prestando atenção, mas estava enganado. Ele colocou a palma de ambas as mãos na tela e, gentilmente, apertou a bochecha ao vidro.

Tanto Carly quanto eu ficamos rígidos. Estávamos sem palavras. Havia tanto dentro de Scottie que implorava para sair. Tanto que não sabíamos como ele compreendia. Vê-lo se conectar com o que estava na tela era triste e lindo ao mesmo tempo. Eu não sabia se ele acreditava que iriam voltar ou, talvez, ele pensasse que eles, literalmente, estavam dentro da televisão. De qualquer forma, era de partir o coração.

Carly mudou de lugar para o meu lado com lágrimas nos olhos.

— Ele não entende por que eles foram embora. Ele não entende a morte. — Ela soltou uma respiração trêmula. — Josh, e se ele acha que eles o abandonaram?

Porra. Meus olhos estavam começando a lacrimejar. Estiquei a mão e ela a pegou.

— Não há nada mais importante do que isto... nós estarmos aqui para ele neste momento — ela disse.

Minha voz estava estrangulada.

— Eu sei.

Quando o DVD terminou, Scottie voltou para o sofá e continuou jogando em seu aparelho como se nada tivesse acontecido.

Mas Carly e eu não superamos com tanta facilidade. Ficamos sentados em silêncio por muito tempo até eu dizer:

— Não sei quanto a você, mas eu comeria um monte de sorvete de pistache agora.

— Depois disto e de perder Bubba-Hank... — Ela se levantou, balançando a cabeça. — Vou pegar umas tigelas.

— Traga o pote inteiro — gritei para ela.

ONZE

Carly

No sábado, finalmente havíamos marcado para a terapeuta de Scottie, Lauren, nos levar para o lar de acolhimento de sua agência na cidade. Lorraine tinha concordado em vigiar Scottie por algumas horas enquanto estávamos fora, e eu estava me sentindo bem. Estávamos fazendo progresso de verdade. Se acabássemos gostando do lugar, daríamos os passos para colocar Scottie na lista de espera. Não havia muitas opções em Woodsboro. Na verdade, só havia dois lugares em potencial, e planejávamos visitar ambos. Tínhamos conversado que a maior exigência para o lar de Scottie era que precisava ser local, para que Lorraine pudesse estar por perto se algo um dia acontecesse.

Depois de chegarmos, Lauren nos apresentou a Julie Wilks, a gerente do lugar. Então, Julie nos levou para conhecer, quarto por quarto. Ela explicou que todos os moradores tinham seu próprio quarto, e havia funcionários no local vinte e quatro horas.

Ela gesticulou para uma sala enorme, central, com uma televisão pendurada na parede.

— Este é o espaço principal de descanso. Apesar de, na maior parte do tempo, os homens que moram aqui preferirem ficar no próprio quarto, fazemos com que eles se reúnam por algumas horas toda noite.

— A maioria dos homens que mora aqui é autista? — perguntei.

— Neste momento, temos seis moradores, e cinco deles são autistas.

— Entendi.

Josh coçou o queixo.

— Há quantas pessoas na equipe?

— Há três pessoas de plantão a qualquer hora, dia e noite, em turnos diferentes.

— Qual é a média de tempo de espera para conseguir um quarto aqui? — ele perguntou.

— É difícil dizer. Geralmente, só temos vagas se um dos moradores se tornar um problema e ter que ser transferido, ou se a família de alguém se muda para fora do estado, garantindo que seu filho seja transferido para um lar em outro lugar.

Meu sangue esfriou.

— Então isto poderia, literalmente, demorar anos...

— Sim. — Ela deu de ombros. — Mas nunca se sabe.

Josh e eu olhamos um para o outro, com os olhos arregalados.

Então Julie nos levou de volta. Em geral, o lugar parecia ter boa manutenção e ser legal o suficiente. A propriedade era bem segura, com um jardim cercado e fechaduras triplas nas portas externas. Havia mais espaço ali para Scottie do que em casa. Só havia um único problema: *não era* a casa dele. E eu não fazia ideia de como ele reagiria por viver em um ambiente totalmente novo pela primeira vez na vida.

— Tenho uma pergunta — eu disse quando entramos de novo no prédio. — Nosso amigo tem restrições alimentares bastante específicas. Por exemplo, só há um tipo de frango caseiro que ele está disposto a comer no jantar. Haveria alguém aqui que poderia fazer isso para ele, se déssemos as instruções?

Ela deu risada e balançou a cabeça.

— Ah, não. Sinto muito. O cozinheiro já tem bastante desafio para encontrar algo que se adeque às necessidades de todo mundo. Não há como ele conseguir fazer uma refeição extra só para uma pessoa. Scottie teria que comer o que fosse oferecido a ele.

A testa de Josh se enrugou.

— E se ele não comesse?

— Imagino que, em certo momento, ele comeria, quando ficasse com bastante fome.

— Com licença por um instante... — Josh pediu ao me levar para o lado. Ele baixou a voz. — Isto não vai dar certo... por alguns motivos.

Assenti.

— Eu sei. A questão do frango, e eles disseram que têm uma política rígida de apagar as luzes e sem eletrônicos depois de uma certa hora à noite. Scottie precisa dos aparelhos dele.

Josh passou a mão pelo cabelo.

— Fico preocupado de não termos escolha. Todos estes lugares devem funcionar da mesma forma.

Após um instante, Julie e Lauren se juntaram a nós no corredor.

— Está tudo bem? — Julie perguntou.

— Deixe-me te perguntar uma coisa... — Me virei para ela. — Se conseguíssemos que alguém fizesse o frango especial de Scottie e trouxesse aqui, teria problema?

Ela pausou.

— Não vejo por quê. Temos membros da família que trazem comida de tempos em tempos.

Suspirei de alívio.

— Certo. Pelo menos é uma opção.

Com certeza, nós teríamos que conversar com Lorraine sobre isso, já que ela seria a única pessoa local para fazê-lo quando Josh e eu voltássemos para nossas respectivas cidades. Caramba, eu faria e mandaria no gelo, se precisasse.

Com nosso tour concluído, Julie nos levou de volta à porta da frente.

— Bem, obrigada pelo seu tempo. Gostamos muito do tour.

— Foi um prazer. — Ela sorriu. — Minha recomendação é entrar na lista de espera assim que possível. Talvez tenhamos uma vaga mais rápido do que vocês estão esperando.

— Vamos pensar nisso — Josh respondeu. — Obrigado.

Ficamos parados na calçada diante do lugar, e Lauren olhou entre nós.

— O que acharam?

— É uma opção — eu falei, olhando para trás, para a casa de tijolos. — Não sei se algo vai parecer exatamente ideal. Nenhum lugar será a casa dele.

— Ele vai se acostumar — ela garantiu para nós. — Todos eles se acostumam.

Pfff. Para você, é fácil falar. Visitar esse lugar *me* deixou sobrecarregada.

Josh deve ter percebido minha expressão conforme encarei na direção da rua.

Ele colocou a mão no meu braço.

— Você está bem?

— Sim — murmurei. — Obrigada por nos trazer aqui — eu disse para Lauren.

— Sem problemas. Se precisarem de alguma ajuda com a documentação da lista de espera, me avisem.

— Eu tenho o formulário. — Assenti. — Obrigada.

Josh e eu tínhamos começado a andar até meu carro quando a voz de Lauren veio de trás.

— Ei, Josh? Poderia conversar com você por um segundo antes de ir embora?

Eu congelei. *Do que se trata?*

Ele se virou e andou de volta na direção dela.

— Claro. E aí?

Continuei na direção do meu veículo. Afinal, ela não tinha *me* chamado. E eu desconfiava que sabia o porquê, dado o jeito que ela estivera flertando com Josh hoje.

Engolindo o nó na garganta, fiquei em pé ao lado do carro, esperando-o.

Quando a conversa rápida deles terminou, Josh voltou trotando na minha direção.

— Quer que eu dirija? — ele perguntou.

Entreguei as chaves.

— Claro.

Entrando pelo lado do passageiro, me contive de perguntar qualquer coisa sobre a conversa. E ele não contou nada conforme saiu com o carro em silêncio.

Depois de uns cinco minutos a caminho de casa, a curiosidade estava me matando.

Cedi.

— Então, sobre o que Lauren queria conversar com você?

Ele olhou para mim com um sorrisinho.

— Estava tentando não perguntar de propósito?

— Você estava tentando me irritar *de propósito* por não contar nada?

— Talvez. — Ele deu risada e esperou muitos segundos. — Ela me perguntou se eu queria sair uma noite desta semana.

Eu sabia.

— Uau. — Minha temperatura subiu. — Bastante ousada.

— Ela com certeza é confiante.

Soprei ar em meu cabelo.

— O que você falou? — Meu coração acelerou de ansiedade.

— Falei que esta semana não era boa para mim, mas, talvez, outra hora.

— Então você mentiu. O que há de errado com esta semana?

— Na verdade, esta semana não é boa para mim. Acabei de chegar de Chicago, e não estou psicologicamente no clima para um encontro.

— Então você *consideraria* sair com ela... — eu disse amargamente.

Ele deu de ombros.

— Ela é bonita, sim. Não há uma química fora do comum nem nada, mas eu não descartaria.

— Mas isso não é conflito de interesses? Por ela trabalhar com Scottie?

— Imagino que poderia ser. Não sei quem supervisionaria isso. — Ele olhou para mim de novo. — A menos que fosse você.

— Por que eu faria isso? — Bufei.

— Então acho que não há problema...

— Certo — murmurei, irritada por meu sangue estar fervendo. Mas não me permitiria analisar minha reação. Precisava mudar de assunto antes que ele tivesse a oportunidade de sentir que eu estava desconcertada. — Então se você tivesse que dar nota para esse lar, qual seria? — perguntei.

— Seis antes de ela falar que Lorraine poderia mandar a comida.

Sete depois. E você?

— Também diria sete. Precisamos ver o outro lugar da cidade. Embora ache que, se ambos forem aceitáveis, vai acabar sendo o primeiro que tiver vaga.

Depois de voltarmos para casa, Lorraine foi para a casa dela. Scottie parecia bem calmo; poderia não ser esse o caso se ele soubesse o que Josh e eu tínhamos feito hoje.

Pelo resto do dia, a tensão que tinha começado com Lauren convidando Josh para sair só pareceu aumentar — por minha causa.

Josh saiu para ir ao mercado comprar algumas coisas de que precisávamos, e parecia que eu não conseguia esconder meu mau humor quando ele me enviou uma mensagem com uma pergunta simples.

Josh: Eles estão sem seu pau sem glúten. Quer o normal?

Carly: Pão, você quer dizer?

Josh: Sim, claro. Normalmente, você entende meu senso de humor.

Carly: Não é surpresa você ter pau na cabeça hoje.

Josh: O que isso significa?

Carly: Talvez devesse comprar camisinhas também, mestrepau.

Josh: Alguém está meio irritada com a ideia de eu ter um pau para usar?

Carly: Por que eu estaria irritada?

Josh: Não sei. Me diga você. Você ficou estranha a tarde inteira, desde aquela coisa com Lauren.

Carly: Não estou irritada com seu pau. Supere. Meu humor não tem nada a ver com isso.

Josh: Certo. Que seja. Mas você não respondeu minha pergunta do pão.

Carly: Qual foi?

Josh: Se quer que eu pegue o normal, já que eles não têm o sem glúten.

Carly: Ah. Não. Não se incomode.

Josh: Sem pau para você. Entendi.

Jogando meu celular de lado, refleti por um tempo antes de ter que começar a me arrumar para encontrar Lisa.

Enquanto me trocava e fazia meu cabelo e maquiagem, continuava incrivelmente irritada por Lauren ter convidado Josh para sair. Nada com o bom e velho ciúme para trazer à tona sentimentos inapropriados. Havia apenas uma solução, que era ter uma vida fora daquela casa, o que era exatamente o que eu planejava fazer naquela noite.

DOZE

Carly

O Bar era um local em que acontecia bastante coisa, com música ao vivo, muitas opções de comida gordurosa no cardápio e decoração de madeira rústica. As janelas forneciam uma vista do trânsito da Rodovia 106 ao lado. Estava barulhento e lotado quando chegamos. Felizmente, encontramos uma mesa.

Lisa falou acima do barulho ambiente.

— Na verdade, está muito mais cheio do que da última vez que vim.

Eu brincava com meu canudinho.

— Ah, não sabia que você já tinha vindo aqui.

— Só uma vez, mas, sim.

Lisa me contou que ela tinha acabado de se mudar de Minneapolis para Woodsboro para ficar mais próxima da irmã, que havia se mudado para cá com o noivo alguns anos antes. Por mais que, inicialmente, Lisa tivesse enxergado a mudança como uma aventura, ela estava achando a vida ali bastante tediosa até então. Definitivamente não era o melhor lugar para estar se você fosse solteiro.

Ela era bem legal, e eu deveria ter ficado empolgada em ter essa noite de folga, porém minha mente vagava durante nossa conversa. Eu adoraria poder te dizer que estava remoendo preocupações legítimas, como onde Scottie acabaria ficando ou o quanto eu poderia estender minha renda limitada e ainda ter vida social. Mas não. Eu ainda estava irritada com o fato de Lauren ter chamado Josh para sair e que ele estava pensando mesmo em ir. Continuei tentando dizer a mim mesma que isso me incomodava porque ela era a terapeuta de Scottie, mas eu me conhecia. Essa dor desconfortável no meu peito era ciúme. Eu não vivia isso desde que era adolescente. Por que agora? Por que estava com ciúme de um homem com quem eu nunca poderia ficar?

— Ele até que é bonito... — Lisa interrompeu meus pensamentos.

— Quem?

Ela inclinou a cabeça na direção do bar.

— Aquele cara ali.

Me virei e vi um homem de cabelo castanho-escuro sentado sozinho em um dos banquinhos. Ele usava jeans, uma camisa xadrez com mangas arregaçadas e botas desgastadas de construção.

— Acho que sim.

Alguns minutos depois, me virei para olhar de novo e vi que outro cara de cabelo castanho-escuro havia se juntado a ele. Eles pareciam ter vinte e muitos anos ou trinta e poucos.

— Acho que acabei de vê-los olhando para cá — Lisa sussurrou, seus olhos brilhando.

Escolhi ignorar, já que eu não estava no clima de nada mais do que uma noite casual com uma amiga. Mas as expectativas dela pareciam meio diferentes.

Ainda bem que nossa comida chegou para distrair, e Lisa e eu conversamos enquanto compartilhamos um prato de nachos com nossos drinques.

No entanto, antes de terminarmos, os dois homens do bar se aproximaram.

— Estes assentos estão ocupados? — um deles perguntou.

— Nem um pouco. — Lisa sorriu, flertando.

Então eles se sentaram nas duas outras cadeiras à nossa mesa.

— Como vocês estão esta noite? — um deles indagou.

— Nada mal, e vocês? — respondi.

Lisa me olhou com empolgação. Ela estava bastante animada com essa reviravolta de acontecimentos.

O que tinha as botas de construção, o qual Lisa tinha dito que era bonito, havia se sentado ao meu lado. Ele estendeu a mão.

— Sou Neil.

Apertei sua mão.

— É um prazer te conhecer. Sou Carly.

— Você é casada? — ele perguntou.

— Não.

— Tem namorado?

Forçando um sorriso, repeti:

— Não.

— Certo. Só não queria ser inapropriado.

— Agradeço por perguntar.

Começamos a conversar, e eu comecei a me entreter com toda a situação. Acabei sabendo que Neil tinha crescido em Woodsboro e administrava uma empresa de construção. Conversamos com tranquilidade enquanto seu amigo, Rob, conversava com Lisa.

Neil era lindo com traços clássicos. Eu não o colocaria na mesma categoria de gostoso tanto de Brad quanto de Josh, mas a aparência era somente parte da equação. Ele parecia ter uma personalidade agradável, com os pés no chão e, mais importante, tinha olhos gentis.

Mas, apesar do fato de eu estar gostando da companhia dele, me sentia desconfortável em lhe dar muita informação pessoal. Então mantive minha situação atual um pouco genérica, apenas divulgando que estava na cidade para ajudar um amigo com uma questão particular, e que só ficaria ali temporariamente.

Eles pagaram outra rodada de drinques e mais alguns petiscos para nós. Nossa festa improvisada de quatro pessoas continuou ao longo da hora seguinte.

Meu celular apitou um pouco depois das dez da noite. Era uma mensagem de Josh, então pedi licença para ir ao banheiro para não parecer grosseira enquanto respondia.

Josh: Jurei que não te incomodaria a menos que realmente precisasse, mas não consigo, de jeito nenhum, encontrar uma cueca para Scottie. Ele está andando com as bolas livres há meia hora.

Dei risada ao digitar.

Carly: Coloquei um monte de roupa para lavar nesta manhã. Está tudo dobrado em um cesto que está escondido no armário do meu quarto. Não queria que ele pegasse as roupas como faz às vezes. Você sabe como ele gosta de jogar as coisas para o alto.

Ele respondeu um minuto depois.

Josh: Ah! É uma mina de ouro de cueca isto aqui. Valeu.
Carly: Vai ter que vasculhar para encontrar a dele.
Josh: Imagino que não seja a preta fininha. 😉
Carly: Não. Essa é minha.
Josh: Bom, ERA sua. Agora é minha.

Antes de eu conseguir descobrir como responder a isso, ele escreveu de novo.

Josh: Estou só brincando. Mas por que imaginei que a srta. Axilas de Limão Orgânico vestia calcinhas de vovó?

Arregalei os olhos. *Aff!*

Carly: Bem, a calcinha é de algodão orgânico, então...
Josh: Ah! Eu sabia que tinha que ter algo estranho nisso. Então, até sua bunda come orgânico? Coisinha exigente essa.
Carly: Ai, meu Deus! Você tem colhões.
Josh: Meus colhões são sem glúten.
Carly: Josh! Hahaha
Josh: Desculpe, sou bobo. Devo estar enlouquecendo de ouvir, por uma hora direto, Benny and the Jets de trás para frente. Estou prestes a me enforcar com sua calcinha.
Carly: Pode guardá-la agora.
Josh: Fala de tirá-la do meu bolso para guardar?
Carly: Seria ótimo.
Josh: Talvez você conheça alguém no Bar que vá gostar da sua calcinha de algodão orgânico.

Hesitei.

Carly: Na verdade, conheci uma pessoa aqui. Ele é legal.

Josh não respondeu depois disso. Então presumi que não fosse responder. Mas, uns cinco minutos depois de eu voltar à mesa, meu celular apitou de novo. Olhei casualmente para ler a mensagem.

Josh: Bem, que bom. Eu não tinha dúvida de que não demoraria.

Meus pensamentos ficaram presos na mensagem dele até eu me lembrar de focar novamente a atenção nas pessoas da mesa.

Quando estávamos nos preparando para ir embora, Neil pediu o número do meu celular.

— Adoraria ver você de novo — ele disse com um sorriso.

Não consegui pensar em um motivo para dizer não. Sabia que precisava muito de uma distração.

— Claro. Seria ótimo.

Ele me entregou seu celular, e eu inseri meu número.

— Legal — ele falou quando o devolvi para ele. — Vou te ligar esta semana e, talvez, possamos combinar alguma coisa para o próximo fim de semana, se não estiver ocupada demais.

— Não tenho planos, então deve dar certo — eu disse a ele, embora tivesse que combinar com Josh.

— Maravilha. — Ele se inclinou e me deu um abraço que acabou em um aperto delicado. — Foi ótimo te conhecer, Carly.

Respeitei o fato de ele não tentar me beijar. Teria sido cedo demais mesmo.

— Você também, Neil.

Lisa também abraçou seu potencial ficante, e nós assistimos, na frente do bar, enquanto eles entraram em suas respectivas caminhonetes. O cunhado de Lisa havia se oferecido para ser nosso motorista naquela noite e estava prestes a chegar a qualquer segundo.

Lisa olhou para o céu noturno e suspirou.

— Puta merda. Dá para imaginar se nós duas tivermos acabado de conhecer nossos futuros maridos esta noite?

Ela está falando sério? Isso me fez querer vomitar.

— Uau. — Dei risada. — Acho que pode ser que isso seja um pouco improvável sequer de pensar. Gostou tanto assim de Rob?

— Sinceramente? Sim. O que há para não gostar? Ele é lindo e tem um ótimo emprego como engenheiro. Mas concordo, meu otimismo pode estar um pouco exagerado.

— Só um pouco. — Dei uma piscadinha. — Mas fico feliz por ter gostado dele.

— Neil é muito bonito, e ele pareceu ser superlegal também.

— É. Eu teria que sair com ele de novo para ter certeza de como me sinto. Acho que não dá para conhecer realmente alguém após só um encontro.

Apesar de que eu me lembrava de explicitamente saber que Brad era o cara certo desde a primeira noite que o vi. Mas esse tipo de conexão instantânea, provavelmente, não se repetiria para mim. Talvez fosse por isso que eu estava hesitando tanto em declarar que Neil era um bom partido. Será que era a comparação com Brad? Ou, pior, será que minha hesitação tinha a ver com os sentimentos estranhos-pra-caramba que eu parecia estar tendo por Josh ultimamente?

TREZE

Josh

Não queria que ela chegasse em casa e me visse acordado, como se a estivesse esperando. Mas não conseguia dormir por nada.

Meu celular tocou, e pensei que pudesse ser Carly, no entanto, era meu irmão. Eu devia a ele uma ligação.

— Ei, cara — atendi. — E aí?

— Não te acordei, né?

— Não. Nem um pouco. E estava querendo te ligar desde que voltei para cá, mas as coisas têm estado ocupadas.

— Eu sei. Michael me contou. Scottie dá bastante trabalho, né?

— Com certeza.

— Como estão indo as coisas com a ex de Brad aí?

— Estamos nos dando bem. É o jeito.

— Qual é o nome dela mesmo?

— Carly.

A linha ficou muda. Por um instante, pensei que tivesse caído.

— Você falou Carly? — ele finalmente perguntou.

— Sim. Por quê?

— Como ela é?

— Por quê?

— Só me responda — ele insistiu.

— Loira... média estatura... muito bonita.

Ficou totalmente mudo de novo do outro lado da linha.

— Acho que a conheci esta noite — ele disse.

Arregalei os olhos.

— Você conheceu Carly?

— Sim. No Bar. Marquei de sair com ela no próximo fim de semana. — Ele expirou. — Puta merda. Eu estava nas nuvens e precisava conversar com alguém sobre ela. Foi por isso que te liguei.

Porra.

Porra.

Porra.

— Como você não sabia quem ela era? — Não queria que tivesse saído tão grosseiro. Amenizei meu tom. — Ela não te contou o que estava fazendo na cidade? Você não somou dois mais dois?

— Ela me contou que estava ajudando um amigo. Percebi que ela estava se contendo, mas pensei que, talvez, estivesse sendo cautelosa. E não me lembrava do nome da noiva de Brad, então não fiz a conexão.

— Você nunca mencionou meu nome como seu irmão?

— Não. — Ele suspirou de forma pesada. — Contei para ela que cresci em Woodsboro, mas não mencionei minha família nem nada.

— Bem, caramba — murmurei.

— Mundo pequeno da porra, hein?

— É. Com certeza. — Engoli em seco. — Ela concordou em sair com você?

— Você parece surpreso.

— Foi só uma pergunta, Neil.

— Sim. Como falei, provavelmente, no próximo fim de semana. Há um motivo para eu não sair com ela?

Vasculhei meu cérebro em busca de alguma coisa que pudesse dizer, porém não tinha um motivo plausível.

— Não. Quero dizer, ela é ótima — respondi.

— Você não gostava da noiva de Brad, certo? Estou meio confuso.

Você não é o único.

— É, achei que não. Mas não tinha realmente base para isso. Nunca a conheci direito até esta viagem.

— É melhor eu enviar mensagem para ela agora e contar quem eu sou?

— Ela chegará logo. Eu conto para ela.

— Me avise como ela vai reagir assim que contar.

— Sim, claro. Ok.

Depois de desligarmos, fiquei sentado na beirada do sofá e segurei a cabeça com as mãos. Não era uma situação que eu havia previsto — apesar de não ser nada improvável, considerando o quanto Woodsboro era pequena. Mas essa situação comigo e com Carly já era bastante complicada, sem ela sair com meu irmão. Contudo, eu não tinha direito de interferir. Carly merecia um cara bom.

Ouvir Neil dizer o quanto gostou dela — tanto que teve que me ligar — foi agridoce. Eu sabia que o que senti era ciúme, mas não havia ser humano melhor do que meu irmão Neil. Ele era o oposto de mim em todos os sentidos. Nunca traiu suas namoradas, sempre foi respeitoso e era o mais dedicado de todos nós em relação ao nosso pai. Ele também parecia o menos traumatizado pelo abandono da nossa mãe. Enquanto seria totalmente inapropriado eu dar em cima de Carly, não havia motivo para Neil se sentir culpado. Ele não fora o melhor amigo de Brad. Não havia conflito de interesse. Ele não iria para o inferno se saísse com ela, como eu teria ido.

Quando a porta se abriu, me levantei do sofá. *Mais para não ficar óbvio que estava esperando que ela entrasse.*

Carly colocou sua bolsa em uma mesa de canto.

— Oi. Estou surpresa por você ainda estar acordado.

— É, bom, fico acordado metade da noite nessa merda de colchão, de qualquer forma. — Passei a mão pelo cabelo e tentei parecer indiferente. — Como foi o Bar?

— Na verdade, foi muito bom. — Ela se jogou no sofá e suspirou. — Fiquei surpresa em como a comida era gostosa. Não teria esperado isso em uma atmosfera de bar daquela.

— É, a comida sempre foi boa lá.

Esperei que ela dissesse mais alguma coisa, mas não disse. Carly simplesmente fechou os olhos e apoiou a cabeça no encosto do sofá. Ela chutou os sapatos, revelando seus dedos do pé pintados de vermelho que sempre me excitavam de um jeito bizarro.

— Você parece acabada, farrista.

— Definitivamente passou muito da minha hora de dormir. — Ela bocejou.

— Então... me conte sobre o cara que você conheceu. — Mexi as mãos, inquieto.

Ela abriu os olhos e me encarou.

— Quero dizer, ainda não tenho uma decisão. Ele pareceu legal. Mas não o conheço de verdade.

— Ele *é* um cara legal. E pode confiar nele.

Ela arregalou os olhos.

— Do que está falando?

— Estou falando de Neil.

O queixo dela caiu conforme ela se sentou direito.

— Você armou para mim ou algo assim?

Tive que rir disso.

— É, porque tive todo esse tempo para orquestrar um plano para você enquanto saía à caça ao tesouro das malditas cuecas de Scottie. — Dei risada de novo. — Relaxe. Não tive nada a ver com isso.

O rosto dela ficou vermelho.

— Então como sabe o nome dele?

— Bem, meu irmão me ligou a caminho de casa para me contar sobre a saída dele.

— Seu irmão me viu lá?

— Não, Carly. — *Puta merda. Ela não entendeu.*

Então ela cobriu a boca.

Bingo. Finalmente a ficha caiu.

— Ai, meu Deus. Neil *é* seu irmão?

— Isso mesmo.

Ela continuou somando dois mais dois.

— Este é o solteiro...

— Sim. Felizmente. Do contrário, eu iria até lá esta noite para estrangulá-lo.

Ela apoiou a cabeça nas mãos.

— Minha primeira noite fora e conheço seu irmão? O quanto essa cidade é pequena?

— Pequena pra caralho.

Carly se levantou e começou a andar de um lado a outro.

— Certo, isto é super desagradável, Josh.

Eu concordava, mas tentei negar.

— Não precisa ser.

— Sério? — Ela suspirou. — Não sei.

— Você gostou dele? — Me preparei para a resposta dela.

— Como falei, mal o conheço.

— Neil não faria mal a uma mosca. Ele é a melhor pessoa que conheço. Então você não tem motivo para não confiar nele.

— Bem, obrigada por seu depoimento, embora eu tenha que refletir se é um pouco parcial.

— Não me importo que ele seja meu irmão. Se ele fosse um babaca, eu alertaria para você ficar longe dele.

— Um babaca como você? — ela zombou.

— Bem... sim.

— Estou brincando.

— Não está, não. — Dei risada.

A expressão dela ficou séria.

— Não acho mais que você seja um babaca, Josh. Eu *estava* brincando. — Ela me olhou por um instante conforme uma estranheza permaneceu no ar.

Pigarreei.

— Bem, imagino que, se vai sair com Neil no próximo fim de semana, vai precisar que eu cuide de Scottie.

— Se não se importa. Vou retornar o favor, claro.

— Na verdade, eu ia aceitar o convite de Lauren no próximo fim de semana, mas, se você tem um encontro com Neil, vou remarcar.

A boca de Carly se abriu e fechou algumas vezes.

— Ah... Não sabia que você iria sair com ela.

Também é novidade para mim.

— É, por que não? Não tenho nada a perder. Não tem muito mais coisa acontecendo aqui.

O pescoço dela ficou vermelho e manchado.

— Bem, se as coisas não derem certo, você ainda vai ter que vê-la. Imagino que seria uma desvantagem.

— Só vou ter que aguentar, certo?

— É... Quero dizer, se não se importa de ficar desagradável — ela disse com as bochechas rosadas.

— Nada me perturba, na boa.

— Certo, então, sr. Sem Coração. — Ela olhou para seus dedos do pé por um segundo. — Enfim, se quer sair no próximo fim de semana, é sua vez, então posso falar para Neil sairmos no outro fim de semana.

— Podemos pensar em algo entre sexta-feira e sábado. Não precisa ser uma situação radical.

Ela assentiu e bocejou de novo.

— Bom, estou exausta. É melhor eu ir dormir. Quando menos esperarmos, teremos que levantar com Scottie.

— É. Está tarde. Boa noite.

— Boa noite, Josh. — Ela foi para o quarto dela.

Nessa noite, me virei e revirei e, pela primeira vez, não era o colchão de ar que estava me mantendo acordado.

CATORZE

Josh

Na sexta à noite, eu tinha combinado de sair com Lauren, e Carly havia feito planos com Neil para sábado.

Carly tinha ficado especialmente quieta toda a tarde de sexta. Dava para ver que o fato de eu sair com Lauren a deixava desconfortável. Mas, sendo o idiota que eu era, isso fazia parte do objetivo, não fazia? Eu não tivera planos de sair com Lauren até descobrir sobre Neil e Carly. Então precisava de distração. O fato de Carly sair com meu irmão tinha me pegado de jeito. Mas não era só isso. Eu sentia que Carly estava começando a nutrir sentimentos por mim. Será que era minha imaginação? Eu não conseguia ter certeza. Mas, se minha desconfiança fosse verdade, eu precisava aniquilar essa ideia.

Na sexta à noite, optei por encontrar Lauren no restaurante, embora ela tivesse se oferecido para me buscar. Peguei emprestado o carro de Carly para dirigir até lá a fim de poupá-la de ter que ver Lauren. Eu sabia que isso teria sido desagradável. Por mais que tivesse uma segunda intenção para esse “encontro”, não era para deixar Carly chateada.

Quando cheguei ao restaurante mexicano em Woodsboro, Lauren já estava lá. Acenei para ela ao entrar, me sentindo mais com fome do que interessado em jogar conversa fora. Concluí bem rapidamente que eu não estava a fim dela, embora teria sido convenientemente fantástico ter esse tipo de conexão. Eu já era um filho da puta exigente, mas, ultimamente, tinha ficado ainda pior. No fundo, desde que me sentei à mesa, sabia que isso não ia a lugar algum.

Entretanto, fiquei para comer. Enfiei uma fajita na boca e mastiguei por um instante antes de falar.

— Você deve ter paixão por serviços com humanos para trabalhar no campo que você...

Lauren colocou o garfo no prato e limpou o canto da boca.

— Posso ser sincera? Eu adoro meus clientes. Mas trabalhar com pessoas neuro atípicas não é algo que eu quero fazer para sempre. É bastante desgastante emocionalmente, e fisicamente, às vezes.

Por mais que eu gostasse da sinceridade, sua resposta me surpreendeu.

Mergulhei um chip em um molho.

— Você lida bem com Scottie e sempre parece tão energética. Só pensei que amasse o que fazia.

— Adoro Scottie, sim, e as outras pessoas com quem lido, mas não necessariamente meu trabalho em geral. É muito trabalho e são longas horas para pouquíssimo dinheiro. — Ela pigarreou e mudou de assunto. — Me conte mais sobre o que você faz.

Passei os minutos seguintes entediando até a mim mesmo conforme explicava o básico do meu trabalho enquanto tramava minha estratégia para ir embora mais cedo naquela noite. Lauren era atraente o suficiente, e eu tinha praticamente certeza de que ela seria uma aposta certa, com base no jeito que estava olhando para mim. Mas até a ideia de sexo sem emoção e sem comprometimento não me interessava. Ou eu estava com defeito ou tinha um problema muito maior — e não ia pensar nisso. Mas eu sabia de uma coisa: precisava de uma desculpa para não ir à casa de Lauren naquela noite.

Claro que, quando terminamos de comer, ela me perguntou diretamente se eu estava interessado em ir para o apartamento dela. Então tive que sair dessa.

— Lauren, acho que você é maravilhosa — eu disse a ela, colocando minha margarita na mesa. — E gostei de te conhecer melhor esta noite. Mas, quanto mais penso nisso, mais acho que é melhor se você e eu permanecermos amigos, dado seu relacionamento profissional com Scottie.

Isso era mentira. Uma desculpa. Mas esse encontro todo também era.

A expressão dela se entristeceu conforme ela passou a mão por seu cabelo comprido e castanho.

— Por que, então, concordou com este encontro se é assim que se sente?

Eu pensara que seria melhor se fingisse.

— Acho que só percebi esse conflito esta noite.

Esperava que minha desculpa esfarrapada fosse melhor do que simplesmente admitir que não estava a fim. No entanto, a decepção nos olhos dela me disse que ela pode ter lido nas entrelinhas, de qualquer forma.

O resto da noite foi bizarro pra cacete, para dizer o mínimo.

Na noite seguinte, meu "encontro" com Lauren era uma lembrança há muito esquecida. Estava sentado na sala de estar, assistindo TV ao lado de Scottie no sofá, e meus olhos ficavam indo para o quarto de Carly. Através da porta aberta, dava para vê-la se arrumando para sua noite com Neil.

Ela não tinha me perguntado como tinha sido meu encontro com Lauren, e fiquei grato. Não queria mentir e, por enquanto, preferia que ela pensasse que tinha sido melhor do que fora. Não precisava que Carly desconfiasse que eu estava minimamente afetado pelo que estava acontecendo entre ela e meu irmão.

Mas não pude deixar de notar o quanto ela estava linda naquela noite. Ela usava um vestido curto pink e havia colocado uma flor combinando no cabelo. Era como uma explosão de primavera na gelada e escura Woodsboro. No entanto, não importava o que ela vestia; ela estava sempre linda pra caramba. Seu cabelo loiro havia crescido ao longo das últimas semanas, e suas curvas perfeitamente localizadas eram a mais recente tentação — *obrigado, sorvete de pistache.* Tinha que me lembrar, constantemente, de que não tinha nada a ver ter esses pensamentos sobre a garota de Brad. Provavelmente ela sair com Neil era uma benção. Agora eu tinha o dobro de motivos para ficar longe dela. Essa situação definitivamente colocaria um fim nisso.

Apesar de tudo isso, me levantei e andei até parar na porta dela.

— Aonde vocês vão? — perguntei.

Ela soltou seu pincel de maquiagem.

— A algum lugar chamado Vincenzo's.

— Ah, sim, um dos melhores restaurantes de Woodsboro.

Carly se virou para mim e abriu os braços.

— Acha que estou bem-vestida o suficiente?

Dei uma olhada nela, tentando não deixar meus olhos se demorarem em seu corpo.

— Sim. Você está ótima. É um lugar bom, mas não superchique nem nada.

Ela encarou o espelho de novo e começou a aplicar maquiagem no olho.

— Você nunca me contou como foi seu encontro com Lauren ontem à noite.

Bem, esse adiamento não durou muito.

— É, ãh... — Enfiei as mãos nos bolsos. — Foi bom.

— Só bom?

— É.

Ela fechou o tubo de máscara de cílios.

— Certo, estou vendo que não quer falar disso. E tudo bem. Não me deve nenhuma explicação.

Provavelmente, ela pensava que eu estava sendo reservado porque tinha transado com Lauren e não queria admitir. Carly parecia ter a impressão de que eu era um galinha. Mas vê-la supondo isso sobre ontem à noite não pareceu certo para mim.

— Não aconteceu nada, se é isso que está pensando.

Ela pintou os lábios.

— Estou surpresa. Com o jeito que ela olha para você... se joga em você... imaginei que ela tivesse te levado para o apartamento dela antes de eles poderem sequer servir a sobremesa.

Entrei no quarto dela.

— Não sou tão fácil, sabe. Tive a oportunidade. Só não agarrei.

Ela arregalou os olhos.

— Você a recusou?

— Não acredito em dar esperança para alguém se eu não tenho certeza das coisas. Ela não é qualquer uma. Ela trabalha nesta casa. Então preciso lidar com cuidado com isso.

Carly voltou a olhar para o espelho.

— Bem, isso é muito maduro da sua parte, Mathers. Pensei mesmo nisso, já que você voltou para casa mais cedo do que o esperado.

— Pensei que você estivesse dormindo quando entrei. Não sabia que estava prestando tanta atenção — zombei.

— Há muitos barulhos nesta casa. É difícil não acordar quando alguém se mexe um pouco sequer. Eu não estava esperando acordada nem nada, se é o que está pensando.

Assenti.

— E não vou esperar por você esta noite. Então não se preocupe com isso. Neil não machucaria uma mosca, então não tenho motivo para me preocupar.

Carly afofou seu cabelo.

— Você ficaria esperando e se preocupando, do contrário? Se fosse outra pessoa?

Merda.

— Bem, sim. Não confio nas pessoas. Eu ficaria desconfiado se você conhecesse alguém novo enquanto está aqui, se eu não conhecesse. — Ergui o queixo. — Quero dizer... Brad iria querer que eu cuidasse de você.

— Então isto se trata de Brad? — Ela se virou para mim. — Você se preocuparia por sentir que é sua obrigação em relação a ele?

— Não exatamente. Considero você uma amiga agora. Eu me preocuparia com você, de qualquer forma.

— Meu rosto não te incomoda mais? — ela provocou.

Meu estômago se revirou.

— Não, Carly. — Olhei desafiadoramente para ela. — Não incomoda.

— Bom saber.

Baixei a cabeça por um instante.

— Acho que nunca vou me safar disso.

— Provavelmente, não. — Ela deu uma piscadinha.

— Talvez eu mereça.

Seus saltos clicaram conforme ela veio na minha direção.

— Não se cobre tanto. Só estou brincando. Superei, de verdade. Principalmente depois de você explicar o motivo por trás disso.

Ela parou e cheirou o ar. Sua expressão mudou.

Droga. Fui pego.

— Você fumou.

— Fumei um rapidinho há alguns minutos.

— Por quê, Josh? — Ela franziu o cenho. — Estava indo tão bem.

Agora eu, definitivamente, tinha que mentir. Não poderia admitir que o encontro dela com meu irmão estava me fazendo surtar. Não poderia admitir que o encontro da noite anterior tinha sido uma vergonha completa, mais para o benefício dela. E, certamente, não poderia admitir que seus lábios estavam me implorando para beijá-los agora mesmo, o que me fez *realmente* precisar de outro cigarro.

— Só tive uma recaidinha. Acontece.

— Bem, você sempre pode voltar ao caminho certo.

Suspirei.

— É o que faço.

Ela pausou e pareceu analisar meu rosto.

— Você não tem problema com isto? Com o fato de eu sair com seu irmão?

Sua pergunta me fez suar. *Caralho. Ela consegue enxergar dentro de mim.*

— Por que perguntaria isso? Claro que não tenho. Pareço ter?

— Na verdade, não. Mas entendo como pode ser meio incômodo para você. Porque moramos juntos, sabe? Primeiro, você está morando com a noiva do seu melhor amigo, e agora está morando com alguma garota com quem seu irmão está saindo.

— Você não é *alguma garota*. E, se sair com Neil te deixa feliz, então, mesmo se for um pouco incômodo, preciso suportar.

Ela mastigou o lábio.

— Posso ser sincera quanto a uma coisa? — ela perguntou.

— Claro.

— O negócio da Lauren...

Fiquei tenso.

— O que tem?

— Eu *estava* irritada com isso. — Ela riu, nervosa. — O que quero dizer é que me incomodou quando ela te chamou para sair e quando você estava com ela ontem à noite. — Ela desviou o olhar e abraçou a si mesma. — Primeiro pensei que era por causa do conflito de interesse... porque ela é terapeuta de Scottie... mas não tenho tanta certeza. — Os olhos de Carly encontraram os meus. — Acho que é mais só o que eu *queria* acreditar.

— Por que mais seria? — Mal deu para ouvir minha pergunta. Dentro de mim, eu *sabia* a resposta.

— Acho que estou... — Ela hesitou.

Meu coração acelerou.

— O quê?

— Acho que estou me apegando a você ou algo parecido... e estou confusa, talvez?

Suas palavras espelharam meus próprios sentimentos, ainda assim, não falei nada conforme ela permaneceu ali parada, ficando mais vermelha a cada segundo.

— Não me entenda mal, sei que você e eu... Nós nunca poderíamos... você sabe. Por causa de Brad. Mas acho que esta coisa toda de morar juntos... mexeu um pouco com minha cabeça. E alguém novo entrando no meio chacoalharia as coisas. Acho que eu estava sendo meio egoísta. — Ela expirou. — Então me desculpe.

Agora teria sido uma ótima hora para dizer que ela não estava sozinha, que eu estivera tendo *todos* esses mesmos sentimentos e mais alguns. Mas parecia que admitir a verdade ainda era trair Brad. Digamos que eu confessasse nutrir sentimentos por ela. E aí? Eu não poderia fazer nada com isso. Então escolhi guardar tudo para mim. Precisava continuar fazendo isso até este acordo de moradia terminar — não importava quando fosse. Por mais que Carly e eu tivéssemos marcado para visitar outro lar na cidade em breve, ainda não fazíamos ideia de quanto tempo demoraria para conseguir uma vaga para Scottie.

— Eu entendo, Carly. Nós dois temos passado por muita coisa. Ainda estamos passando por muita coisa.

Ela assentiu, olhando para os pés.

— Às vezes, acho que você é o único que realmente sabe o que estou sentindo... porque os últimos dois anos foram um borrão.

Suas palavras penetraram minha alma, me lembrando exatamente do quanto eu me sentira sozinho, até ela aparecer.

— Já se consultou com um terapeuta? — perguntei.

— Não, mas provavelmente deveria.

— Eu já pensei — admiti.

— Sério?

— Sim. Não só por causa do luto, mas por causa da culpa.

Ela inclinou a cabeça para o lado.

— Culpa sobre o quê, especificamente?

Muitas coisas.

— Você sabe que era para eu ir para Tahoe com ele naquele fim de semana, certo?

Ela arregalou os olhos.

— Não. Não sabia.

— Pois é. Ele tinha me convidado para ir com ele e seus colegas de trabalho nessa viagem, e eu até tinha comprado uma passagem. Mas cancelei no último minuto porque estava concorrendo a uma promoção no trabalho e descobri que precisava fazer uma apresentação para valorizar meu passe. Decidi que viajar naquele fim de semana seria muito estressante. Falei para ele que iria da próxima vez. — Fechei os olhos.

— Então você acha que, se estivesse com ele, talvez o acidente não teria acontecido...

— Claro. Tenho certeza de que não teria. Eu poderia estar dirigindo ou uma pequena mudança no itinerário poderia ter prevenido a coisa toda.

Ela colocou a mão em meu braço.

— Sinto muito, Josh. Eu não fazia ideia. Não era para eu estar com ele porque era uma viagem de amigos. Mas, com certeza, já pensei coisas, como, e se eu *tivesse* ido... será que ele ainda estaria aqui? Ou e se eu tivesse pedido para ele não ir? Coisas assim.

Balancei a cabeça.

— Enfim, é inútil pensar nisso. Não dá para mudar o passado.

— Não mesmo. Mas é importante falar sobre as coisas que te assombram. Desabafar é a única chance que temos de superar.

— Não há como superar — eu corrigi. — Só *desviar* disso.

— É, isso é verdade — ela sussurrou.

Me obriguei a dar uns passos para trás.

— Bom, consegui destruir o clima para você esta noite.

— Não destruiu. Gosto de saber que não estou sozinha.

— Certo. Mas chega de conversa triste. Vá se divertir. Mas não se surpreenda se chegar em casa e não encontrar mais o sorvete de pistache.

Ela sorriu.

— Vá em frente. Vou comprar mais esta semana. — Ela se aproximou mais e cutucou meu peito com seu dedo indicador. — Melhor isso do que fumar.

— Concordo. — Eu sorri. — Na verdade, Scottie e eu temos grandes planos para esta noite. Então isso vai me manter distraído.

— Ah, é? — Ela ergueu a sobrancelha. — Me conte.

— Bom, primeiro vamos ouvir Elton John de trás para frente. Isso deve levar uma boa hora ou mais.

— Divertido...

— Depois vamos esquentar o frango da leva nova que você fez ontem à noite, e eu vou fazer um molho de mostarda e mel e ir com tudo.

— Parece bem saboroso.

— Depois, para nosso banho de homens, vou colocar o outro preferido dele, The Wiggles, no alto-falante com Bluetooth.

— Ele vai amar. — Ela riu. — O que mais?

— Depois de toda essa animação, imagino que vou torcer para ele dormir bem para que eu possa destruir apropriadamente aquele sorvete de pistache em paz.

— Parece um bom jeito de finalizar a noite.

Na verdade, um bom jeito de finalizar a noite seria tê-la ali também. Me xinguei silenciosamente. Eu tinha que parar de ter esses malditos pensamentos.

— Vai com seu carro ou ele vem te buscar? — perguntei.

— Falei para ele que era melhor encontrá-lo lá. Gosto da liberdade de poder voltar para casa quando eu quiser.

— Faz sentido.

Carly olhou para o relógio.

— Na verdade, estou meio atrasada.

— É culpa minha. Vou sair do seu pé.

— Fiquei feliz por você ter vindo conversar comigo, Josh.

Pare de ser tão legal comigo. Você não está ajudando.

Ela saiu para a sala de estar onde Scottie estava sentado no sofá.

— Seja bonzinho com o tio Josh — ela disse, beijando a bochecha dele.

Ele a ignorou e continuou jogando em seu iPad.

Ela vestiu o casaco e pendurou sua bolsa no ombro.

— Bem, até mais tarde. Se acontecer alguma coisa, é só mandar mensagem.

— O único jeito de eu te incomodar é se a casa pegar fogo e, felizmente, não vou cozinhar nada, então devemos ficar bem.

— Ok. — Ela deu risada. — Tchau.

A porta se fechou depois que ela saiu, e a encarei por alguns instantes enquanto ouvi o som de seu carro ligando. Me senti vazio quando entrei na cozinha e vi um recado que ela havia deixado no balcão.

> *Deixei uma surpresinha para você na geladeira.*
>
> UM AGRADECIMENTO DOS MONGES TRAPISTAS DE ST. FRANCIS.

Me animando, abri a geladeira. Na prateleira, havia uma assadeira pequena coberta com papel-alumínio. Havia outro recado grudado no topo.

> Fiz seu novo preferido nesta tarde: pão de abóbora! Não o julgue antes de prová-lo, Mathers.
>
> UM AGRADECIMENTO DOS MONGES TRAPISTAS DE ST. FRANCIS.

Um sorriso se abriu em meu rosto conforme ergui o papel-alumínio, peguei um garfo e comi um pedaço.

Estava surpreendentemente bom — nem muito doce, nem muito molhado, e ela tinha até adicionado gotas de chocolate. Ultimamente, eu estava começando a gostar de *muitas* coisas que nunca previra que gostaria.

Após algumas garfadas, coloquei o pão de abóbora de volta na geladeira e me juntei a Scottie na sala, onde ele ainda estava jogando em seu iPad.

— Somos só você e eu esta noite, cara.

Ele me pegou pelo cabelo, me puxando na direção dele para dar uma boa cheirada enquanto uma montagem de comerciais dos anos oitenta passava em seu aparelho. Isso era outra coisa dele: *jingles* vintage.

— Sabe, acho que você talvez tenha a ideia certa. Vivendo esta vida simples... sem mulheres, sem complicações. Só um bom frango, música e sono. E repete. — Dei um tapa em seu joelho, brincando. — Não é uma vida ruim, cara.

Ele me olhou nos olhos por alguns segundos. Isso era sempre raro. Como um presente, na verdade — não apenas porque aqueles olhares eram poucos e escassos, mas porque, através de seus olhos familiares, eu conseguia visitar Brad de novo. Por um rápido instante, meu melhor amigo vivia através de Scottie.

— Deus, você se parece muito com Brad. Talvez isso seja ele vindo me lembrar exatamente do porquê eu não deveria me importar com o que Carly está fazendo neste momento.

Conforme Scottie voltou sua atenção aos seus *jingles*, continuei conversando com ele.

— Me pergunto o quanto você consegue entender às vezes. Algo me diz que é muito mais do que pensamos. Há muito que, provavelmente, eu deveria te explicar sobre a vida, mas talvez seja melhor se você não souber. E às vezes a ignorância é uma benção. — Encarei o teto. — Vou te dar um exemplo. Queria não saber que Carly está em um encontro com Neil neste momento. Não saber seria extremamente fabuloso.

Scottie e eu tivemos bastante tempo naquela noite. Focar totalmente minha atenção nele era uma boa distração. Em vez de só fazer as tarefas como, tipicamente, eu fazia, parei um tempo para analisá-lo, aproveitando cada instante e tentando interagir o melhor que eu conseguia com seus nuances às vezes extravagantes.

Nós jantamos juntos, tomamos nosso banho e até o deixei segurar o secador para secar meu cabelo, o que pareceu dar a ele um bom divertimento. Tudo estava sendo incrível até eu ter a brilhante ideia de encher meu colchão de ar *antes* de Scottie ter ido dormir. Normalmente, eu fazia isso depois de ele dormir, mas resolvi arriscar. Então fui usar o banheiro e, quando voltei, encontrei a cama esvaziada. Scottie deve ter pensado que era um balão gigante e feito um buraco grande nela.

Ótimo. Provavelmente, eu poderia encontrar um jeito de remendá-lo, mas, no momento, não tinha os materiais. De novo, dormiria no sofá duro.

Balancei a cabeça.

— Nem posso ficar bravo com você, Scottie, porque é minha culpa.

Ele balançava para a frente e para trás no sofá.

Normalmente, Scottie dormia lá pelas dez da noite, então, quando o relógio marcou dez, eu o coloquei na cama dele com todos seus aparelhos. Então fiquei ali com ele por um tempo.

Depois que ele começou a dormir, eu o deixei sozinho e fechei sua porta. Meu plano era acabar com aquele pote de sorvete de pistache. Talvez colocar um pouco de pão de abóbora em cima.

Mas, assim que fui até a geladeira, ouvi a porta da frente se abrir.

QUINZE

Carly

— Por que você voltou tão cedo? — Josh perguntou.

— Não é tão cedo. Estou fora há algumas horas.

— Eu sei. Só pensei que você ficaria mais.

Joguei minha bolsa na mesa de canto.

— Como foi a noite?

— Não deveria ser eu a te perguntar isso?

Tirando o casaco, eu disse:

— Primeiro, me conte como estava Scottie.

— Bem, nós nos divertimos. Ele já está apagado, mas não antes de furar meu colchão de ar.

Olhando para o canto da sala, vi o que já foi um colchão murcho no chão.

— Ah, não! Como isso aconteceu?

— Porra, não faço ideia. É isso que ganho tentando ser eficiente. Eu o enchi cedo, depois saí da sala e, quando voltei, estava furado. Não encontrei a arma.

— Merda. Sinto muito. — Cobri a boca. — Eu não deveria rir, mas até que é engraçado.

Josh deu de ombros.

— Não é grande coisa. Vou tentar remendá-lo amanhã ou, simplesmente, comprar um novo. Foi minha culpa, por enchê-lo antes de ele ir dormir. Isso é como pedir para ter problema. — Ele suspirou. — Você se divertiu?

— Foi muito legal. E você tinha muita razão quanto ao seu irmão. Ele é fofo. — Apertei os lábios, sem saber o quanto queria revelar. Não queria que nada se voltasse contra Neil. Mas também não estava no clima de passar pano.

Mas, aparentemente, Josh conseguia ver na minha expressão.

— Parece que tem um *mas* em algum lugar aí — ele disse.

— Como falei, nós nos divertimos bastante. — Hesitei. — Não sei se foi falta de química ou se ainda não estou pronta, mas...

Ele ergueu as mãos.

— Não precisa explicar.

— Sei que não *preciso* explicar. Mas eu quero. Tenho certeza de que ele vai falar alguma coisa para você.

— Pode confiar que não vou contar nada que você não quiser que eu conte.

— Seu irmão é um cara muito legal. Nossa conversa foi sincera e envolvente. Ele é de família e tudo que uma mulher pode querer, até onde eu consegui ver. Não houve uma única coisa errada com nosso encontro. Mas ainda... ainda parecia que faltava algo. Às vezes, não se consegue identificar.

Josh assentiu.

— Entendo você.

Sua resposta rápida me fez pensar se ele estava se contendo.

— Acha que estou sendo exigente demais?

— Não, e você não deveria se importar com o que penso. Precisa seguir seu coração. Neil é adulto. Tenho certeza de que ele pôde sentir se você não estava totalmente a fim.

— Durante o jantar, eu só conseguia pensar em como esse homem iria fazer alguém feliz um dia.

— Só não será você...

Encarei minhas unhas.

— Não, acho que não.

— Como deixou as coisas com ele?

— Ele perguntou se eu estaria interessada em sair de novo, e falei que não queria criar expectativa nele e que não me sentia pronta para mais nada. Me desculpei por fazer ele perder tempo esta noite, e ele foi muito gracioso quanto a isso. — Balancei a cabeça. — Talvez eu seja um caso perdido, Josh. Porque não há uma única coisa errada com seu irmão. Eu só...

— Não se pode escolher por quem se atrai ou com quem tem química. A questão é essa, Carly.

— Eu sei. Mas me sinto péssima por desperdiçar o tempo dele.

Josh estalou os dedos.

— Tenho uma solução para isso.

— Ah, é?

— É verde com pistache... e mais gelado do que sua atitude com meu irmão esta noite.

— Josh! — Chutei o ar, fingindo que era ele.

— Estou brincando, Abóbora. Relaxe.

Por que eu amo quando ele me chama assim agora? Eu o segui para a cozinha e me apoiei no balcão conforme ele abriu o pote de sorvete.

— Estou surpresa por você já não ter acabado com isso — eu disse.

— Bem, Scottie tinha outros planos para mim esta noite, então você está com sorte.

Josh encheu duas tigelas. Ele me entregou uma, e eu suspirei em êxtase depois de comer a primeira colherada.

— Era exatamente disso que eu precisava — falei com a boca cheia.

Josh comeu uma grande colherada.

— Meu irmão não pagou sobremesa para você?

— Eu não estava com vontade na hora, mas, agora, de repente, estou morrendo de vontade. — Meu coração balançou. Poderia ser uma metáfora para a atração física que sentia por Josh naquele instante, em vez de pelo irmão dele. Era melhor eu descer logo de tobogã para o inferno.

— Acho que nós dois acertamos em cheio com nossos encontros neste fim de semana — ele disse, com sorvete na boca. — Acho que teremos mais sorte da próxima vez.

— Você deveria ficar com a cama esta noite — falei, lambendo a parte de trás da minha colher. — Sério. Não me importo de dormir no sofá.

— Não posso fazer isso com você.

Limpei sorvete do canto da minha boca e tentei reunir coragem para falar o que estava pensando.

— Então, vamos simplesmente dormir na cama... — murmurei. — É bem grande. Nem vou perceber que você está lá.

Ele coçou seu queixo com barba por fazer.

— Estou tentando entender se isso é um insulto ou não.

— Não é! — Dei risada. — Mas, pelo amor de Deus, passamos por tanta coisa nessas últimas semanas. Nós dois somos adultos. Conseguimos dividir uma cama.

— Não sei. — Ele desviou o olhar, mas parecia estar pensando. — Vamos ver...

Sua hesitação era porque ele sabia que eu sentia atração por ele? *Ah, não, ele acha que estou tentando sugerir alguma coisa?* Tudo em mim dizia que era uma péssima ideia esclarecer minhas intenções — ou a falta delas —, porém eu tinha que me explicar mais ou não conseguiria dormir naquela noite.

— Não quero que pense que estou esperando alguma gracinha... — *Aff.* Isso não saiu direito.

Ele arregalou os olhos.

— *Gracinha*?

— É, você sabe...

— Não sei, não. Defina gracinha. — Ele bufou. — É igual o consolo?

— Josh...

A expressão dele ficou séria.

— Eu sei. Você só está sendo gentil de oferecer.

— Acho que estou paranoica por causa da coisa toda do diário. Você leu o que escrevi sobre te achar atraente.

— Muito para seu desgosto, você acha o porco atraente — ele provocou, assentindo.

— Não quero que pense que estou esperando algo ou que, um dia, eu chegaria nesse ponto. Sei que seria errado, e não tenho intenção de...

— Jesus. Pare enquanto pode, Carly. Sei que não está insinuando nada, ok? Não foi por isso que hesitei. Só se trata do princípio disso, sabe? Embora, no fim, seja apenas uma cama, deitar ao seu lado ainda é... deitar ao seu lado. E acho que me sinto estranho fazendo isso quando... ele não pode.

Ok, então isto se trata de Brad.

— Entendi — murmurei. Precisava ir dormir e fugir da bizarrice que eu criara. — Bom, acho que vou dormir. Adoraria tomar um banho, mas tenho medo de acordar Scottie.

— Ele tem o sono bem pesado. Acho que você pode ir.

— Certo. Serei rápida.

No banho, esfreguei xampu no cabelo, me repreendendo de novo por sugerir a Josh dividir a cama comigo naquela noite. Como ele pôde *não* pensar que eu estava passando do limite? Parte de mim só queria alguém para dormir ao lado, essa sensação de peso na cama, de segurança. Mas ainda parecia loucura achar que era uma boa ideia com Josh.

Apesar do que eu tinha dito sobre tomar um banho rápido, demorei debaixo da água, hesitante em encarar Josh de novo. Em certo momento, me obriguei a sair e me vestir.

Ele estava no sofá, mexendo no celular quando saí do banheiro. Balançando suas pernas rapidamente, ele não parecia estar pronto para ir dormir logo. Fui direto para o quarto sem falar nada para ele. Parecia mais seguro.

Depois de uns quinze minutos deitada, eu ainda estava matutando quando o ouvi bater à porta.

A voz dele era baixa.

— A oferta ainda está de pé?

Me enrijeci, então me virei para olhar para ele.

— Sim.

— Essa porra de sofá parece uma pedra. Tentei por alguns minutos e desisti.

— Há bastante espaço aqui. — Deslizei para o lado.

Josh colocou seu travesseiro no lugar, o afofou algumas vezes e se deitou. Imediatamente, virei para o outro lado, porque parecia o certo a fazer.

As coisas ficaram em silêncio por um minuto.

— Você sempre dorme bem na beirada da cama assim? — A voz dele cortou a escuridão. — Se eu tossir, você vai cair rolando.

Eu *estava* praticamente pendurada para o lado.

— Estava só tentando te dar espaço.

— Você acha que sou tão grande? Há mais de trinta centímetros entre nós. Pode dormir como uma pessoa normal.

— Ok. — Recuei um pouco na direção dele. — Certo. Tem razão.

— Esta cama é confortável pra caramba — ele disse. — Você esteve na vida boa.

Seu celular apitou.

— Merda — ele murmurou.

— Quem é?

— É Neil. Só está vendo como está tudo... provavelmente querendo saber da sua reação ao encontro. Vou responder de manhã.

Me virei na direção dele e me apoiei no cotovelo.

— É melhor responder agora. Do contrário, ele vai pensar algo ruim.

— Ok, é. Vou só contar que estou na cama com você — ele disse inexpressivo.

— Não acha que isso não vai acabar muito bem? — brinquei.

— Tenho praticamente certeza de que não. — Ele deu risada.

— É, talvez espere.

Conforme virava de costas para ele de novo, pude senti-lo se mexendo pelos lençóis e arrumando o travesseiro.

— Droga... — ele gemeu. — Agora que sei o quanto esta cama é confortável, você pode ter dificuldade em se livrar de mim.

Um longo período de silêncio se passou. Então ele sussurrou:

— Obrigado pelo pão de abóbora.

— Você gostou? — perguntei, colocando as mãos debaixo da bochecha.

— Estava muito bom, sim. Acho que você pode estar me convertendo.

Ele soltou um bocejo alto, e eu me ajeitei. Eu estava quase dormindo quando ele falou de novo.

— Nunca perguntei por que você começou a fazer maquiagem. Como entrou nessa?

— Que pergunta aleatória — murmurei.

— É, bom, é assim que fico quando estou agitado.

Sorri, com as costas ainda para ele.

— Eu costumava amar maquiar minha mãe, quando era pequena. Continuei praticando na adolescência e percebi que era algo no qual eu era boa pra caramba. Então, em vez de me obrigar a fazer uma coisa na qual eu não estava interessada depois da faculdade… tinha me formado em artes liberais… entrei na faculdade de cosmetologia e fiquei ainda melhor nisso. O que mais amo é deixar as pessoas mais confiantes consigo mesmas.

— Apesar de que, lá em Hollywood, você tinha uma base muito boa para trabalhar, eu imagino?

— É, mas não trabalho somente com celebridades. Também me voluntario. Já fiz maquiagem em abrigos de sem-teto… mulheres procurando se reposicionar no mercado de trabalho.

— Que legal. Viu? Eu não sabia isso sobre você. Ainda bem que perguntei.

— As coisas que se aprende quando começa a fazer perguntas aleatórias à uma da manhã, hein?

— É verdade… — Ele expirou e pareceu pensar por um instante. — Você é uma boa pessoa, Carly.

Meu coração flutuou.

— Como sabe disso?

— Você não estaria aqui se não fosse.

— Acho que isso também faz de você uma boa pessoa.

— Eu não iria tão longe. — Ele deu risada. — Enfim, com o colchão de Wayne como minha testemunha, por meio deste, eu, neste instante, oficialmente retiro qualquer coisa negativa que já falei sobre você.

— Ah... Além do meu rosto, há *mais* coisas das quais não sei?

— Não importa. É tudo mentira.

— Bem, então retiro o fato de ter te chamado de porco do mal.

— Pode ser que você queira manter essa. Não posso dizer que é totalmente incorreto.

— Não acredito nisso.

— Isso é porque você não consegue enxergar dentro da minha cabeça ultimamente, Abóbora.

Espere, como assim? Será que eram pensamentos ofensivos sobre mim ou outra coisa?

Josh parou de tagarelar depois disso e, em certo momento, sua respiração se tornou ritmada. Ouvir isso me acalmava. Mas embora tivesse um bom espaço entre nós, percebi que podia sentir o calor de seu corpo atrás de mim.

E agora eu que estava meio agitada. Refiz meus passos pelos acontecimentos do dia. Me senti horrível por desperdiçar o tempo de Neil, e ainda pior pelo quanto eu queria voltar para casa e ver Josh. Agora, com ele ao meu lado na cama, me sentia ainda mais culpada por me aproveitar dessa sensação quente e segura.

Na manhã seguinte, aprendi uma dura lição. Às vezes, mesmo quando você tem as melhores intenções e tenta fazer tudo certo, a vida ainda acaba com você.

Apesar de eu ter, intencionalmente, dormido de costas e com bastante espaço entre mim e Josh, quando acordei, não só estava de frente para ele, como meu nariz estava a apenas alguns centímetros do dele. Esse era o único jeito de eu poder ficar tão perto dele.

Então, em vez de me afastar, aproveitei a oportunidade para olhá-lo em paz, para apreciar o quanto ele era lindo — a maneira como seu cabelo castanho caía na testa, a robustez de seu maxilar, seu cheiro masculino. Essa análise silenciosa estava realmente tranquila — até ele abrir os olhos.

Me encolhi, recuando de repente. *Quem acorda desse jeito?* Geralmente, os olhos não piscam para se abrirem gradativamente ou algo parecido? Os dele se abriram de uma vez.

— Oi... — A voz dele estava sonolenta. — Eu te assustei?

— Não, ãh... — Lambi os lábios. — Eu estava só esperando você acordar.

— Estava me olhando enquanto eu dormia?

— Sim. Acho que estava.

Josh assentiu e, lentamente, se levantou da cama.

Eu estivera esperando ser zoada ou, no mínimo, ouvir uma resposta.

Mas ele não falou nada.

Observei seus músculos se mexerem conforme ele se alongava, sua camiseta subindo só o suficiente para a serpente sexy tatuada nas costas dele me provocar.

Ele saiu do quarto e virou na direção da cozinha.

Me demorei na cama para não precisar encará-lo por um tempo. Após alguns minutos, pude ouvi-lo acordando Scottie. A água começou a escorrer no banheiro, então ele deve ter decidido tomar o banho de homens agora.

Em certo momento, me arrastei para fora da cama, muito mais tarde do que o normal.

Scottie e Josh estavam sentados na sala de estar, ambos com o cabelo molhado. Scottie estava fazendo alguma coisa em seu iPad enquanto Josh trabalhava em seu laptop.

— Bom dia. — Acenei. — Você tomou banho cedo...

— É, Scottie acordou com uma surpresinha.

— Ah.

Normalmente, Scottie não tinha acidentes à noite, mas, de vez em quando, acontecia.

Fui fazer café para mim e vi um recado que Josh tinha deixado.

> Tocou Somebody's Watching Me[2], de Rockwell, enquanto eu tomava banho com Scottie. Coincidência? ;-)
>
> UM AGRADECIMENTO DOS MONGES TRAPISTAS DE ST. FRANCIS.

2 Alguém está me observando, em tradução livre. (N.E.)

DEZESSEIS

Josh

A noite anterior foi, sem dúvida, o melhor sono que tive em anos — melhor ainda do que aquelas noites em Chicago na minha própria cama. Apesar da culpa que eu sentia por dormir ao lado de Carly, não conseguia deixar de ansiar por fazer isso de novo naquela noite.

Quando, enfim, eu tinha respondido a mensagem de Neil de manhã, ele havia perguntado se eu queria comer alguma coisa. Carly havia se oferecido para ficar com Scottie, então eu concordara. Imaginei que seria mais fácil responder a qualquer pergunta que ele tivesse sobre Carly pessoalmente. Além do mais, eu nem o tinha visto desde que chegara a Woodsboro, então já tinha passado da hora.

Neil havia escolhido uma mesa no canto da Old Mill Diner quando cheguei. Ele ergueu a mão e sorriu ao me ver. Uma sensação inquieta surgiu na boca do meu estômago. Eu sabia o que era: a culpa agora familiar que eu havia sentido vezes demais.

— Oi. — Me sentei.

— Oi, cara. É bom ver você.

— Como você está? — perguntei.

Ele encarou sua caneca.

— Já estive melhor.

A garçonete colocou uma caneca diante de mim e me serviu café. Assenti, agradecendo.

— O que aconteceu ontem à noite? — perguntei a Neil, me fazendo de bobo.

— Ela não te contou?

Hesitei.

— Ela falou que foi legal...

Ele deu risada.

— Mas...

Permaneci vago.

— Bem, ela me contou como finalizou a noite.

— É. Ela não estava a fim. Ou pelo menos foi o que entendi quando ela disse que não queria sair de novo. — Neil chacoalhou um sachê de açúcar. — É uma droga. Gostei mesmo dela. — Ele mexeu seu café. — Mas tudo bem. É o jeito. Ela que perdeu.

Assenti.

— Você, com certeza, merece uma mulher que goste de você, meu irmão. Sempre falo que você é o melhor partido que existe.

Ele encarou pela janela.

— Talvez eu precise me mudar de Woodsboro. Aqui, minhas opções são limitadas.

— Você ficaria surpreso, irmão. A grama nem sempre é mais verde. Não sei se, um dia, já gostei tanto de Woodsboro até esta viagem mais recente para casa.

— Interessante. Sempre pensei que você odiasse aqui.

— Eu odiava.

— O que mudou?

— Não sei. — Balancei a cabeça. — Talvez eu só esteja mais maduro agora e consiga apreciar todas as coisas que costumava não valorizar... como café da manhã com meu irmãozinho. — Dei uma piscadinha.

Neil e eu só tínhamos um ano de diferença. Ele tinha vinte e nove e eu, trinta, enquanto Michael era dois anos mais velho do que eu.

Ele deu um gole em seu café.

— Não está me convencendo.

— Por quê?

— Senti um clima ontem à noite. — Ele encarou meus olhos. — E quero que seja sincero.

— Um clima do quê? — Engoli o café rápido demais e quase queimou minha garganta.

— Você e Carly...

Agora quase engasguei.

— Não há nada acontecendo — insisti. — Se é aí que quer chegar.

— Tem certeza? Não vou ficar bravo se for verdade. Eu entenderia.

— Não tem nada acontecendo — repeti. — Por que pensaria isso?

— Foi o jeito que ela se iluminou quando falou de você. Me fez pensar se o desinteresse dela se tratava menos de mim e mais de você.

Dei risada, minha culpa aumentando.

— Não sei do que está falando.

— Ok, agora *eu sei* que você está mentindo.

— Por quê?

— Seu olho acabou de tremer. Isso sempre costumava acontecer quando você mentia para mim quando éramos crianças.

Está quente neste maldito lugar ou sou só eu? Cerrando os dentes, eu disse:

— Talvez eu só esteja desconfortável porque você está fazendo suposições sobre mim e a noiva do meu melhor amigo.

— Josh, se não pode ser sincero comigo, com quem você será? Está dizendo que está morando com Carly e nada aconteceu, nesse tempo todo?

Eu o olhei diretamente nos olhos.

— Nada aconteceu. Nem quando dormimos na mesma cama ontem à noite.

Os olhos dele ficaram arregalados. As palavras tinham escapado de mim antes de eu conseguir pensar melhor.

— Okkkk. Espere um pouco. — Neil massageou suas têmporas. — O que disse? Ontem à noite? Depois de ela voltar para casa do encontro comigo?

— Sim, mas não teve nada a ver com isso. Scottie furou meu colchão de ar, e o sofá parece uma pedra. Então ela insistiu para eu dormir na cama. Ela ficou do lado dela, e eu no meu. Nada de... gracinhas. — Dei risada por usar o vocabulário de Carly.

Ele ergueu uma sobrancelha.

— Gracinhas?

— É. — Sequei minha testa. — Se fosse acontecer alguma coisa, com certeza, teria sido sob essas circunstâncias. Mas não tem nada, então... — Balancei as pernas de forma nervosa.

— Você acha que dormir ao lado da noiva do seu amigo morto é igual a *nada* acontecendo? Está se enganando. Talvez não tenha acontecido nada ontem à noite, porém está prestes a acontecer. — Ele balançou a cabeça. — Eu sabia que tinha alguma coisa.

— Você está errado, Neil. Se *estivesse* acontecendo alguma coisa, eu nunca teria falado para você sair com ela. Eu não divido.

Ele se recostou no assento e cruzou os braços.

— Acho que você estava torcendo para eu tirar seu fardo... que é o fato de você gostar da noiva de Brad, e não saber o que fazer com isso.

Revirei os olhos.

— Está inventando histórias agora.

— Oi, garotos.

Nossa cabeça se virou ao mesmo tempo. Meu pai tinha acabado de chegar.

— Oi. — Me levantei para abraçá-lo. — Não sabia que você viria.

— Neil me convidou.

— Que bom. Eu deveria ter pensado nisso.

Meu pai se sentou à minha frente, ao lado de Neil. Ele olhou entre nós.

— Caramba, é raro eu ver vocês dois juntos. O sr. Cidade Grande finalmente está nos agraciando com sua presença.

— Desculpe, pai. Sei que tenho sido um filho de merda.

Ele franziu o cenho.

— Quem disse isso? Só estou brincando. Tenho muito orgulho de você... principalmente pelo que te trouxe de volta à cidade. Brad tem sorte de ter um amigo igual a você, cuidando das coisas quando ele não pode estar aqui.

Neil bufou.

Idiota. Olhei desafiadoramente para ele.

— O que é tão engraçado? — meu pai perguntou.

Meu pai sabia que eu estivera dividindo a casa com Carly no último mês. Pensei em acabar com Neil com um golpe para que eu pudesse, pelo menos, me safar dessa.

— Parece que Neil acha que sinto algo pela noiva de Brad.

— Ah. — Ele inclinou a cabeça para o lado. — Há alguma verdade nisso?

— Não de um jeito sério.

Meu pai semicerrou os olhos.

— E o que isso significa?

— Eu a acho atraente... como qualquer homem acharia. E acho que é uma ótima pessoa. Mas realmente tomar uma atitude é uma coisa totalmente diferente.

Neil interrompeu:

— Viu? Isso é mais sincero do que o que me falou. A verdade está começando a aparecer. — Ele se virou para o meu pai. — Saí com ela ontem à noite, pai.

Meu pai piscou, confuso.

— O quê?

— É, ela me recusou com facilidade. Mas você deveria ter visto o jeito que o rosto dela se iluminou quando estava falando de como Josh era bom com Scottie. Não me admira que ela não teve interesse em mim.

A garçonete voltou e colocou uma caneca diante do meu pai.

— Café? — ela ofereceu.

Ele assentiu.

— Por que mais eu viveria? Obrigado. — Então ele se virou para Neil. — Estou confuso. Como você acabou em um encontro com ela?

— Eu a conheci na semana passada no Bar e não sabia quem ela era. Ela também não fazia ideia de que eu era irmão de Josh. — Ele apontou para mim. — Depois que descobri tudo, este aqui ainda me encorajou a sair com ela. Então o fiz e, imediatamente, me senti excluído.

— Ele está sendo dramático — insisti.

— Está? — Meu pai deu risada. — Ou você só está em negação porque tem medo do que significaria se sentisse algo por ela?

Ele tinha tocado em um ponto sensível.

— Certo... — Olhei entre os dois. — Deixando o dilema óbvio de lado, Brad era um cara ótimo e admirável. Exatamente como Neil... e você, pai. Eu, por outro lado? Carly merece coisa melhor, alguém que não tenha um histórico de merda com mulheres. Tudo isso e, sim, Brad sairia rolando de seu túmulo se um dia eu desse em cima dela.

— Como pode saber disso? — meu pai perguntou.

— Todo mundo sabe disso. Há milhões de mulheres no mundo, e tenho que ir atrás da dele? — Expirei. — Poxa vida.

Neil cutucou meu pai com o cotovelo e declarou:

— Eles dormiram na mesma cama ontem à noite...

Cerrei os dentes.

— Você precisava adicionar isso?

— Sinto muito — ele murmurou.

— Não sente, não — chiei.

— Como assim? — meu pai soltou. — Pensei que você tinha dito que não estava acontecendo nada.

— Queria estar gravando isto. — Neil deu risada. — As reações do papai são muito engraçadas.

— Meu colchão de ar furou, e eu não tinha mais onde dormir — expliquei. — Foi inocente.

— O que foi inocente? — uma voz perguntou.

Me virei e vi meu irmão Michael, que tinha chegado extremamente atrasado. Claro que Neil também o tinha convidado para se juntar a nós.

— Acabei de contar ao papai que Josh dormiu na mesma cama da noiva de Brad ontem à noite.

Michael ficou boquiaberto enquanto se sentou ao meu lado.

— Eu sabia. Falei para você que iria acontecer alguma coisa. Essa coisa toda é uma bomba-relógio.

Neil se virou para ele.

— Você sabia disso?

— Ok, sério. — Joguei meu guardanapo na mesa. — Vocês estão *todos* loucos. Não aconteceu nada! A porra do meu colchão de ar estava com um buraco, então ela ofereceu que eu dormisse na cama com ela. É uma cama bem grande com bastante espaço para nós dois.

— Talvez nada tenha acontecido da sua perspectiva — meu pai disse. — Mas é melhor pensar se ela sente algo por você. E, se você sente, pode reconsiderar a ideia de dormir na cama dela de novo. Se estiver falando sério em não querer dar em cima da garota de Brad, não deveria dar esperança a ela.

— Eu não estava dando esperança... — defendi. — Estava tentando dormir em uma cama que não parecesse uma pedra. Ponto-final.

Eu não sabia merda nenhuma sobre os verdadeiros sentimentos de Carly por mim, além do fato de ela me achar atraente e não me odiar mais. Mas, pensando bem, ela estivera me encarando naquela manhã quando acordei. Resumindo, o que meu pai falou fazia sentido para mim. Não havia um bom motivo para dormir ao lado de Carly, independente do quanto tenha sido bom — por causa do *colchão*.

— Sabe de uma coisa? — Soltei uma respiração exasperada. — Você tem toda razão. Vou comprar outro colchão de ar assim que sair daqui. Isso vai resolver o problema. — Bebi meu café. — Agora, talvez vocês, malas, possam sair do meu pé.

— Por quanto tempo exatamente vai morar com ela? — meu pai perguntou.

— Nenhum de nós sabe. Poderiam ser dias, semanas ou anos. Essa é a natureza do cenário de lista de espera. Mas vamos colocá-lo na lista de espera dos dois lares da cidade. Só temos que visitar o segundo para nos certificarmos de que seja bom. A pessoa responsável lá está doente, então não conseguimos marcar ainda.

— Sabia que saí com Carly ontem à noite, Michael? — Neil deu um sorrisinho.

Lá vamos nós de novo.

Michael ficou de queixo caído.

— Não pode ser. O que perdi? Como isso aconteceu?

Conforme Neil contava de novo a história, me perdi nos pensamentos. Estava feliz por ter ido àquele brunch, porque desabafar e ver as reações me ajudaram a perceber que tinha sido uma decisão burra dormir na cama de Carly na noite anterior.

Agora eu precisava controlar os danos.

Quando entrei na casa naquela tarde, Carly estava dançando com Scottie na sala. Ele tinha colocado música clássica — Cânone em Ré Maior — alta em seu iPad, e os dois estavam balançando para a frente e para trás nos braços um do outro.

Nenhum deles percebeu quando entrei, então coloquei meu novo colchão de ar, cuidadosamente, no chão e aproveitei para assistir. Era lindo. Era incomum Scottie interagir com um de nós daquele jeito.

Enfim, Carly me viu e deu um passo para trás.

— Ah, oi. — Sua mão foi para o peito. — Não te vi entrar.

— Não quis interromper...

— Só estávamos dançando.

— Deu para ver. — Eu sorri.

— Foi ideia de Scottie. Ele me pegou pela mão e me guiou. Foi a coisa mais estranha. Não entendo muito, mas não sei se me importo *por que* ele fez isso. Foi incrível.

Baguncei o cabelo de Scottie.

— Você é espontâneo e complicado pra caramba.

O momento tinha acabado, e Scottie se afastou de mim para ir se sentar no sofá.

— Agora me sinto mal por interromper.

— Tudo bem — ela disse. — Como foi seu brunch com Neil?

— Foi bom. Meu outro irmão Michael e meu pai também foram. É sempre bom conversar com eles.

— E... — Carly mexeu os dedos do pé. — Conversou com Neil sobre mim?

— É, devemos ter falado de você uma ou duas vezes.

Ou milhares de vezes.

Ela se encolheu.

— Ele acha que sou uma babaca?

— Nem um pouco, Carly.

— Que bom. Fiquei preocupada com isso. — Ela olhou na direção da porta, onde eu tinha deixado a caixa que trouxe para casa. — Vi que comprou um novo colchão de ar.

— É. Pensei que seria melhor do que ocupar sua cama.

— Não me importei, de verdade.

Tentando explicar a situação sem ser rude, encontrei seus olhos.

— Acho que é uma solução melhor a longo prazo.

Ela assentiu e olhou para baixo.

— Como quiser.

Se eu não a conhecesse bem, acharia que ela estava decepcionada. Não queria que ela pensasse que não *gostei* de dormir ao seu lado, então tentei fazer uma piada.

— É só que o colchão inflável é sedutor demais. O jeito que a coisa toda se achata no chão toda vez que faço um movimento? A sensação borrachuda contra minha pele? Você não pode vencer.

— Você que sabe, Josh. — Ela sorriu, mas o sorriso não alcançou os olhos.

Me preocupei que a tivesse ofendido.

— Mas agradeço por dividir comigo ontem à noite.

Ela assentiu e se virou.

As coisas podem ter parecido ocupadas como sempre naquela noite durante o jantar e a rotina de sono de Scottie, mas eu sabia bem. Carly estava mais quieta do que o normal, uma tensão esquisita ainda no ar. Mas disse a mim mesmo que o fato de ela ter se ofendido por causa da situação da cama era melhor do que eu perder o controle, estragando tudo e fazendo algo do qual nunca poderia voltar atrás.

Depois de Carly tomar banho, ela foi para o quarto sem falar boa-noite. Isso era totalmente atípico dela.

Eu a fiz parar logo antes de ela fechar a porta.

— Ei, Carly...

Ela congelou e se virou para me olhar.

— Sim?

— Tem certeza de que está bem? Você esteve quieta a maior parte do dia. E, geralmente, fala boa-noite antes de ir dormir.

Carly se fez de boba.

— Se estou quieta, não é de propósito.

Mentira.

— Não tem nada a ver com o fato de eu escolher não dormir aí de novo, tem?

Seu rosto ficou rosado.

— Não, claro que não. Por que pensaria isso?

— Jure por Bubba-Hank.

— O quê?

— Jure por nosso antigo cachorro.

Ela arregalou os olhos, e me olhou de forma horrorizada.

— Não vou fazer isso.

Então, ela se virou e fugiu para dentro do quarto, batendo a porta.

Eu não sabia o que era pior: o fato de eu ter usado a vida de Bubba-Hank como trunfo para fazer Carly me contar a verdade ou o fato de ela realmente estar brava comigo.

DEZESSETE

Carly

Estava preparando meu café na manhã seguinte, e vi um recado no balcão.

Rosas são vermelhas.

Violetas são roxas.

Sonhei que estava me

engasgando com um limão.

E pensei em você, poxa...

UM AGRADECIMENTO DOS MONGES TRAPISTAS DE ST. FRANCIS.

Olhei para Josh. Ele sorriu de detrás de sua caneca de café.

— Sonhou mesmo com isso? — perguntei.

— Estranhamente, sim.

Apertei *start* na cafeteira.

— Talvez tenha sido simbolismo.

— Simbolismo?

— Você estava se sentindo culpado depois de usar Bubba-Hank para me enganar ontem à noite. Você sabia que eu *nunca* iria jurar pela vida dele.

— Acho que sei como tirar qualquer coisa de você, hein? É uma ferramenta bastante poderosa.

Claro que meu comportamento do dia anterior tinha tudo a ver com Josh escolher não dividir a cama comigo de novo. Minha observação o tinha assustado — eu sabia disso. Havia analisado detalhadamente isso no dia anterior, mas jurei seguir em frente hoje. Bem, eu tinha superado. Tinha que ter superado.

— Scottie ainda está dormindo? — perguntei.

— Sim. Shh... — Josh colocou o dedo indicador nos lábios. — Normalmente, ele não dorme até tão tarde, mas, com certeza, não vou acordá-lo.

Quando meu café tinha ficado pronto, carreguei minha caneca para onde ele estava sentado.

— Olha, pode me fazer um favor, Josh?

— Qual?

— Só esqueça a coisa toda de ontem, ok? O que quer que tenha me irritado passou. Não estou mais com um humor estranho.

— Feito. — Ele mordeu seu bagel. — O assunto está, oficialmente, acabado. — Mas seu comentário seguinte me pegou desprevenida. — Por que não sai e vai fazer algo para si mesma hoje?

— De onde veio isso?

— Já passou da hora. Além daquele único compromisso de cabelo e unha, você não tirou nenhuma hora para si mesma. Vá fazer compras ou algo assim.

Peguei a outra metade de seu bagel sem glúten e roubei uma mordida.

— Vai me dar dinheiro para essa ida às compras, grandão?

— Na verdade, sim. — Ele enfiou a mão em sua carteira e pegou um bolo de dinheiro. — Aqui...

— Eita. — Ergui a mão. — Ai, meu Deus, Josh. Eu estava brincando. Ficou louco? Não vou pegar seu dinheiro!

— Pegue. Você não está trabalhando muito no momento.

— Não significa que você me deva dinheiro.

— Sei disso. Mas, Carly, o único motivo de eu conseguir trabalhar com tanta tranquilidade como faço, sem interrupção, é porque você cuida de Scottie durante o dia. Se eu fosse o único aqui, como tinha planejado originalmente, não teria como eu poder continuar a trabalhar. Então enxergue isso como pagamento por me ajudar a ficar empregado durante tudo isto. Pegue o dinheiro e compre algo legal para você. Faça uma massagem. Ou coloque de volta umas garras em seus dedos. Sério. Vá se divertir. — Ele estendeu o dinheiro. — Não vou aceitar não como resposta.

— Bem, caramba. Não precisa me falar duas vezes, Sugar Daddy. — Peguei o dinheiro e o coloquei em meu sutiã. — Obrigada.

— Pode me agradecer comprando sorvete de pistache na volta.

— Pode deixar.

A tarde foi alegre. Assim que saí, percebi que precisava muito mais disso do que tinha imaginado. Fiz exatamente como Josh sugeriu. Fui até o shopping e tive um dia de garota para variar. Comecei me mimando com café e um donut de coco na praça de alimentação, os quais saboreei em paz e fiquei no celular. Então visitei algumas lojas de departamento e provei várias roupas. Precisava de um traje de banho novo que fosse um pouco mais discreto do que meu biquíni, já que planejava começar a levar

Scottie para a natação para que ele pudesse nadar na piscina aquecida.

Eu havia decidido fazer tudo ao mesmo tempo conversando com minha amiga Christina no celular no provador enquanto experimentava vários maiôs. Eu a tinha atualizado dos últimos acontecimentos na casa — incluindo a noite em que Josh e eu dividimos a cama.

Ela tinha uma teoria interessante.

— Ele pagou você porque se sente culpado por desvendar seus verdadeiros sentimentos ontem à noite.

— Ele deveria se sentir culpado. Sabia que eu nunca juraria pela vida daquele cachorro. — Suspirei. — Mas achei que foi legal ele insistir para eu sair hoje. Vou aproveitar bastante.

— Posso te perguntar uma coisa? — ela perguntou.

— Ok... — Tirei minha calça.

— Se ele tentasse algo sexual, você seria receptiva?

Meu corpo pinicou só de pensar nisso. Tirei a blusa e disse:

— Não vou ser eu a iniciar nada.

— Não foi o que perguntei. Minha pergunta foi, se *ele* fosse o primeiro a agir, você impediria?

Não impediria, não. Mas não estava pronta para admitir.

— Não sei.

— Isso é um sim. — Ela pausou. — Uau. Nunca pensei que você faria isso.

A reação dela me fez, imediatamente, questionar meu caráter.

— Está me julgando?

— Não, não foi o que quis dizer. Estou feliz de você se permitir se livrar da culpa.

— Não vai acontecer nada, de qualquer forma — eu a informei, um pouco alto demais para um provador. — Porque Josh não me enxerga assim. Ele sabe que o acho atraente, o que continua sendo vergonhoso para mim. Mas ele nunca deu a entender que *me* acha sexualmente atraente ou que tem sentimentos além dessa ligação que temos por causa de Scottie. Então não vou especular uma situação que é imaginária.

— Mas não chamaria dormir na mesma cama de imaginário. Na verdade, isso aconteceu, e acho que...

— Vamos esquecer isso, ok? — Abri meu sutiã. — Olha... Vou desligar e provar uns maiôs. Vou te mandar fotos para saber sua opinião.

— Ok. O que está procurando?

— Discrição. Estou procurando maiôs porque vou começar a levar Scottie à natação. Não preciso impressionar ninguém lá. Só tenho um biquíni aqui comigo, o qual usei para tomar banho com Scottie. Não pergunte.

Ela deu risada.

— Não vou tocar nisso.

— Ok. Fique perto do celular.

Desliguei e provei o primeiro, um maiô preto com uma listra brilhante na parte de cima.

Ergui o celular de um jeito que me permitia ver todo o tronco na tela. Coloquei o *timer* para tirar uma foto e enviei para Christina.

Christina: Quem diria que havia um maiô perfeito para um funeral?
Carly: Então não gostou?
Christina: Talvez se comprar e o guardar até ter 80 anos. Mas não vou deixar você usá-lo agora.
Carly: Falei para você que queria um conservador.
Christina: Esse é muito deprimente. Pelo menos escolha uma cor vibrante se vai querer um maiô de senhora. As senhoras de verdade se vestem de maneira mais ousada na piscina do que isso.

Carly: Certo. Entendi. Fique perto para o próximo.

Tirei o maiô preto e coloquei um vermelho brilhante. Por mais que a cor fosse mais animadora, não amei o jeito que ficou. Era confortável, mas não tinha bojo. Eu não era super sem peito, mas sempre gostava de um enchimento.

Coloquei o *timer* para tirar foto de novo e enviei com uma mensagem:

Carly: Este me deixa reta?

Um minuto depois, meu celular, enfim, apitou.

Josh: Defina reta.

Meu primeiro impulso foi pensar por que ela não entendeu minha pergunta, mas logo percebi que esse era o menor dos meus problemas.

Eu tinha enviado para Josh a foto de mim com o maiô vermelho! Não havia visto a mensagem dele pedindo para comprar creme de leite na volta para casa, então, quando cliquei na mensagem mais recente para enviar a foto, tinha sido a dele, não a de Christina.

Não consegui digitar rápido o suficiente.

Carly: Ai, meu Deus. Não era para você.
Josh: Droga. Sério?
Carly: Christina está me ajudando a escolher maiôs. Só cliquei na mensagem errada.
Josh: Então não quer minha opinião?
Carly: Não. Não pensou que não era do meu estilo enviar a você uma foto de mim de maiô?
Josh: Não sei. Até que achei legal... tipo que talvez você valorizasse minha opinião nessas coisas.

Carly: Eu preferiria ser encontrada morta a te enviar uma foto desfavorável de mim com maiô!

Josh: Acha que está feia?

Carly: Sim.

Josh: Quais outras opções nós temos?

Carly: Não existe NÓS neste processo.

Josh: Isso não é divertido..

Suspirei e digitei.

Carly: Tem um preto, mas Christina falou que parecia um maiô para funeral.

Josh: O que aconteceu com seu biquíni?

Carly: Quero uma coisa mais discreta para usar quando levar Scottie à natação.

Josh: Eu trabalhava lá no ensino médio. Se levar Scottie à tarde, são todos idosos. Mas imagino que você pode causar um infarto neles com seu biquíni, então talvez esteja certa. Enfim, estou aqui se quiser minha opinião.

Carly: Obrigada.

Josh: E, respondendo sua pergunta, esse maiô vermelho deixou você reta mesmo.

Ele está falando sério? Bem quando pensei que estávamos nos dando bem, ele tinha que arruinar. *Por que ele sempre faz isso?*

Então meu celular apitou de novo.

Josh: R.E.T.A
Risonha
Esquerdina

Tenaz
Autêntica

Eu sorri de orelha a orelha.

Carly: Você é muito bobo, Josh. Não percebi que você sabia que eu era canhota.
Josh: Você come com a direita e escreve com a esquerda. Tecnicamente, é ambidestra. Caramba, eu deveria ter colocado isso no A.
Carly: E você é observador.
Josh: Do mal, bobo e observador. Tenho certeza de que você consegue pensar em mais alguns adjetivos para mim. Mas não sei se quero saber.
Carly: Rs
Josh: Você viria para casa chutar meu saco quando pensou que eu estivesse te chamando de reta, não iria?
Carly: Não chutaria seu saco. Mas poderia colocar um pouco mais de pimenta na sua massa de hoje à noite.
Josh: Falando em jantar, pode deixar comigo.
Carly: Você cozinha, Mathers?
Josh: Percebi que você pensa que só sou bom para martelar frango, mas há uma outra coisa que sou especialista em fazer.
Carly: Bem, isso vou ter que ver.

Provei, no mínimo, mais dez maiôs antes de finalmente escolher um.

Quando entrei na casa naquela noite, não conseguia acreditar no que estava vendo. O tapete da sala de estar tinha marcas recentes de aspirador, e Scottie estava sentado calmamente no sofá com o cabelo molhado, o que significava que eles já tinham tomado banho. O cheiro de algo absolutamente delicioso preenchia o ar.

— Algo cheira bem — eu disse ao entrar na cozinha, colocando as compras no balcão. — O que está cozinhando?

Josh estava com um pano de prato no ombro conforme lavava algumas coisas na pia.

— Está no forno. Você não tem permissão de olhar até ficar pronto. Scottie já comeu o frango dele. Dei jantar cedo para ele para podermos comer em paz.

— Não sei o que fiz para merecer tudo isto — eu disse.

— Bem, estou meio que me desculpando com você de antemão.

— Como assim?

Ele fechou a torneira e se virou para me olhar.

— Depois que você saiu nesta manhã, descobri que tenho que me reunir com um cliente em Chicago nesta semana. Então, pense nisto como um pré-pagamento por você ter que segurar a barra sozinha por uns dias.

O pavor me preencheu. Detestava quando ele ficava fora. Mas seria apenas por alguns dias. Eu conseguiria fazer isso.

— Ah, certo. Tudo bem. — Sorri e tentei não demonstrar minha decepção.

— Você acabou comprando um maiô?

— Sim. — Eu sorri.

Josh ergueu a sobrancelha.

— E?

— Depois de provar muitos, resolvi comprar o vermelho… porque me faz parecer reta.

— Legal. — Ele deu uma piscadinha.

Sentia calafrios quando Josh piscava para mim, de novo um sinal de que eu precisava transar — com alguém que não Josh. Não ajudava o fato de ele estar ficando mais bonito a cada dia, seu cabelo crescendo enquanto ele arrasava com a barba não feita, parecendo um homem das cavernas. Eu o sequei, e isso continuava sendo um problema.

O jantar misterioso de Josh era enchiladas de frango, e estavam bem saborosas. Foi bom comer uma refeição caseira preparada por outra pessoa, principalmente quando Scottie já estava de banho tomado, alimentado e satisfeito no sofá.

Após comermos, Josh e eu nos unimos a Scottie na sala. Olhei por cima do ombro de Scottie enquanto ele descia pelas fotos na biblioteca de seu iPad, muitas das quais eram imagens distorcidas de seu próprio rosto, cortesia de um app que altera o rosto. Mas então surgiu uma foto de um pau gigante.

Não era o de Scottie — eu tinha visto o dele. E a partezinha de tronco bronzeada e definida que também tinha aparecido na foto era a prova cabal de *quem* era aquele pau. "A quem quer" que pertencesse era bem comprido.

Ah, nossa. Me atrapalhei com as palavras conforme olhei para Josh.

— Hum...

Ele estreitou os olhos.

— O que foi?

— Você... sabe que há uma foto de você bastante nu no iPad de Scottie?

— Como disse?

Tirada de um ângulo torto, a foto do pau de Josh poderia ter sido feita sem querer. Scottie sempre estava com um de seus aparelhos — até no banheiro —, então ele deve ter apertado o botão da câmera durante um dos banhos deles.

— Scottie, me dê isso por um segundo. — Peguei o aparelho. — Vou te devolver. Não se preocupe.

Surpreendentemente, Scottie soltou sem brigar, e o entreguei para Josh.

Ele a encarou com uma expressão neutra. Eu não conseguia ler sua expressão conforme ele clicou nela.

— Está com vergonha? — perguntei, sem saber o que dizer.

Depois de um instante, ele devolveu o aparelho para Scottie. A foto tinha sumido. *Não que eu estivesse esperando ver mais uma vez...*

— Não sei. Tenho que ficar com vergonha de alguma coisa? — ele devolveu, suas orelhas ficando vermelhas.

Engoli em seco.

— Nem um pouco. — *Com certeza* não.

— Até que gosto de controlar quando envio fotos de pau para o mundo. Como eu não sabia que ele tinha tirado foto de mim?

— Ele é bem furtivo.

Josh respirou fundo.

— Pelo menos achamos antes de outra pessoa ver... tipo as pessoas dos serviços sociais.

— Ai, Deus. — Cobri a boca. — Eu nem tinha pensado nisso. Dá para imaginar?

Josh se levantou e cutucou Scottie.

— Vamos levar você para a cama. Já passou da sua hora de dormir.

Estava tarde, mas eu não estava nem um pouco pronta para dormir. Principalmente porque Josh me deixaria sozinha com Scottie por alguns dias.

Ele voltou à sala de estar e esfregou a barriga.

— Você tem espaço para a sobremesa?

— Sempre tem espaço para pistache.

Josh retornou para a cozinha e voltou com duas tigelas, me entregando uma. Tínhamos começado uma tradição toda noite de assistir a um dos DVDs de Wayne, a maioria das vezes tomando sorvete. Havia tantos DVDs que demoraríamos muitas semanas para assistir a todos. Isso me fez lembrar de um calendário do Advento; nunca sabíamos que surpresa teríamos. Certa noite, era só Wayne fazendo vídeos aleatórios de cervos na floresta. Um Josh jovem também tinha aparecido em alguns deles.

Eu havia acabado de me acomodar no sofá com minha tigela de sorvete, pronta para nossa próxima surpresa quando tive um despertar repentino. Em vez de meninos Longo lindos e loiros, cenas bucólicas de animais e família, apareceu na tela um grande par de peitos balançando para cima e para baixo. Tínhamos colocado um pornô.

Josh olhou para mim.

— Bem, acho que sabemos como Wayne gostava de relaxar em algumas noites.

Minha colher tilintou quando baixei o sorvete.

— Não estava etiquetado?

Ele balançou a cabeça.

— A maioria não está. — Ele apertou *stop* no DVD e ejetou o disco. Depois deu uma olhada melhor nele. — Ah, espere. Tem um P escrito em canetinha neste. Quem imaginava que isto seria pornô?

— Acho que precisamos prestar atenção nesses.

— Com certeza... — Ele tossiu com uma piscadinha. — ... vou mantê-lo em boas mãos.

— Tenho certeza de que vai. — Peguei minha tigela de novo e coloquei uma colherada grande na boca. — Nossa, esta casa está cheia de surpresas esta noite.

Josh gargalhou.

— Para você, esta noite está cheia de Ps: pênis e pornô.

Quase cuspi meu sorvete. Eu precisava dessa risada.

Se Christina estivesse certa, e Josh tivesse me expulsado da casa mais cedo enquanto ele limpava e cozinhava para nos distrair da tensão bem palpável que tinha se formado desde que nós compartilhamos a cama na outra noite — então o universo estava brincando conosco. Em vez de uma distração, Josh havia, sem querer, me mostrado seu pau e colocado um pornô para finalizar a noite.

Quando esvaziei minha tigela, me levantei.

— Sabe quando você simplesmente sabe quando é sua deixa para ir dormir? Tenho praticamente certeza de que o pornô de Wayne fez isso para mim. — Fui até a cozinha e coloquei minha louça na pia. — Boa noite — eu disse.

— Tenha bons sonhos com peitos grandes balançando, Carly — Josh respondeu do sofá.

Ergui o dedo indicador.

— *Ela* definitivamente não era reta.

Ele deu risada.

— Isso ela não era. Acho que Wayne gostava de peitos.

Balancei a cabeça e dei risada.

Conforme me acomodei na cama, pude ouvir Josh enchendo o colchão de ar. Apesar do meu humor melhor hoje, eu não tinha exatamente parado de analisar por que ele escolhera não dormir ao meu lado de novo. Sentia falta do peso do outro lado do colchão naquele momento. No entanto, gostei do limite que ele determinara, principalmente porque eu estava mais excitada do que nunca naquela noite. Porque, bem... estava cheia de pênis e pornô.

DEZOITO

Josh

Talvez eu tenha me voluntariado para essa viagem a Chicago a fim de me reunir com um cliente. Com a tensão recente aumentando na casa de Woodsboro, eu tinha pensado que uma separação entre mim e Carly pudesse ser necessária para clarear minha mente.

No entanto, conforme estava ali sentado, sozinho em meu apartamento depois de um longo dia de trabalho, me arrependi da decisão.

O silêncio naquele lugar era ensurdecedor. Eu não gostava mais de morar sozinho como gostava antes. Sentia falta de ter alguém com quem compartilhar um pote de sorvete — ou até para tomar banho junto. *Obrigado, Scottie.* Nunca tinha percebido, até o tempo que passei em Woodsboro, o quanto minha vida havia sido solitária pra caramba. Levar uma mulher para casa para transar e nada mais como eu costumava fazer estava bem longe de realmente desenvolver uma conexão com alguém que ia muito além do sexo. Ou, no caso de Carly, *parando antes* do sexo. Tínhamos uma conexão que era inegável. Eu não tinha certeza se havia surgido de nossa dificuldade parecida depois da perda de Brad ou alguma outra coisa. Mas realmente sentia falta de estar em casa agora. *Em casa*. Eu tinha pensado que Chicago era minha casa, mas não parecia nada disso no momento. Essa era a primeira vez na vida que eu desejava mesmo voltar para Woodsboro.

Peguei o bilhete que Carly deixara para mim antes de eu viajar. Ela o havia colocado no balcão ao lado de uma fatia de pão de abóbora para eu comer a caminho do aeroporto.

Pênis, pornô... e pão de abóbora!
Tenha um bom voo.

UM AGRADECIMENTO DOS MONGES TRAPISTAS DE ST. FRANCIS.

Sem conseguir resistir mais, peguei o celular e enviei mensagem para ela.

Josh: Como estão indo as coisas por aí?
Carly: Tem sido um dia difícil.
Josh: Por que não me mandou mensagem?
Carly: Não queria te incomodar com meu desabafo quando você está ocupado com trabalho.

Minha pulsação acelerou.

Josh: O que aconteceu?

Carly: Levei Scottie à piscina. Mas ele teve uma crise enquanto estávamos esperando os idosos terminarem de nadar. Ele não entendia por que tinha que esperar.

Liguei para ela imediatamente.

Ela atendeu depois de um toque.

— Oi. — Ela parecia triste.

— Imaginei que seria mais fácil falar. Me conte o que aconteceu.

— É... — Ela suspirou. — Não conseguia tirá-lo do chão. Ele estava chutando e gritando. Quando a natação dos idosos acabou, eu não quis recompensar o comportamento dele ao deixá-lo entrar. Então viemos para casa.

— Cara, isso é uma droga. Sinto muito por ter acontecido. Mas foi uma boa atitude para ensinar uma lição a ele. Do contrário, ele continuaria fazendo isso.

— Vou tentar de novo amanhã.

Me deitei.

— Você é guerreira.

— Bem, cuidar dele é meu trabalho integral agora. Não posso simplesmente desistir quando as coisas ficam difíceis.

— Não é verdade. Você sempre tem essa escolha. Muitas pessoas não voltariam à piscina depois disso. É por isso que você é guerreira.

Ela respirou tão fundo que pareceu penetrar em mim. Dava para sentir sua tensão de longe. *Eu deveria ter estado lá hoje.*

— Enfim, como está Chicago? — ela perguntou.

— Silenciosa pra caramba.

— Ninguém tirando fotos das suas partes íntimas aleatoriamente?

— Não, ainda não. Mas a noite é uma criança.

Ela deu risada.

— Você tem sorte de ele não ter usado o filtro Andy Warhol no seu pau e tê-lo duplicado cem vezes.

Gargalhei. Scottie gostava mesmo de usar esse filtro.

— Você acabou de me dar uma ótima ideia para os cartões de Natal.

Ela deu risada.

— Aposto que você vai dormir como um bebê hoje, hein?

— Planejo fazer isso. Depois do dia que teve, provavelmente, você também dormirá.

— Não sei. Não tenho dormido muito bem, por mais que os dias tenham sido exaustivos.

— Pensei que você dormisse bem, em geral — eu disse.

— Ultimamente, não... — Houve uma pausa demorada. — Na verdade, a noite em que dormi melhor foi quando você estava deitado ao meu lado.

Fechei os olhos, tentando resistir à satisfação que queria me permitir sentir.

— Também dormi bem demais naquela noite — admiti.

— Entendo por que se sentiu culpado, Josh. Mas esse é o único motivo de você decidir não repetir?

A distância física entre nós me deixou mais confiante para me abrir.

— Não, não foi o único motivo. — Expirei. — Só estou tentando te proteger, Carly.

— Do quê?

— De mim — respondi rápido.

— Você não é tão perigoso — ela insistiu.

— Acho que você sabe aonde iríamos parar, em certo momento, dormindo na mesma cama toda noite. Acha que tenho tanta força de vontade? Sou um tarado movido a testosterona que não transa há muito tempo. Não confio em mim mesmo com você.

O silêncio dela me fez me arrepender do que tinha acabado de admitir. Eu fizera parecer que teria sido provocado por qualquer uma. Mas não era nada disso. Era *ela*. Ela me fazia sentir assim. *Ela* me provocava.

— E se eu te dissesse que não me importo com as consequências?

— Não acreditaria em você.

— Entendo o dilema... por que você e eu nunca poderíamos ficar juntos. E, com certeza, não estou tentando recriar o que eu tinha com Brad ou começar algo novo neste momento. Na verdade, não consigo mais visualizar meu futuro. Não espero encontrar de novo o que ele e eu tínhamos. Mas, ultimamente, eu só...

— O quê? — insisti, curioso.

— Estou desejando contato físico. Faz muito tempo. Nem quero dizer sexo. Só contato. E a noite em que dormiu perto de mim foi o mais próximo que tive de ter isso de volta.

Estivera desejando a mesma coisa e muito mais. No entanto, precisava determinar um limite para minha sinceridade agora. Me recusava a admitir o quanto tinha amado deitar ao lado dela. Era melhor se ela pensasse que isso se tratava *somente* de sexo.

Ela falou de novo antes de eu conseguir formar uma resposta.

— Desculpe se isto é demais agora.

— Demais como? Está sendo sincera. O que é muito mais do que tenho sido. Sou eu que estou te fazendo sentir inapropriada porque tenho te dado a impressão de que não estou sendo afetado ultimamente, e que você é a única se sentindo assim. Não é esse o caso. — Conforme minhas muralhas começavam a desmoronar, eu puxava meu cabelo. — Queria fazer mais do que apenas deitar ao seu lado. Você não faz a menor ideia do quanto é linda.

— Sério? Porque pensei que você detestasse meu rosto.

Congelei.

Após um segundo, ela deu risada.

— Desculpe. Não consegui resistir. Estou brincando.

— Eu mereci. — Suspirei de alívio. — Mas você quer a verdade?

— Sim...

— Sempre te achei linda, até quando enviei aquela mensagem para Brad com aquele comentário idiota. Nunca pensei que você não era linda. E passar esse tempo com você... aprendendo que sua beleza é muito mais do que tem por fora... é uma experiência que não sinto que mereço. — Pausei, refletindo se continuava. — Eu *nunca* poderia ocupar o lugar dele, Carly. E, embora você tenha dito que não é o que está procurando, não sei se acredito em você. Talvez seja assim que se sinta hoje. Mas não te vejo se sentindo assim para sempre. Você merece mais do que sexo barato com um cara que não sabe o que quer. Você merece um parceiro.

— Tem razão. Mereço mais mesmo. Só não sei se quero. Minha alma foi sugada para fora de mim no dia em que ele morreu, Josh. Nunca mais a encontrei. Não quero sentir nada. Quero não sentir *nada*.

Caralho. As palavras dela espelhavam tudo pelo que eu tinha passado nos últimos dois anos — tentando, ao máximo, não sentir nada. Só que eu *estivera* sentindo algo ultimamente. Pela primeira vez em muito tempo... por causa dela.

— Vou deixar você desligar — ela disse abruptamente. — Está tarde, e sei que precisa trabalhar amanhã.

Eu não queria desligar, mas sabia que, quanto mais eu ficava no celular, mais perigoso seria. Provavelmente, eu estava prestes a dizer coisas das quais me arrependeria. Se estivéssemos fisicamente juntos, eu poderia ter *feito* algo de que me arrependeria.

— Certo. Boa noite, Carly.

— Boa noite, Josh — ela falou e a linha ficou muda.

Depois disso, por mais que eu estivesse ansioso para deitar na minha cama, o sono escapou de mim. Não conseguia acreditar que tinha admitido tudo aquilo para ela.

Em vez de lutar contra a insônia, me sentei, peguei o celular e enviei uma mensagem impulsiva.

Josh: Estará por aqui amanhã à noite? Estou de volta à cidade por uns dias.

Ela respondeu imediatamente.

Naomi: Claro que estarei. ADORARIA te ver. Faz muito tempo.

DEZENOVE

Josh

Dois dias depois, pousei de volta em New Hampshire. Era para eu ter chegado em casa durante a hora do jantar, mas meu voo atrasou devido ao mau tempo, e tinha dito a Carly para não me esperar para o jantar ou me esperar acordada. No entanto, depois consegui pegar um voo por uma companhia aérea diferente, que finalmente me levou para casa lá pelas onze da noite.

Eu sabia que Carly não estaria me esperando tão cedo, porém não queria assustá-la se ela já estivesse dormindo. Então, tomei cuidado ao usar a chave para abrir a porta sem fazer barulho. A casa estava em silêncio, então presumi que ela e Scottie estivessem dormindo. Delicadamente, deixei minha mala em um canto da sala antes de colocar a cabeça no quarto de Scottie. As costas dele subiam e desciam conforme ele dormia sonoramente, e sua máquina de ruído estava ligada. Eu queria muito ver Carly, então resolvi olhar no quarto dela também, esperando vê-la dormindo profundamente como Scottie.

Não foi isso que encontrei.

Quando espiei pela fenda em sua porta levemente aberta, tomei um susto com a visão diante de mim. Com as pernas abertas, ela se contorcia ao expirar de forma curta e irregular. Não precisava ser um gênio para descobrir o que estava acontecendo.

Puta merda.

Eu estivera excitado pra caramba o dia todo, e chegar em casa e ver isso era tortura pura. Ela estava tão envolvida no que estava fazendo que nem tinha me ouvido entrar. Fiquei ali parado, igualmente chocado e excitado — não chocado por ela estar se masturbando, mas por eu ter tido a sorte de testemunhar isso.

Suas pernas inquietas se balançavam nos lençóis, e meu pau inchou. Assistir e ouvir Carly se dar prazer foi a coisa mais linda que já vivenciei em muito tempo. Linda e excitante pra caralho.

Excitante demais para resistir.

Eu queria desesperadamente me juntar a ela. Pela primeira vez em bastante tempo, resolvi jogar a cautela pela janela e me permitir acessar as profundezas do meu desejo. Mesmo que fosse só por uma noite, eu precisava disso. Claramente, ela também precisava.

— Carly...

Ela se encolheu ao som da minha voz e fechou os joelhos.

— Está tudo bem. Sou só eu. Não pare — eu disse.

Ela se apoiou nos antebraços, mas não falou.

— Por favor, não pare, Carly. Estava lindo.

O peito dela se ergueu e baixou conforme ela olhou para mim, seus olhos enevoados apesar de sua expressão assustada.

— Continue fazendo o que estava fazendo — repeti, com meu próprio peito subindo e descendo, incapaz de conter o desejo crescendo dentro de mim.

Carly não se mexeu enquanto eu andava na direção da cama.

Ela estava vestindo uma camiseta, entretanto, agora eu conseguia ver mais claramente que ela estava sem calcinha.

— Abra suas pernas de novo.

Para minha agradável surpresa, Carly aceitou a brincadeira, lentamente abrindo as pernas e mostrando sua boceta linda e brilhante. Vi que ela tinha uma faixinha estreita de pelos. Minha boca aguou, de tão tentado que eu estava de baixar o rosto e prová-la.

Ajoelhando-me diante dela no colchão, ergui a camisa acima da cabeça.

— Posso?

Ela assentiu.

— Deite-se de novo — exigi. — Relaxe.

Carly fez como falei, descansando na cabeceira da cama, com o travesseiro atrás dela. Continuou olhando para mim.

Minha voz estava rouca.

— Estava pensando em mim?

Ela me encarou sem expressão, então assentiu e lambeu os lábios.

— Que bom. — Passei a mão por meu tronco. — Também estive pensando em você o dia inteiro.

Carly engoliu em seco, ainda me olhando, mas sem falar uma palavra.

— Quero ver você se fazer gozar. Mas quero que olhe para mim enquanto estiver fazendo isso. Certo?

Ela assentiu de novo.

— Volte para o que estava fazendo quando entrei.

Carly hesitou antes de deslizar a mão de volta para o meio das pernas. Ela mexeu os dedos em um movimento circular acima de seu clitóris. Conforme ela olhou para mim, pude ouvir o som de sua umidade. Meu pau estava duro quando imaginei como seria deslizar para dentro de sua boceta molhada e linda.

— Isso. Não tire os olhos de mim, Carly.

Ela não tirou, e foi a experiência mais deliciosa da minha vida. Um olhar de luxúria preencheu seus olhos, e eu estava me tornando viciado no desejo que conseguia ver neles. A única coisa mais excitante do que ceder poderia ter sido negá-la.

— Quer minha boca em você? — perguntei, rouco.

Ela fechou os olhos e assentiu.

— Quero tanto te provar, mas também quero saborear este sentimento, fazer você querer ainda mais. Mantenha os olhos em mim, Carly — chiei. — Olhe para mim.

Ela abriu os olhos de novo e circulou mais rápido seu clitóris.

— Aposto que consegue gozar só de olhar para mim, não é? Isso é o quanto você está excitada. Eu adoro.

Pairei acima dela, baixando até minha boca estar a apenas centímetros da dela. Quando seus lábios se abriram, precisei de toda a minha força para não a beijar. Mas me contive, temendo aonde esse ato muito íntimo levaria. Em vez disso, babei inadvertidamente, e um pouco da minha saliva caiu na boca dela. Ela colocou a língua para fora a fim de recebê-la e engoliu. Meu pau doía enquanto eu a imaginava fazendo a mesma coisa com meu gozo.

Recuei e coloquei a mão na fivela do meu cinto.

— Você quer ver o resto de mim?

— Sim — ela arfou.

Essa foi a primeira palavra que ela conseguiu emitir nesse tempo todo.

Sua respiração acelerou. Tirei meu cinto, jogando-o para o lado, e abri o zíper do meu jeans antes de tirar meu pau inchado pela abertura.

A cabeça estava molhada quando comecei a me acariciar. Era um milagre eu já não ter gozado na calça.

Os olhos de Carly se fixaram firmemente no meu pau conforme ela massageava seu clitóris.

— Nada de tocar em mim esta noite. Quero que você queira ainda mais da próxima vez — eu disse entre dentes cerrados, bombeando meu pau na minha mão.

— Você é cruel. — Ela suspirou.

— Você não faz ideia. — Dei um sorrisinho. — Você pensou que me odiava. Só espere.

Ela gemeu.

— Babaca.

— Mas você gosta da minha babaquice, não é?

Ela se esfregou mais rápido e assentiu.

Me masturbei acima do seu corpo.

— Quer isto dentro de você?

Carly mordeu o lábio inferior e assentiu.

— Fale.

— Quero você dentro de mim — ela murmurou.

— O que quer dentro de você?

— Quero seu pau dentro de mim. — Ela riu um pouco. — Seu pau grande pra cacete.

— É tão sexy isso vindo da sua boca delicada, Abóbora. — Passei a língua por meu lábio inferior. — Só por isso, eu deveria te deixar montar no meu rosto até você gozar. — Me acariciei com ainda mais força. — Gostaria disso?

— Sim.

— Da próxima vez.

— Você é mau... — Ela arfou enquanto continuou a massagear.

— Porco do mal... — Eu sorri para ela maliciosamente.

— Isto é tortura. — Ela suspirou.

Ela estava enganada — era *eu* que estava sendo torturado ali. O que eu mais queria era prová-la, mas me masturbar pelo quanto ela me queria era unicamente intenso. Sua expressão me fazia sentir que ela faria *qualquer coisa* por mais. E, por mais que eu estivesse gostando desse jogo, jogá-lo também era minha desculpa para não ultrapassar o limite.

— Você é um otário — ela disse ao olhar para mim e mexer os dedos em seu clitóris.

— Continue falando assim se quiser ser fodida esta noite — gemi.

— Você é um grande cuzão.

— Quer que eu entre em seu cuzão? — Me acariciei com mais força. — Foi isso que falou? Você me deixaria, não é? Me deixaria foder seu cuzão, se eu quisesse...

Ela mordeu o lábio inferior e assentiu.

— Talvez.

Quase gozei, então parei de me masturbar por um instante, a fim de me recompor.

Ela balançou os quadris e inseriu dois dedos na boceta, colocando-os para dentro e para fora. Isso quase me desfez de novo. Tive que fechar os olhos para me impedir de gozar, apertando todo o meu corpo para prevenir que me descontrolasse.

— Faz tanto tempo para você. Aposto que sua boceta está quase tão apertada quanto seu cu. Onde me quer primeiro?

Ela apontou entre suas pernas com sua mão livre.

— Aqui.

— Quer minha boca ou meu pau aí?

— Os dois — ela murmurou.

— Carly... — O nome dela escapou da minha boca quase de forma ininteligível... desesperadamente.

— Josh... — Ela suspirou, fechando os olhos.

— Olhe para mim, Carly. Quero que goze para mim. Não tire os olhos de mim. Quero ver você se fazer gozar.

Seus olhos queimaram os meus. Em todos os meus anos de aventuras sexuais, nunca tinha feito esse jogo. Havia algo incrivelmente erótico nessa tortura lenta. Nunca quis tanto alguma coisa na vida do que entrar profundamente em Carly naquele momento. Mas não iria fazê-lo. Em vez disso, aproveitaria cada segundo conforme ela massageava seu clitóris enquanto olhava em meus olhos, nenhum de nós tocando o outro.

— Goze, querida — murmurei. — Goze para mim.

Seu corpo começou a tremer e ela soltou um grito silencioso, seus olhos se revirando.

Quando eu soube que sua mão tinha terminado o trabalho, me estiquei para pegá-la enquanto me masturbava ainda mais intensamente. Colocando seus dedos na minha boca, eu os lambi totalmente, seu gosto me colocando no limite conforme gozei em jatos demorados e quentes no lençol. Meu peito subia e descia enquanto eu tentava voltar a respirar.

Quando saí do transe em que estava, enfim, olhei para baixo. Ela ainda estava me encarando com olhos brilhantes. E merda... Eu tinha feito uma sujeira.

— Onde estão os lençóis extras? — perguntei, ainda ofegante.

Ela apontou para a esquerda.

— No armário ali.

Saí da cama e acendi a luz dentro do armário para pegar um lençol limpo. Enrolando o lençol sujo em uma bola, eu o joguei no canto do quarto antes de colocar de volta minha calça e camiseta.

Carly continuou deitada ali, mole e saciada, esperando minha próxima ação.

Me sentei na beirada da cama e me inclinei para beijar levemente o topo de sua cabeça.

— Durma um pouco.

VINTE

Carly

O que foi aquilo ontem à noite?

Era só nisso que eu conseguia pensar enquanto estava deitada na cama na manhã seguinte. O que eu falaria para ele? *"Obrigada por NÃO me foder?"*

Quando ouvi que Josh tinha acordado Scottie, aproveitei a oportunidade de dormir mais. Apesar de não estar realmente dormindo. Eu estava obcecada. Não fazia ideia de como a noite anterior mudaria nossa dinâmica a partir de agora.

Enfim, reuni coragem para me vestir e aparecer na cozinha.

— Bom dia... — eu disse, pegando minha caneca do armário. Josh estava na sala, assistindo TV ao lado de Scottie. Eu nem sabia se ele tinha me ouvido, já que não respondeu.

Mas, conforme eu esperava meu café ficar pronto, de repente, senti o calor de seu corpo atrás de mim. Um calafrio percorreu minha espinha, uma combinação de nervosismo e tesão. Eu estava claramente sensibilizada pelo que tínhamos feito juntos na noite anterior — e a ideia do que *não* fizemos.

— Já tomou café? — perguntei.

— Não.

— Quer um?

— Sim, seria ótimo — ele respondeu com uma voz grave.

Tentei pegar outra caneca, mas ela escorregou da minha mão, estilhaçando-se no chão.

— Merda! — Me abaixei para limpar os cacos.

— Tudo bem. Pode deixar, Carly.

— Não, eu faço isso — choraminguei. — Foi culpa minha. — Corri em busca de uma vassoura e uma pá, e não olhei para ele ao limpar os cacos de cerâmica do chão.

Josh se ajoelhou e agarrou meu pulso.

— Pare.

— O que foi?

— Está agindo como se estivesse em uma corrida contra o tempo.

— Não quero que Scottie pise nisso.

— É por isso que está agindo assim?

— Talvez não — admiti, me erguendo devagar.

Ele se levantou e colocou a mão no meu queixo.

— Não precisamos conversar sobre isso, Carly.

— Não?

— Não mesmo. Não tem que significar nada.

Provavelmente essa era a melhor atitude a tomar, mas eu não ficava confortável. Independente do que dissesse a mim mesma, *tinha* significado alguma coisa para mim. Significou muito. Queria que não tivesse.

Ainda assim, segui o fluxo.

— Sabe de uma coisa? Tem razão. Não tem que significar nada.

Acho que eu só estava nervosa com o que você poderia falar para mim nesta manhã. Ou o que eu deveria falar para você.

— O que acha de não falarmos nada? Aconteceu. Nós dois estávamos com tesão. Experimentamos, porém não passamos do limite. Foi uma experiência que compartilhamos. E acabou.

Uau. Por mais que houvesse bastante maturidade nessa atitude, também parecia *fria*. Então me lembrei de que era com Josh Mathers que eu estava lidando. Esse tipo de coisa não era um grande acontecimento para ele. Sexo — ou o que quer que tivermos ou não feito — não era um grande acontecimento para ele. Ele tivera muitas parceiras e muitas experiências sexuais. E, na verdade, não encostamos um no outro, então foi ainda menos significativo.

Antes de termos a oportunidade de conversar mais sobre isso, tocaram a campainha.

— Eu atendo — ele disse, parecendo ansioso pela pausa.

Quando Josh abriu a porta, Lauren estava lá parada e, tive que admitir, a tensão entre eles estava ainda mais bizarra do que a que eu tivera com Josh naquela manhã. Quase me esquecera de que ela viria trabalhar esta semana depois de ele, aparentemente, dar um fora nela após o encontro deles. Era a primeira vez que eles a tinham escalado para lá desde então. Talvez ela tivesse tirado esse tempo de folga de propósito. Imaginei que isso contabilizava duas na casa agora que tinham levado um fora de Josh. Ou pelo menos foi assim que me senti quando ele sugeriu que esquecêssemos sobre a noite anterior.

Lauren cumprimentou Scottie e o levou para o quarto dele. De novo, Josh e eu ficamos sozinhos. Não ajudava o fato de ele estar tão lindo naquela manhã. Seu cabelo estava uma bagunça despenteada e sexy. E toda vez que eu olhava para a boca dele, o via lambendo a excitação dos meus dedos depois de eu ter tido um orgasmo. Tive que apertar os músculos entre as pernas para me impedir de ficar excitada de novo. Meu maior problema, talvez, era que a noite anterior não tinha sido suficiente para mim; eu precisava de mais, e duvidava que aconteceria. Não apenas Josh tinha sido meticuloso ao não me tocar, mas sua declaração daquela manhã basicamente encerrava o assunto.

Pensei que ele não fosse falar do assunto de novo, mas, um pouco depois, ele se apoiou no balcão ao meu lado.

— Desculpe, Carly. Não falar disso é a forma mais fácil de se safar, porque, do contrário, não sei como lidar com isso.

— Eu sei — murmurei. — Eu também não.

— Me sinto tão culpado, e nós nem transamos. Mesmo assim, levei as coisas longe demais com você ontem à noite.

— Também me sinto culpada. — Essa era a verdade. Eu me sentia culpada, mas sentia muitas coisas além de apenas isso. Sentia culpa por não me sentir *mais* culpada. Estava desenvolvendo sentimentos verdadeiros por Josh, não somente sexuais, e não sabia o que fazer com eles, principalmente porque eu tinha praticamente certeza de que eles não eram recíprocos.

— Fui a um encontro enquanto estava em Chicago — ele anunciou.

Meu estômago gelou.

— Bom, não foi realmente um encontro — ele continuou. — Foi mais para uma foda fracassada. Fui ao apartamento dessa garota que via de vez em quando antes de vir para Woodsboro.

Quis vomitar. Ele tinha transado com alguém logo antes de voltar? Logo antes de mexer comigo? *Ou de mexer com minha cabeça.*

— Não quero mais ouvir — disse a ele, me sentindo enjoada.

— Desculpe, mas preciso desabafar — ele insistiu.

Assenti com relutância.

— Depois que desliguei o telefone com você na outra noite, enviei mensagem para Naomi para fazer planos. Precisava de uma distração após nossa conversa. Parecia que iríamos passar dos limites. — Ele expirou.

— Mas, quando cheguei à casa dela, eu não tive interesse. Após algumas bebidas, nos beijamos. Ela queria ir para o quarto e eu simplesmente... não queria ir. Não conseguia parar de pensar em você... em tudo que tinha me falado no celular. E percebi que a estava usando na tentativa de esquecer tudo. Então fui embora do apartamento dela. Disse a mim mesmo que, quando voltasse a Woodsboro, deixaria claro para você, de novo, que não poderia acontecer nada entre nós. No entanto, obviamente, quando entrei e vi você... me descontrolei. — Ele pausou. — Mesmo com a culpa, não me arrependo. Mas não vou deixar isso acontecer novamente.

— Imaginei que se sentiria assim. — Olhei para o chão.

A mão dele encontrou meu queixo e trouxe meus olhos para cima, a fim de encontrar os dele.

— Converse comigo. Você não concorda?

— Não sei o que sentir, Josh — respondi, abatida demais para me explicar. Não havia por que me abrir se ele já tinha se decidido. Só faria papel de boba.

— Se você fosse *qualquer outra*, isto não seria grande coisa — ele disse. — Poderíamos ser amigos com benefícios enquanto estamos aqui ou algo parecido, certo? Mas você *não* é simplesmente qualquer uma. Você foi o amor da vida de Brad. Como posso, em sã consciência, continuar a brincar com você assim? Brincar com seu coração? Passei a me importar com você. — Ele pausou. — Sei que pensa que está arrasada e diz que não quer um futuro com ninguém além de Brad, mas você não é o tipo de garota que aceita isso... que fica bem com apenas sexo. Quero que você tenha tudo. Quero que seja feliz um dia com alguém de novo. Só não pode ser eu. Nunca poderia ser eu. — Os olhos dele brilharam. — Transar com você... definitivamente, *significaria* algo para mim. E não tenho direito de sentir nada disso. Porque eu não sou ele. Se passarmos desse limite, nunca poderemos voltar. E não quero que você tenha arrependimentos quando sair daqui.

Seus olhos pareciam sinceros. Ele estava cuidando de mim. E talvez tivesse, sim, sentimentos por mim que iam além dos sexuais. Só era uma droga que, apesar de ele fazer muito sentido, eu ainda me sentisse rejeitada. Queria enxergar as coisas com mais lógica, mas não conseguia.

Ele puxou seu cabelo.

— Carly, eu só...

— O quê?

— Sou muito perturbado.

— Do que está falando?

— Mesmo deixando de lado você ser a ex de Brad, não sou o certo para você. — Ele hesitou. — Tenho praticamente certeza de que tenho um trauma enorme do que aconteceu com minha mãe. Tive problemas de confiança com mulheres por causa do que ela fez com meu pai. Acho que é parte do motivo de eu ter sido do jeito que fui, passando o rodo daquele jeito, nunca deixando alguém se aproximar de mim.

Não ousei dizer uma palavra que pudesse impedi-lo de continuar.

— O fato de ela ter deixado meu pai pelo irmão dele? O que meu tio fez com meu pai? Nunca consegui perdoá-lo. Então como poderia me perdoar por ficar com a garota do *meu* irmão? Porque Brad *era* meu irmão em todo sentido que importava. Estou te contando isto porque preciso que entenda que *eu sou* o problema aqui, ok? Isto não tem nada a ver com você. Sinto que parte de você pensa que tem. — Ele balançou a cabeça. — Você é incrível pra caralho, Carly, e o homem que ficar com você um dia será um desgraçado sortudo.

Estendi a mão, e ele a pegou. Precisava respeitar como ele se sentia. Não queria aumentar seu trauma. Era para eu estar ali ajudando no que parecia uma situação impossível com Scottie, não criando outra situação impossível para Josh.

Nesse momento, com nossos dedos entrelaçados, jurei fazer o que fosse preciso para me concentrar na tarefa que tinha, que era conseguir um lar para Scottie e voltar para a Califórnia ilesa.

VINTE E UM

Carly

Nas próximas duas semanas, parecia que Josh e eu tínhamos deixado para trás o que acontecera naquela noite no meu quarto. Embora eu ainda fantasiasse com isso, tentei colocar a lembrança vívida cada vez mais no fundo na minha mente.

Então, as coisas estavam estáveis de novo. E estávamos progredindo com a situação de Scottie, já que, finalmente, tínhamos conseguido visitar o segundo lar e o achado, no mínimo, tão legal quanto o primeiro — talvez mais legal. Agora Scottie estava em duas listas de espera, o que significava que o jogo da espera havia, oficialmente, começado.

O inverno gelado estava a todo vapor agora em New Hampshire. Em uma terça-feira de dezembro, estávamos esperando nossa primeira grande nevasca da temporada. Havia acabado a lenha para o fogão que aquecia parcialmente a casa, e todo mundo da região parecia ter tido o mesmo problema porque nenhuma loja nas proximidades tinha lenha disponível. Enfim, Josh encontrou um lugar na região ocidental de Massachusetts que tinha, mas era a algumas horas dali.

Ele saiu cedo, no entanto, a neve começou mais cedo do que o previsto, e fiquei aterrorizada por ele voltar dirigindo nela. Na última vez que falara com ele, ele havia carregado, com sucesso, as lenhas no porta-malas e no banco de trás do meu carro e estava voltando para New Hampshire. Entretanto, isso tinha sido muitas horas antes. Ele já deveria ter chegado em casa.

Então, além da preocupação de Josh estar bem na estrada, meu maior pesadelo aconteceu. Ficamos sem energia, o que significava que Scottie não tinha acesso à internet. Ele sempre ficava agitado quando não conseguia acessar seus sites de *streaming*. Felizmente, me lembrei do meu estoque de velas em potes. De forma proativa, eu havia colocado uns fósforos perto delas debaixo da pia. Usei a lanterna do meu celular conforme acendia as três velas, colocando uma na cozinha e uma em cada lado da sala.

Sem internet, Scottie começou a andar de um lado a outro. Tentei ligar para Josh de novo, mas a ligação caiu direto na caixa postal. Será que ele tinha perdido o sinal ou alguma coisa havia acontecido? Era difícil não imaginar o pior. Afinal, Brad havia morrido dirigindo de Lake Tahoe para casa na neve. O carro dele havia derrapado na direção de um caminhão que vinha no sentido contrário. Eu ainda tinha transtorno de stress pós-traumático pelo jeito que ele morreu e não conseguia tirar os pensamentos horríveis da cabeça mesmo nos dias em que não havia gatilho. Mas Josh estar lá fora nessa nevasca tinha sido meu maior gatilho até então.

Scottie estava a caminho de seu modo pânico-total, pulando com tanta força que a casa estava tremendo.

— Amigão, sinto muitíssimo. Juro que a energia vai voltar. Só não sei quando.

Eu sabia que, provavelmente, ele não conseguia entender minha explicação. Ainda assim, tentei meu máximo para conversar com ele, só no caso de dar certo.

— Jogue com seus apps. Por favor. Jogue com seus apps por enquanto. Juro que a internet vai voltar. — Continuei apontando para os ícones de jogos baixados em seu aparelho. Mas claro que ele não estava interessado em nada além de reaver a internet naquele momento.

Lágrimas escorriam pelo meu rosto quando ele começou a chutar e gritar. Nunca havia me sentido tão impotente.

— Sinto muito, Scottie. Também odeio isso.

Eu poderia ter dado meu celular para ele, mas a bateria estava prestes a acabar, e isso só o teria deixado bravo de novo. Além do mais, eu precisava de cada último resquício de bateria no caso de Josh tentar falar conosco. Se algo acontecesse com Josh, eu não sabia se conseguiria sobreviver.

Talvez eu não devesse ter sido tão veloz com o pensamento fatal, porém as condições de brancura do lado de fora não estavam ajudando minha causa. Para piorar mais, os vizinhos Abe e a esposa nem estavam em casa. Eles estavam na Flórida por duas semanas. Do contrário, eu poderia, pelo menos, ter ido para lá com Scottie, para não ter que ficar sozinha quando ele se jogasse no chão, chutasse e gritasse, e eu não conseguisse levantá-lo. Mas eu realmente estava por conta própria. Lorraine não iria querer dirigir até lá nesse tempo. Não havia muito que ela pudesse fazer para me ajudar, de qualquer forma. Scottie iria continuar bravo até a energia voltar. Tudo que eu poderia fazer era rezar. E rezei fervorosamente. Pela segurança de Josh. Pela sanidade de Scottie. Pela *minha* sanidade.

Pelo menos uma das minhas orações foi atendida quando Scottie, enfim, parou de protestar e se interessou por um de seus apps. Ele se sentou no sofá e começou a brincar com ele, como se sua estereotipia tivesse um botão mágico de desligar e, de alguma forma, eu o tivesse apertado.

A casa estava ficando gelada a cada minuto. Peguei meu casaco e o joguei por cima dos ombros antes de pegar o cobertor com que Josh dormia e jogá-lo por cima de Scottie. Me curvei ao lado dele no sofá e comecei a rezar de novo pela volta de Josh em segurança. Minhas mãos tremiam enquanto eu tentava ligar para o celular dele pelo que parecia a enésima vez.

— Por favor, Deus. Traga-o em segurança para casa — sussurrei.

Eu não era uma pessoa religiosa e me sentia uma fraude pedindo ajuda a Deus, sendo que não orava para Ele diariamente. Mas, em tempos de tribulação, eu parecia navegar em direção à oração — o que devia significar que eu sabia que tinha alguém lá em cima ouvindo.

Quando a porta se abriu de repente, bateu uma onda de adrenalina. Estava tão escuro que não consegui identificar imediatamente quem era.

— Carly?

Me levantei com um salto do sofá.

— Josh! — Minha voz falhou.

Ele me abraçou, envolvendo meu corpo.

— Ai, meu Deus. Você está bem? — ele perguntou.

Desmoronei em lágrimas.

— Eu estava tão preocupada com você.

— Comigo? Eu estava surtando por *você* estar em casa sozinha com Scottie e sem energia. A bateria do meu celular descarregou, mas ouvi no rádio que metade de New Hampshire está apagada.

— Fiquei com tanto medo de você ter sofrido um acidente.

Ele recuou para olhar para mim, suas mãos segurando meu rosto. Eu mal conseguia identificar sua expressão à luz da vela. Josh pressionou a testa gentilmente na minha, e nós apenas respiramos juntos por alguns instantes. Desconfiei que ele entendeu por que eu havia surtado tanto.

— Ah, nossa — ele sussurrou. — Sinto muito por você ter ficado assustada.

Com o rosto dele tão perto do meu, eu ansiava para ele me beijar.

— Não imaginei que você fosse pensar que havia acontecido alguma coisa comigo — ele disse, passando o polegar pela minha bochecha. — Eu não conseguia ligar para você, e estava vindo devagar. Foi por isso que demorei tanto.

— Josh...

— O que foi, querida?

O som de *querida* se desenrolando de sua língua me dava frio na barriga.

— Só estou muito grata por você estar em casa.

Ele falou no meu cabelo.

— Eu também.

Tinha passado as últimas semanas tentando negar meus sentimentos por ele, mas tudo acabou se amontoando na superfície naquela noite.

Enfim, ele me soltou e se virou para Scottie, ainda sentado calmamente no sofá.

— Como ele está tão quieto?

— Tivemos bons noventa minutos de explosões enormes antes de ele se recompor e decidir simplesmente brincar com os apps dele.

Josh esfregou as costas de Scottie.

— Deve ter sido muito difícil.

— Foi... mas consegui lidar. Eu estava mais preocupada com você do que qualquer outra coisa.

Josh se esticou para minha mão, e eu me sentei ao lado dele, nossos dedos entrelaçados. Foi um gesto simples, mas pareceu bem íntimo.

— Desculpe se te assustei. Só consigo imaginar o quanto lembrou a você da noite em que Brad... — A voz dele sumiu.

— Lembrou. Provavelmente foi por isso que reagi exageradamente. Mas não se tratava só do meu trauma... Eu não sabia o que iria fazer se acontecesse alguma coisa com você.

Os olhos dele se mexeram à luz da vela.

— Quando Scottie, em certo momento, conseguir um lugar, e nós dois seguirmos caminhos separados, quero que saiba que não vou me arrepender de sequer um segundo desta experiência, Carly. É difícil acreditar que um dia tive pavor disso.

Apertei a mão dele.

— Eu não conseguiria ter feito isso sem você.

— Igualmente, Abóbora.

Uma explosão repentina de luz interrompeu nosso momento particular.

A energia voltou!

Ele olhou em volta.

— Puta merda!

— Talvez a palavra mágica fosse *abóbora* esse tempo todo! No segundo em que você falou, as luzes se acenderam.

Scottie começou a rir histericamente e pular para cima e para baixo no sofá. Ele ficou tão feliz e, imediatamente, entrou no YouTube.

Josh uniu as mãos.

— Acho que precisamos comemorar com músicas do Elton John de trás para a frente e uma garrafa de vinho. O que me diz, Carly?

— Parece absolutamente divino.

Josh saiu para descarregar as lenhas do meu carro. Ele encheu novamente o fogão e começou um fogo.

Conforme eu apreciava a paz de saber que estava tudo bem de novo, pensei em como a vida pode ser inesperada. Sempre havia desejado um senso familiar. Tendo vindo de um lar despedaçado e sendo filha única, eu sempre me sentira sozinha, apesar dos melhores esforços da minha mãe. A única exceção verdadeira tinha sido meu tempo com Brad. Mas ali, com aquela família improvisada, estava longe de me sentir sozinha. Pelo menos por enquanto.

Naquela noite, antes de ir dormir, encontrei um recado de Josh ao lado da minha cama.

Nem todos os heróis usam capas. Alguns são loiros com axilas de limão. Não sei se poderia ter aguentado Scottie sem energia por noventa minutos. Eu teria desejado explodir meus miolos. Você foi incrível comandando tudo esta noite, Abóbora.

UM AGRADECIMENTO DOS MONGES TRAPISTAS DE ST. FRANCIS.

VINTE E DOIS

Carly

Uma semana depois, os montes de neve deixados para trás naquela nevasca, enfim, estavam começando a derreter em Woodsboro.

Tivemos uma folga do clima rigoroso, mas ali dentro da cabana, não havia folga dos sentimentos que eu havia desenvolvido por meu colega de casa.

Josh estava se exercitando na sala de estar certa tarde enquanto Scottie jogava em seu iPad. Resolvi fazer uma ligação sorrateira para minha amiga Christina.

Com a voz baixa, me sentei na cama e contei sobre um cara novo que tinha conhecido algumas noites antes quando saí com minha amiga local. Lisa tinha chegado com Rob, o cara que ela conhecera da primeira vez que saímos juntas. Rob agora era namorado de Lisa, e ele havia levado seu amigo, Mitch. (Eu havia me certificado de confirmar que Mitch não fosse parente de Josh.) Mitch tinha terminado a noite me convidando para sair, e eu deixara as coisas com a possibilidade em aberto.

No dia anterior, ele havia me enviado mensagem para perguntar se eu queria voltar ao Bar para um encontro duplo oficial com Rob e Lisa.

— Estou pensando em ir — contei a ela.

— Qual é a sua hesitação?

Eu estava *olhando* para minha hesitação. No momento, havia começado a fazer barras na soleira da porta do meu quarto. Minha hesitação tinha um caminho de pelo perfeito descendo para seu V e ainda era muito proibido para mim. Minha hesitação era gostosa pra caramba.

Eu não havia contado a Christina sobre a sessão de masturbação mútua que Josh e eu havíamos compartilhado naquela noite. Ela teria devorado aquela informação apimentada, mas eu ia guardar os detalhes para mim. No entanto, ela sabia, sim, que ele e eu tínhamos conversado sobre nossa atração um pelo outro, e que Josh havia fechado a porta para qualquer coisa acontecendo.

Decidi que precisava de um pouco mais de privacidade para desabafar hoje.

— Espere um pouco — eu disse, pegando meu casaco. — Josh, vou até o mercado fazer compras.

Ele deu um passo para o lado e secou o suor da testa.

— Compre mais sorvete, e acabaram os ovos.

— Certo.

Conforme entrei no meu carro, Christina riu no meu ouvido.

— Vocês dois são tão... domésticos.

— Essa é uma palavra para isso. — Dei risada. — Está mais para os-dois- perturbados.

— Percebi que você não queria conversar na frente dele. E aí?

— É. Na verdade, não posso falar de Josh na frente de Josh. Só queria poder me livrar destes sentimentos por ele. Sei que é isso que está me contendo de ir a esse encontro.

— É uma merda, mas você precisa dar uma chance a esse Mitch. Não sabe o quanto vai ficar em Woodsboro. Poderiam ser anos até Scottie conseguir um lar. Não pode ficar em celibato por tanto tempo. Se Josh deixou claro que não há futuro para vocês dois, você precisa seguir em frente. Mas já sabe disso.

— É, eu sei. — Liguei o carro e saí pela estrada comprida e com ventania que levava para fora da região arborizada em que morávamos.

— Josh deve estar saindo com alguém, não está? — ela perguntou.

— Bem, essa é a parte estranha. Não que eu saiba. Geralmente, ou ele está trabalhando ou fazendo coisas para nós. E ele fica em casa toda noite. Praticamente sei onde ele está a qualquer momento. Não consigo identificar um momento em que possa estar se encontrando com alguém.

— Deve ser difícil... um homem viril como ele sem transar regularmente.

Havia algo de errado comigo, porque, assim que ela falou aquilo, minha mente foi para Josh em cima de mim, e me senti ficando molhada. Meu corpo havia se sensibilizado para sequer o pensamento de algo sexual com ele.

— Você está certa. Preciso me obrigar a seguir em frente. Mas, da última vez que ousei ir a um encontro, foi um desastre total, acabou sendo o irmão de Josh e tal.

— Ah, verdade. — Ela deu risada. — Quais são as chances disso?

— Muito altas em Woodsboro!

— Provavelmente, é verdade.

Conversamos por mais alguns minutos até eu chegar ao meu destino.

Suspirei.

— Estou no mercado. Vou ter que desligar.

— Vá comprar sorvete para seu homem.

— Claramente, não tenho um homem. Do contrário, não me sentiria tão frustrada agora.

Depois de ir ao mercado no dia anterior, eu tinha enviado mensagem a Mitch e concordado com o encontro duplo. Havíamos resolvido que seria naquela noite, e Josh ficaria cuidando de Scottie, embora eu ainda não tivesse contado a ele exatamente com *quem* iria sair.

Mas, quando ele me fez uma pergunta direta, não consegui mais negar meus planos.

Josh pegou uma água com gás da geladeira e a abriu.

— Então, você vai encontrar Lisa e o namorado dela?

— Sim. — Pausei. — E um dos amigos dele.

Josh parou no meio do gole.

— Ah... então é um encontro.

— É. Um casual.

Ele assentiu e tirou um fiapo da sua camiseta.

— Bem, que bom.

As coisas ficaram quietas depois disso, Josh foi para um canto da sala, tirou a camiseta e começou a treinar... com força. Como sempre, não pude deixar de assistir ao seu corpo brilhando em ação. Embora nunca mais eu fosse *encarar*.

O assunto do meu encontro daquela noite não surgiu de novo até Josh e eu estarmos arrumando a mesa depois do jantar de Scottie.

— O que você sabe sobre esse cara que vai encontrar? — Josh perguntou ao secar uma louça.

— Só que é amigo de Rob, e ele foi bem legal comigo da última vez que jantei com eles. Só aconteceu de ele estar lá da última vez. Ele é professor de biologia.

— Ah, então você já o conheceu.

— Sim.

— Qual é o nome dele?

— Mitch Ramos. Você o conhece?

Josh balançou a cabeça.

— O nome não me parece familiar. Ele é daqui?

— Na verdade, não tenho certeza.

— Você não sabe de onde ele é?

— Acho que nunca perguntei. De onde ele é não me interessa particularmente, mas vou perguntar esta noite. Enfim, me sinto segura, já que estarei com Lisa e Rob.

Ele grunhiu.

— Humm...

Inclinei a cabeça para o lado.

— Mais alguma pergunta?

— Não. — O maxilar dele ficou tenso. — Acho que não.

Ele se virou e se entreteve com a limpeza da cozinha.

— Você está bem? — indaguei.

— Sim. — Ele expirou. — Estou bem. Por que pergunta?

— Está agindo estranho.

Ele secou o balcão vigorosamente.

— Deve ser sua imaginação.

Assenti, me sentindo idiota por querer que ele admitisse que estava com ciúme. Rapidamente mudei de assunto, falando a primeira coisa que veio à minha mente conforme o observava limpar.

— Seu cabelo cresceu tanto, Josh. Sua barba também. Mas fica bom.

— Combina com o fato de estar preso na floresta.

— Seu trabalho é contra pelo facial?

— Eles não dão a mínima, contanto que eu os faça ganhar dinheiro.

— Que bom. É assim que deveria ser.

Enfim, ele parou de secar e se virou para mim.

— Estava querendo te perguntar... Vai voltar para casa para o Natal?

— Para o Oregon?

— Para lá ou para a Califórnia?

— Não estava planejando.

— Pode voltar, se quiser. Não tenho problema em lidar aqui com Scottie se quiser ver sua mãe.

Eu não tinha desejo de estar em mais nenhum lugar além de Woodsboro no Natal. Nos dois Natais que Brad e eu passamos juntos tínhamos ido ver nossas famílias separadamente, então nunca passei o feriado ali.

— Eu estava meio que ansiosa para passar um Natal aqui — contei a ele. — Não tenho garantias de que estarei em Woodsboro no ano que vem. Quero dizer, pode ser que sim, mas...

— Certo. — Ele assentiu. — Bom, geralmente, meu irmão Michael dá um jantar para a família na casa dele na véspera de Natal. Você deveria ir. Scottie também, claro.

— Eu adoraria.

— Tenho certeza de que Neil adoraria ver você. — Ele deu uma piscadinha.

Me encolhi.

— Não tinha pensado nisso. Será estranho se eu estiver lá?

— Não, ele está tranquilo. Não há ressentimento.

— Que bom.

Fiquei emocionada por Josh ter me convidado para a reunião de sua família no Natal. Reconheço que, provavelmente, ele sentiu que não tinha escolha, mas eu ainda fiquei tocada por ele ter pensado de antemão nisso e não quis que eu me sentisse excluída.

— Também adoraria conhecer seu pai — eu disse.

— Ele é uma figura. Passou por muita coisa, mas ainda tem um bom senso de humor. Ele teve seus altos e baixos ao longo dos anos, mas agora está bem.

— Alguém troca presentes lá ou...

— Na verdade, a esposa de Michael, Vanessa, designa a nós todos uma pessoa para a qual comprar presente. Vou avisá-la de que vocês vão, para que ela possa adicioná-los à lista.

— Ah, amei essa ideia. Facilita muito.

Josh assentiu.

— Antes deste ano, o Natal era praticamente a única época que eu vinha. Mas me certificava de nunca perder nenhum.

— Brad também — eu disse. — Ele amava vir para Woodsboro no Natal.

— Sim. — Após um instante, Josh adicionou: — Deveríamos comprar uma árvore.

— Mesmo? — Eu sorri, surpresa com a sugestão dele. — Onde vamos colocá-la?

— Vamos comprar uma pequena. O amigo do meu pai vende árvores. Podemos ir uma noite desta semana. Levar Scottie. Eles têm chocolate quente no balcão de entrega.

— Parece um filme da Hallmark.

— Não sei do que está falando. — Ele me olhou estranho.

— Já assistiu a um desses de Natal?

— Se tivesse assistido, não admitiria.

Dei risada. Eu já sabia que estava ansiosa por aquela compra de árvore com Josh muito mais do que estava ansiosa por meu encontro naquela noite. *Suspiro*.

Nesse exato momento, a campainha tocou. Scottie pulou em seu assento, empolgado pelas luzes brilhantes do caminhão de entrega do lado de fora. Josh saiu para pegar o pacote. Dava para ver os pingos de gelo pendurados na moldura da nossa porta da frente.

Quando ele voltou para dentro, rasgou o envelope branco e almofadado, então ficou paralisado.

— Merda.

— O que foi?

— Encomendei uma coisa pela internet e pensei que fosse isso. Mas é seu. Desculpe por abrir.

Por que ele está se desculpando? Depois de me entregar, descobri por quê.

Era um vibrador pink brilhante.

Balancei a cabeça.

— Não encomendei isto.

— Bem, alguém encomendou. Tem seu nome nele.

Fechei os olhos. Christina tinha perguntado meu endereço outro dia. Pensei que ela fosse me mandar um presente adiantado de aniversário ou algo parecido para a casa. Certamente, não isso. Havia um bilhete dentro, que, felizmente, Josh não havia visto. *Uma solução temporária para seu problema.*

— É da minha amiga, Christina.

— Não precisa mentir. Não tem por que ter vergonha disso.

— Eu sei. E não ficaria com vergonha. Mas não fui eu que comprei.

Josh mexeu as sobrancelhas.

— Bem, nós *todos* deveríamos ter mais amigos como Christina, então.

Consegui sorrir.

— Ela é maluca, mas eu a amo. — Acenei com o pacote. — Só vou... guardar isto.

— Há algum motivo pelo qual ela sentiu a necessidade de enviar isso? — Josh perguntou enquanto eu ia para o quarto.

— Não. — Engoli em seco. — É só um presentinho.

— Contou a ela sobre nossa... escorregada?

Uma onda de calor me percorreu.

— Não contei, não.

— Você não conta tudo a ela?

— Nem tudo. — Inclinei a cabeça para o lado. — Contou aos seus irmãos?

— Não.

— Tem vergonha? — perguntei. — É por isso?

— Não. Só não é da conta de ninguém.

— Exatamente.

Olhei para baixo e poderia ter jurado que a protuberância na calça de Josh estava um pouco maior do que o normal. *Ele estava excitado?* Ou só quero acreditar que ele estava?

— Bom, vou tomar um banho e me arrumar.

— Ok. — Ele me encarou. — Faça isso.

Conforme a água descia por mim, resisti a me tocar. Sabia que, se o fizesse, imaginaria Josh, e não queria ir para esse encontro pensando em outro homem — mesmo que o orgasmo me acalmasse.

Quando saí do banheiro, pude ouvir Josh falando no quarto de Scottie. Parecia que ele estava lendo um livro. Isso apertou meu coração.

Tecnicamente, Scottie era adulto, mas tinha vários livros infantis em uma prateleira que, de vez em quando, líamos para ele quando não estava grudado em seus aparelhos. Ele parecia gostar das cores vibrantes e da simplicidade das histórias.

Me aventurei para meu quarto a fim de começar a me vestir. Depois de colocar o sutiã e a calcinha, coloquei um robe de seda enquanto arrumava o cabelo e a maquiagem.

Alguns minutos depois, houve uma leve batida à porta.

— Está vestida? — Ouvi Josh perguntar.

Parei de enrolar meu cabelo por um instante e soltei o babyliss.

— Sim. Entre.

— Oi. — Ele enfiou as mãos nos bolsos ao entrar.

— Ouvi você lendo para Scottie. Adoro isso.

— Ele gosta de virar as páginas... às vezes antes de eu terminar de ler. — Ele sorriu. — Aparentemente, eu não consigo entender a hora certa.

— O que ele está fazendo agora? — perguntei.

— Só está curtindo o iPad. — Os olhos de Josh se demoraram nos meus. — Enfim... eu queria me desculpar se te deixei desconfortável mais cedo com a história toda do vibrador.

— Você não fez nada de errado. Você abriu sem querer. Aquilo lá implorou para ser motivo de piada.

O cabelo castanho dele caiu desordenadamente em sua testa, e a luz do meu quarto fez seus olhos cor de avelã brilharem. Deus, ele era tão bonito. Meus mamilos se enrijeceram. Havia algo diferente no clima naquela noite.

Sempre havia uma tensão sexual entre mim e Josh, mas ela tinha se ampliado o dia todo. Ele não ousaria admitir, mas senti que não queria que eu saísse naquela noite.

Ergui o babyliss e comecei a usá-lo de novo.

— É fascinante o que as mulheres pensam que precisam fazer — ele comentou.

— Ninguém está me obrigando. Gosto de enrolar o cabelo.

— Não importa que porra você veste, Carly, ou como arruma o cabelo. O que quero dizer é que você vai ficar linda de qualquer jeito. Esse cara vai estar salivando e pronto para atacar. Então tome cuidado.

Me virei para ele.

— Está flertando comigo, Mathers?

— Não — ele respondeu. — Só estou te alertando.

Ergui as sobrancelhas.

— Jure por Bubba-Hank.

Ele murmurou algo, mas notavelmente não jurou por nosso precioso e ex-goldendoodle.

Josh continuou me observando conforme finalizei meu cabelo e fui procurar a roupa no armário. Não tinha levado um monte de roupas bonitas comigo, então só havia alguns itens que serviriam para uma noite fora.

— Precisa de ajuda para decidir? — ele ofereceu.

Soprei a respiração em meu cabelo.

— Na verdade, sim.

Josh se aproximou e passou seus dedos grandes e masculinos nas coisas penduradas no armário. Eu invejava aquelas roupas, porque a única coisa que queria era ser tocada por essa mão. Ele ergueu um dos cabides, selecionando um vestido preto colado quentinho.

Ele o ergueu para mim.

— Gosto de você neste.

— Já me viu nele?

— Sim. Você o usou no dia em que fomos visitar o segundo lar. Fica bom pra caramba em você.

Tentei não demonstrar minha surpresa com a memória excelente dele.

— Bem, se você gosta, vou usar — eu disse, com um toque de sedução no meu tom. Eu não tivera a intenção de começar a flertar, mas esse era o clima que essa conversa toda me deixava. Eu só estava brincando.

Josh estendeu a roupa na minha cama. Então voltou ao lugar na minha frente, com uma expressão distinta de desejo — o mesmo olhar que eu tinha certeza de que tinha em mim no momento.

Pigarreei.

— É melhor eu me vestir. — Quando ele não se mexeu, adicionei: — Vai ficar aí parado e me observar ou algo assim?

Josh não respondeu. Mas ele também não se mexeu do lugar, com seu olhar grudado no meu.

Me sentindo meio fora de controle, lentamente, abri o robe e o deixei cair no chão, me deixando somente de sutiã e calcinha. Os olhos de Josh ficaram vidrados conforme trilhavam meu corpo.

Ele engoliu em seco.

Por mais que eu tivesse dado tudo para ele me tocar, eu sabia que ele não o faria. Josh era o rei da provocação e da limitação. A cada segundo que passava, eu ficava mais molhada enquanto ele continuou a encarar, suas pupilas dilatadas. Meu corpo implorava silenciosamente pelo toque dele. Daria qualquer coisa para ele me tocar.

Ele se mexeu na minha direção até estar a centímetros de distância, sua respiração fazendo cócegas no meu rosto. Ele envolveu a mão em meu pescoço e, por um segundo, me esqueci de como se respirava.

Pisquei os cílios.

— Você não está sendo muito educado agora, Mathers.

— Não estou a fim de ser educado. — Ele passou o polegar pela pele do meu pescoço. — Como se diz *educadamente* a alguém que quer foder a pessoa até doer?

Meus joelhos quase falsearam.

— Porra. — Ele balançou a cabeça e soltou a mão do meu pescoço, como se tivesse acabado de acordar de um transe. — Desculpe. Isso foi...

Josh recuou e saiu do quarto, me deixando uma pilha de tesão.

Ele quer me foder.

Até doer.

Agora teria que trocar minha calcinha quando tinha acabado de colocar uma.

A determinação de Josh havia, enfim, se quebrado. Mesmo assim, ele ainda se recusava a se soltar, recusava-se a realmente *chegar lá* comigo. Eu não iria provocá-lo mais porque não queria ser seu maior arrependimento. Mas, pelo jeito que ele estivera olhando para mim, como se pudesse me comer com os olhos, e então aquelas palavras com certeza ecoariam em minha cabeça a noite inteira. Ele tinha me empurrado para o limite. Eu *precisava* de alívio.

Pegando o pacote que Christina tinha me enviado, eu o rasguei. Na pequena chance de Josh entrar de novo, eu me escondi no closet e escolhi um lugar no chão antes de abrir as pernas. Não demoraria muito.

Só que nada aconteceu. Olhei para o pacote de novo. *Baterias não incluídas.*

É. No momento, eu era a *única* coisa ligada ali.

VINTE E TRÊS

Josh

Depois que Carly saiu para seu encontro, fiquei me sentindo completamente agitado. Não conseguia acreditar no que tinha falado para ela, mas aquele pequeno striptease tinha me enlouquecido. No que eu estava pensando, ficando ali no quarto dela enquanto ela se arrumava só para poder secá-la e tendo a porra da minha dose dela antes de ela sair? *Sair para um encontro com outro homem*, lembrei a mim mesmo.

Eu a queria pra caralho e, evidentemente, nem estava tentando esconder mais isso. Além do mais, qual era o problema da minha incapacidade de mentir por um segundo e jurar pela vida de um cachorro quando ela falou que eu estava flertando? Você aprende algo novo sobre si mesmo todos os dias.

Naquela noite, eu havia aprendido que era um covarde supersticioso.

Estava ficando maluco. Precisava conversar com alguém, então liguei para meu irmão Michael.

Ele atendeu no terceiro toque.

— Oi, cara.

— Oi.

Parecia que ele estava em um restaurante cheio.

— O que aconteceu? Você nunca me liga, Josh.

— Acho que você estava certo — eu disse a ele. — Sobre mim e Carly. — Puxei meu cabelo.

— O que tem a Carly?

— Sobre minha incapacidade de manter meu pau dentro da calça. Sou uma bomba-relógio. Estraguei tudo esta noite... passei do limite e falei umas merdas que não deveria ter falado. Quanto mais ficamos aqui em Woodsboro, mais difícil é.

— O que falou para ela?

Exatamente o que estivera pensando no calor do momento.

— Você não quer saber.

— Acho que isso significa que, *com certeza*, é algo que eu gostaria de saber.

— Não importa o que falei. Só saiba que estou enlouquecendo.

— Espere um pouco. — Eu o ouvi dizer para alguém. Então o barulho pareceu diminuir. — Desculpe. Vim aqui fora para conseguir te ouvir melhor. — Ele suspirou. — Enfim, sei que você tem uma regra autoimposta sobre não poder passar do limite com a garota de Brad, mas precisa pensar nisso sob uma perspectiva diferente. Não existe mais ninguém aqui para magoar.

A realidade de Brad ter ido embora para sempre toda vez me atingia como ondas. Parte de mim ainda não havia compreendido isso realmente. Michael havia ido direto ao ponto, e pareceu uma facada.

— Isto não se trata apenas do que Brad poderia pensar — eu disse quando consegui respirar uma vez por completo de novo. — Trata-se da minha própria culpa, independente de como ele se sentiria.

— Entendo. E não consigo tirar isso de você, mas...

— Ela está em um encontro esta noite — soltei.

— Bem, isso é muita burrice. Você a deixou ir?

— O que quer dizer com *deixou* ir? Não sou dono dela. Não estamos juntos. — Suspirei. — Onde você está, afinal?

— No Bar. Vanessa e eu estamos tendo uma noite de folga.

— Merda.

— Por quê?

— É onde ela está.

Carly nunca tinha conhecido Michael, então ela não teria ideia de quem ele era.

— Está brincando? Espere. Vou voltar para dentro e vasculhar o local. Como ela é mesmo?

— Não quero que a espione...

Ele me ignorou.

— Loira?

— Sim... — Andei de um lado a outro e mastiguei o lábio, esperando que ele falasse alguma coisa.

— Puta merda. Acho que a vi. Ela está de vestido preto, certo? E está com um cara e outro casal. Só há uma loira bonita aqui. Tem que ser ela.

Não havia sentido em negar.

— Sim, é ela.

— Espere — ele disse.

Pude ouvir o som abafado dele conversando com a esposa.

— Desculpe, queria atualizar Vanessa.

— Por favor, não vá falar com Carly.

— Claro que não. É melhor se ela não souber que estou aqui. Mas posso te mandar mensagem com atualizações do que estou vendo.

— Não preciso saber. Não é da minha conta o que ela está fazendo.

— Então não se importa se ela estiver sentada no colo de um cara agora mesmo e o beijando?

Meu estômago se revirou. Nem tinha palavras para responder.

— Ainda está aí?

— Está me zoando, Michael?

— Uau, cara. — Ele deu risada.

— O que foi?

— Você ficou totalmente mudo. — Ele riu. — Só estava te zoando.

— Idiota. — Não conseguia acreditar que tinha caído nessa, mesmo que por um segundo. Pensei que, talvez, eu a tivesse excitado tanto que ela estava descontando naquele cara.

— Ela está sentada à frente dele, só conversando. Ele é bem bonito. Mas não tão gostoso como você. E, certamente, não tão gostoso como eu.

Parecia errado espioná-la. Isso era mais do que eu precisava saber.

— Não a vigie mais — eu disse a ele. — Deixe-a em paz. Ela merece privacidade. Vou desligar.

Desliguei antes que ele pudesse falar mais alguma coisa.

Me aventurei no quarto de Scottie e me sentei na beirada da cama dele. Ele estava totalmente imerso em três vídeos diferentes em três tablets diferentes. E estava tirando fotos e fazendo vídeos dos três tablets com um quarto iPad. Era assim que Scottie funcionava. Wayne deve ter ficado falido por comprar os aparelhos eletrônicos dele. Mas eu sabia o porquê: Scottie ficava louco quando a bateria de um deles acabava. Você sempre tinha que ter um extra em mãos enquanto o outro estava carregando. Melhor prevenir do que remediar.

— Cara, eu queria que você conseguisse me entender agora porque realmente seria útil ter alguém para conversar.

Ele olhou para cima por um breve instante antes de voltar a atenção para o iPad.

Dei risada.

— Caramba, talvez você entenda, e eu simplesmente não saiba. Talvez você também pense que sou o maior idiota. — Soltando um suspiro profundo, esfreguei suas costas. — Já quis algo que sabe que não deveria ter, Scottie? Mas, no fim, você simplesmente não consegue parar de querer? Estou tentando pensar em algo com que consiga se identificar. — Estalei os dedos. — Igual a você e a internet. Tempo demais nela não é bom para você, certo? É estímulo constante e faz mal para seus olhos. Mas você faz mesmo assim. Está nessa merda o tempo todo, e não há nada que nenhum de nós possa fazer para você não querer. — Olhei para o teto dele. — É meio que isso que acontece com Carly ultimamente. Quanto mais eu falo para mim mesmo que não posso tê-la, mais eu a quero. É bizarro. — Eu o balancei, brincando. — Tem algum conselho para mim, grandão? Provavelmente, você é a única pessoa em que confio com tudo isso, sabe?

Em vez de responder, Scottie abriu seu app de música e colocou uma do Elton John de trás para a frente, quase explodindo meus tímpanos. Após um minuto, eu a identifiquei como *Crocodile Rock*.

Entrei em um transe conforme o ouvi tocando várias músicas por um tempo e, em certo momento, dormi ao lado dele no colchão.

Quando acordei um tempo depois, ele estava dormindo. Peguei seus eletrônicos e os conectei aos carregadores no canto do quarto antes de apagar a luz dele.

Olhei para a hora no meu celular. Tinha passado da meia-noite. Carly devia estar se divertindo se tinha ficado fora até tão tarde.

Então, vi uma mensagem de Michael.

Michael: Sei que falou que não quer atualizações, mas vou te dar minha análise geral. A linguagem corporal me dizia que ela não estava a fim dele. Ela ficava verificando o celular. Poderia apostar que ela estava olhando para ver se você tinha mandado mensagem para ela. Quando

fomos embora, eles ainda estavam lá, mas tive a impressão de que ela estava entediada.

Quando cliquei para sair da mensagem dele, vi outra mensagem — de Carly.

Carly: Estou tentando aproveitar este encontro, mas não consigo parar de pensar em você... no que disse, e na forma como estava olhando para mim esta noite.

Porra. Ela havia enviado isso há umas duas horas, e ainda não tinha chegado em casa.

Eu havia mexido com a cabeça dela mais cedo. Tinha *desejado* destruir o encontro dela, não tinha?

Me sentei na sala, sem saber como me explicar quando ela chegasse em casa. Mas também me sentia satisfeito pra caramba por ela ter pensado em mim a noite toda. E isso era perturbador.

Quando a porta se abriu, me levantei, mas não falei nada.

— Oi — ela finalmente disse. Seu rosto estava corado, e eu não conseguia identificar se era do frio ou porque ela estava chateada.

— Só li sua mensagem agora há pouco — expliquei. — Dormi conversando com Scottie no quarto dele.

— Ah... — Ela encontrou meu olhar. — Presumi que você não soubesse como responder. — Ela balançou a cabeça. — Eu não deveria ter enviado.

— Nunca se desculpe por ser sincera comigo.

Dei alguns passos na direção dela, ainda sem saber como lidar comigo mesmo ou sequer o que eu queria fazer. Mas, assim que fiquei a apenas alguns centímetros dela, meu cérebro não conseguiu mais formar frases coerentes. Parecia que meu corpo estava em chamas, e eu sabia que o desejo primordial dentro de mim tinha alcançado o ponto de não ter volta.

De segundo a segundo, me aproximei até nossa boca estar praticamente se tocando. O calor de suas respirações rápidas no meu rosto fez meu pau ficar rígido.

— Me diga para parar, Carly — sussurrei nos lábios dela, saboreando o cheiro conforme ficava mais duro.

— Não. — Ela arfou. — Não quero que pare.

— Não queria que saísse esta noite — admiti. — Queria que ficasse em casa comigo.

Carly assentiu, cravando as unhas em meu peito.

— Eu sei.

— Não quero me sentir assim — murmurei na boca dela. — Como se quisesse ser seu dono. Não sou seu dono. Você não é minha. Nunca será.

— Diga isso para o meu corpo. — A respiração dela acelerou. — Josh, preciso que relaxe. — Ela agarrou minha camiseta. — Preciso de *você.*

Isso acabou com toda a minha determinação. Não havia mais espaço entre nós quando a beijei na boca, percebendo um toque de algo doce em sua língua. Será que o gosto dela era assim ou era algo que ela tinha comido? Eu não dava a mínima; só precisava consumir tudo. Não conseguia devorá-la rápido o bastante.

Ela precisa de mim.

E, caramba, eu precisava dela.

Desabotoei o casaco dela e o deslizei de seus braços antes de jogá-lo para o lado e pressionar meu peito no dela. Dava para sentir seu coração batendo contra o meu, que estava batendo ainda mais rápido. A culpa ainda estava dentro de mim em algum lugar, mas não estava forte o suficiente para dominar a intensidade da batida do meu coração, a intensidade do meu desejo por ela naquele momento. Como se, de alguma forma, ela soubesse que minha culpa estava tentando se instalar e arruinar isso, Carly agarrou meu cabelo e me puxou para perto, um pedido silencioso para eu não mudar de ideia. Ela não sabia que não havia chance de voltar atrás agora. Meu corpo estava prestes a explodir.

Ergui Carly do chão e ela envolveu as pernas em mim. Ela parecia leve como uma pena quando a carreguei para o quarto, nunca tirando meus lábios dos dela. Beijá-la era como um vício, impossível de parar, minha língua explorando-a mais rápido a cada segundo. Era por isso que eu nunca a tinha beijado — de alguma forma, eu sabia que seria assim. Que ficaria viciado demais para pensar direito.

Não havia chave na porta, mas eu a fechei e rezei para Scottie dormir tão profundamente como geralmente dormia. Essa era a beleza da máquina de ruído que ele tinha no quarto.

Carly se deitou de costas na cama enquanto eu deitei acima dela. Interrompemos nosso beijo quando ela olhou para mim com olhos enevoados, os quais, de novo, estavam me implorando para não parar.

— Não vou parar, Carly. Ok? — Beijei o pescoço dela. — Estamos prestes a transar, e você vai me odiar amanhã. Mas planejo fazer valer a pena cada segundo.

Ela assentiu enquanto eu tirava seu vestido preto. Ela abriu o sutiã pela frente e o jogou para o lado. Baixei a boca e peguei seu mamilo entre os dentes antes de chupar forte e gemer na pele dela conforme ela se contorcia debaixo de mim.

Carly passou as mãos por meu cabelo.

— Isso é tão bom.

Lambendo seu mamilo em círculos, zombei:

— Acho que achei meu prêmio.

Seu corpo tremeu com risada e continuei devorando seu peito lindo.

— Amo sua boca em mim — ela gemeu.

— Você está prestes a senti-la em todo lugar — falei acima de sua pele macia.

Meu pau estava tão duro que doía conforme o roçava no monte dela através de minha calça. Mudei para o outro peito para dar a ele o mesmo amor antes de atingir minha capacidade de resistir a ir mais para baixo.

Passei a língua por meu lábio inferior.

— Preciso provar você.

Ela assentiu, e eu baixei sua calcinha, deslizando-a por suas pernas e as jogando no ar.

Minha boca tremeu com desejo e pressionei a língua no clitóris dela, saboreando a umidade deliciosa de seu tesão. Tinha exatamente o mesmo gosto que seus dedos tinham naquela primeira noite em que eu tinha perdido o controle. Só que isso era cem vezes mais doce e mais viciante. *Fruta proibida*. Carly continuou puxando meu cabelo — o que eu amava —, e eu a devorei, circulando a língua no clitóris enquanto enfiava os dedos dentro dela. Parei por um instante a fim de testemunhar a expressão de êxtase no rosto dela, sua cabeça jogada para trás e seus olhos fechados. Mexendo os dedos para dentro e para fora, murmurei:

— Você me quer dentro de você assim?

— Aham — ela murmurou. — Sim.

Precisava perguntar.

— Você quer que eu use camisinha?

Ela se enrijeceu.

— Não. Eu tomo pílula. A menos que você não...

— Estou saudável, Carly. Fiz meus últimos exames antes de vir para cá e não estive com ninguém.

Ela assentiu e olhou para mim.

— Eu também.

O pensamento de fodê-la sem nada foi quase suficiente para me fazer gozar ali mesmo. Me ergui dela para tirar meu jeans e o puxei para baixo. Quando baixei a boxer e tirei meu pau duro pra caralho, Carly se levantou, rastejando na minha direção para que a boca dela ficasse na minha base. Sem hesitar, ela me tomou e colocou até a garganta.

Senti que tinha sido transportado para outra dimensão. Joguei a cabeça para trás e aproveitei o que parecia ser a coisa mais egoísta que já tinha permitido acontecer. Se eu parasse por sequer um segundo para realmente reconhecer que aquela era a mulher de Brad me chupando, teria destruído tudo. Então não deixei minha mente ir para lá. Após a maior seca da minha vida, eu precisava desse alívio como precisava da minha próxima respiração. Lidaria com as consequências depois.

Quando parecia que estava quase gozando, tirei o pau da sua boca, curtindo um pouco demais o som oco que se seguiu. Quase gozei de novo quando ela lambeu os lábios, engolindo um pouco do pré-gozo que permaneceu neles.

— Como é o meu gosto? — perguntei rouco.

— Delicioso. — Ela suspirou.

— Preciso estar dentro de você agora, Carly — eu disse, duvidando se eu poderia durar o suficiente para lhe dar um orgasmo. Nunca estive tão excitado por uma mulher na vida.

Carly se deitou, abriu bastante as pernas e entrei com facilidade nela. Pretendia ser gentil, já que fazia um tempo para ela. Mas, assim que sua umidade quente envolveu meu pau, perdi toda a capacidade de ir devagar. Dentro de alguns segundos, eu tinha estocado com tanta força que estava inserido até as bolas, entrando e saindo ritmicamente, e não mais tão gentil.

— Tudo bem? — murmurei.

— Sim. Você é tão gostoso. Continue fazendo isso.

Tirei tudo e entrei de novo com força, chegando até o fundo.

— Sua boceta envolvendo meu pau é a melhor coisa que já senti, Carly — sussurrei no ouvido dela. — Bom pra caralho.

Minhas investidas ficaram tão fortes que a cama estava chacoalhando, a cabeceira batendo na parede. Seria um milagre se Scottie não acordasse, mas mesmo a ameaça disso não foi o bastante para me fazer parar. Simplesmente não conseguia transar com ela de outro jeito agora — tinha que ser assim conforme as semanas de frustração reprimida caíam sobre mim.

Então sua boceta começou a latejar — apertando firmemente e soltando.

Quase me descontrolei.

— Está tentando me matar? — gemi, beijando-a mais.

Ela deu risada em meus lábios.

— Pare ou vou gozar dentro de você agora mesmo.

— Faça isso — ela provocou.

— Porra, não. Não estou pronto para isto acabar.

Ela me beijou com mais intensidade e, felizmente, parou de apertar, me fazendo ganhar tempo. Mas eu sabia que duraria pouco quando Carly segurou minha bunda para guiar meus movimentos. Sua respiração ficava cada vez mais intensa, e eu sabia que ela devia estar perto. Era bom porque minhas bolas estavam prestes a explodir.

Alguns segundos depois, senti sua boceta pulsando em volta de mim conforme ela fazia um som ininteligível. Foi quando, enfim, me perdi, acelerando minhas investidas para capturar cada último instante de seu orgasmo enquanto esvaziava o que pareciam fluxos intermináveis de gozo dentro dela. Não havia como voltar agora. Carly estava, para sempre, marcada por mim. Não poderia voltar atrás, e não queria. Na realidade, já queria fazer tudo de novo.

Em certo momento, os movimentos sincronizados dos nossos

corpos diminuíram para um balanço gentil, embora tenhamos ficado unidos. Cobrindo-a de beijos, aproveitei a sensação de movimentar meu gozo cada vez mais profundamente dentro dela — reivindicando-a, mesmo que só por uma noite.

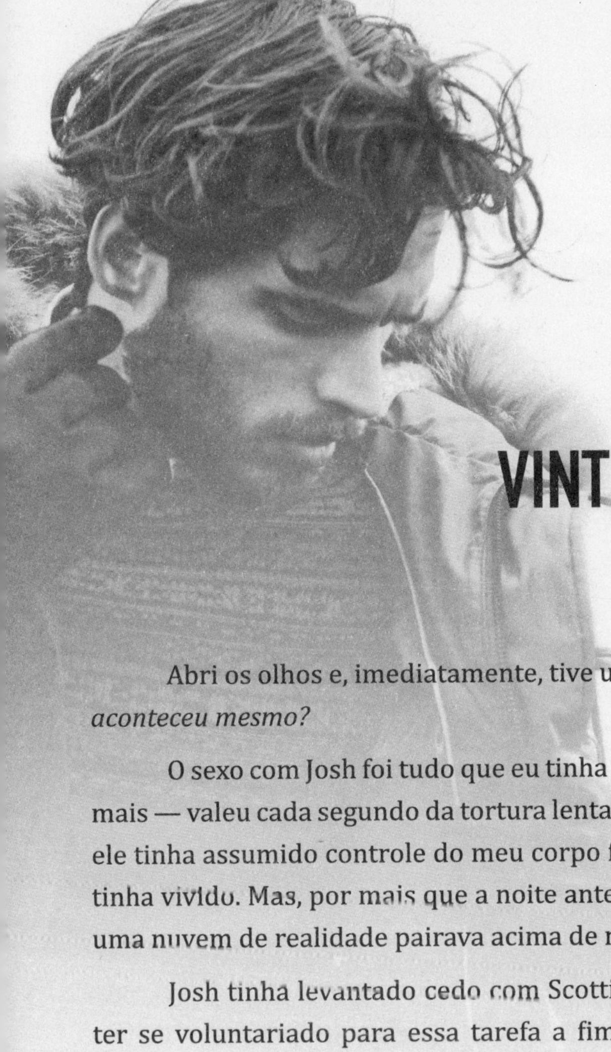

VINTE E QUATRO

Carly

Abri os olhos e, imediatamente, tive um pensamento. *Ontem à noite aconteceu mesmo?*

O sexo com Josh foi tudo que eu tinha imaginado ser. Na verdade, foi mais — valeu cada segundo da tortura lenta que levou a ele. A forma como ele tinha assumido controle do meu corpo foi diferente de tudo que eu já tinha vivido. Mas, por mais que a noite anterior tivesse sido maravilhosa, uma nuvem de realidade pairava acima de mim hoje.

Josh tinha levantado cedo com Scottie. Desconfiei que ele pudesse ter se voluntariado para essa tarefa a fim de evitar ter que conversar sobre o que tínhamos feito. Esse parecia ser o *modus operandi* dele. Esperava que ele não pensasse que eu tinha expectativas. Eu era esperta o suficiente para não permitir que meu coração fosse por aí. Nossos corpos, simplesmente, não mais haviam sido capazes de resistir. Não foi nada mais do que sexo incrível e primitivo. Eu havia aceitado isso, por mais agridoce que fosse. *Apenas sexo*. Pelo menos era disso que eu precisava continuar me convencendo como um mecanismo de sobrevivência.

De alguma forma, precisava garantir a Josh de que a noite anterior não mudava nada. Se ele se sentisse pressionado — ou pior, cheio de culpa

—, seria muito difícil suportar o resto do nosso tempo ali. Precisávamos um do outro e não poderíamos nos dar ao luxo de nos sentirmos estranhos vinte e quatro horas por dia.

Embora Josh e Scottie tomassem banho à noite na maioria das vezes, pude ouvir a água caindo no banheiro. Talvez Josh se sentisse sujo depois da noite anterior.

Me arrastei para fora da cama, pensando em ter um tempinho sozinha antes de ter que encará-lo.

Scottie saiu do banho primeiro. O cabelo dele estava molhado, e ele cheirava a algum tipo de pós-barba.

— Bom dia, amigão — gritei da cozinha. Como sempre, ele me ignorou.

Eu mesma ia precisar de um banho. Josh e eu tínhamos transado três vezes na noite anterior antes de, enfim, dormirmos. Provavelmente, eu havia dormido por quatro horas.

— Bom dia — Josh disse detrás de mim.

Minha mão paralisou na máquina de café antes de me virar para encará-lo. Só o som de sua voz grossa já me fez estremecer.

Deus, eu amei cada segundo de ontem à noite.

Ele só usava calça jeans. Meus olhos caíram para seu peito sem camisa, seu corpo era outro lembrete de todas as formas como ele entrara em mim. *Outro* lembrete, porque o maior era o fato de eu estar dolorida entre as pernas. Eu já o queria de novo, e isso seria um problema recorrente agora que eu sabia como era tê-lo.

— Bom dia. — Pigarreei. — Você resolveu tomar banho cedo, hein?

— Na verdade, Scottie estava muito suado quando levantou. Acho que pode estar com febre, então dei um banho nele para tentar esfriá-lo.

Fui até o sofá para sentir a testa de Scottie.

— Jesus. Tem razão. Ele está quente mesmo.

— Procurei um termômetro, mas não consegui encontrar — Josh explicou.

— Há um no armário da cozinha perto das antigas vitaminas de Wayne. — Fui pegá-lo.

Felizmente, era do tipo que você só passa pela testa porque eu não achava que Scottie nos deixaria colocar algo na boca dele. O termômetro apitou quando terminou, e ele estava com uma febre baixa mesmo.

— Pobrezinho — eu disse, mostrando o número para Josh.

— Vou comprar remédio para ele. — Josh vestiu a camisa e encontrou seu casaco.

Parecia que ele mal poderia esperar para fugir. Scottie precisava, sim, tomar algo para a febre, mas tive a impressão de que Josh precisava tomar um ar antes de encararmos a conversa inevitável sobre o que a noite anterior significava — ou não significava.

— Como podemos fazê-lo engolir ibuprofeno? — perguntei.

Josh coçou a cabeça.

— Me lembro de que Wayne costumava comprar para ele do tipo líquido e misturar no suco. Sabe, do tipo que fazem para crianças. É melhor do que nada.

— Ok.

— Precisa de algo enquanto estou fora?

De você não agindo estranho?

— Não, estou bem. — Eu sorri.

— Ok... Já volto.

Mais tarde, quando Josh voltou com um remédio de sabor cereja para Scottie e um Gatorade no qual o esconderia, trabalhamos juntos para descobrir a dosagem correta. A presença próxima de Josh não passou despercebida por mim conforme ele se debruçou em meu ombro a fim de ler a bula com letra pequena. Tentei meu máximo para controlar minha reação física, que estava pior do que nunca após a noite anterior. Eu nunca havia tido orgasmos tão intensos. Nunca ficara tão louca por alguém.

E, sim, perceber isso certamente me fez sentir ainda mais culpada. Brad era o amor da minha vida, e essa experiência deveria ter sido dele. Mas não foi... pertenceu a Josh. E, se eu fosse ser realmente sincera, por mais que tentasse me convencer do contrário, meu coração também estava começando a pertencer a Josh. Ou pelo menos a parte do meu coração que não tinha sido enterrada com Brad.

Mas eu sabia o que Josh poderia suportar, e não incluía eu me apaixonar por ele desse jeito. Ele tinha culpa demais não resolvida quando se tratava do seu melhor amigo. Eu não seria responsável por piorar isso.

Era apenas sexo. Esse seria meu mantra.

Após colocarmos o remédio no Gatorade, Josh foi até Scottie e se sentou ao lado dele. Tive arrepios conforme Scottie apoiou a cabeça no ombro de Josh, que falou, gentilmente, para ele beber a mistura. Josh seria um pai incrível um dia. Meu coração se apertou. Pensei se manteríamos contato depois que saíssemos de Woodsboro. Eu não conseguiria imaginar uma vida em que, pelo menos, não nos falássemos de vez em quando. Ironicamente, ele era tudo que eu tinha que restou de Brad. Talvez isso soasse perturbador depois da noite anterior. Mas era a verdade.

Após uns vinte minutos, Josh, enfim, se levantou do sofá. Ele acenou com o copo vazio.

— Bebeu tudo.

— Sério, você é meu herói por isso — eu disse.

— Espero que ele comece a se sentir melhor. — Ele foi até a cozinha para lavar o copo. — É estranho como a febre o deixa calmo. Percebeu que ele não ficou estereotipado esta manhã toda?

Estereotipias era o termo que usávamos para os comportamentos autoestimulatórios que Scottie exibia constantemente, coisas como bater palma e cantarolar.

— Sim — respondi. — É impressionante. Eles deveriam pesquisar isso, como as febres afetam autistas.

Josh assentiu.

— Tomou café nesta manhã?

— Não. — Massageei minha têmpora. — Me distraí e acabei não fazendo. Não me admira que minha cabeça esteja doendo agora.

— Vou fazer para nós — ele disse.

— Obrigada.

Conforme eu o assistia mexer com as cápsulas de café, percebi como ele estava tenso. Obviamente, eu sabia por quê. E não conseguia mais aguentar o silêncio.

— Acho que é bom conversarmos sobre ontem à noite ou é melhor não?

Josh congelou — literalmente parou tudo que estava fazendo e se apoiou no balcão.

Enfim, ele se virou para mim.

— Estive tentando pensar nisso. Não quero que pense que estou deixando isso para lá... exatamente o contrário. Não consigo pensar em outra coisa. Sinto muito se estive quieto.

— Eu sei. — Assenti. — Entendo. Ontem à noite foi...

— Incrível pra caralho — ele disse. — Mas não descobri como lidar com isso.

— Também não sei como lidar. Talvez seja só *não* lidarmos com isso e não colocarmos qualquer pressão um no outro para encontrar as palavras certas ou fazer isso ter sentido. — Dei de ombros. — O que aconteceu, aconteceu. Foi somente sexo.

Lá estava. Uma das maiores mentiras que eu já tinha contado.

Ele encarou o nada por um instante.

— Acho que é melhor não fazermos isso de novo.

Essa declaração veio sem surpresa. Foi a mesma coisa que ele tinha falado da primeira vez que havíamos brincado.

— Concordo — eu falei, apesar de ser a última coisa que eu queria. Nem pensar que eu ia insistir em algo para o qual ele não estava pronto. Talvez fosse melhor se recuássemos, agora que tínhamos tirado isso do caminho.

Silenciosamente, assistimos ao café pingar da máquina. Então meu celular tocou. Quando vi que era da agência de serviços sociais de Scottie, coloquei a chamada no viva-voz para que Josh também pudesse ouvir.

— Alô?

— Oi, é Carly Garber?

— Sim?

— Aqui é Maxine Gerard, do Johnson Pruitt Center.

— Sim...

— Não acredito que estou dizendo isto, mas parece que temos uma vaga no lar para o qual você se inscreveu. O que fica na Jones Avenue.

Josh e eu nos olhamos.

Ele arregalou os olhos.

Meu queixo caiu.

— Como isso é possível? — perguntei. — Nos disseram que poderia demorar meses, ou até anos, talvez.

— Bem, como às vezes acontece, membros da família decidem que um lugar diferente pode ser mais adequado. Havia um morador que parecia ficar bem agitado por outro nesta casa em particular, então a família o transferiu para um lar do outro lado do estado. E eles foram aprovados.

— Quando essa vaga ficará disponível? — indaguei.

— Bem, a transição não acontecerá antes do ano-novo. Com o Natal a apenas uma semana, tudo fica um pouco mais devagar. A data oficial da mudança do morador atual é três de janeiro, e então vamos precisar de uns dias para preparar o espaço para Scottie, se escolherem aceitar a vaga.

— Em quanto tempo temos que decidir? — Josh questionou.

— Posso dar até o fim de amanhã para vocês. Sinceramente, Scottie não era o primeiro da lista de espera, mas achamos que ele seria mais adequado para este lar em particular, porque ele é bem calmo. Nem todo lar é bom para todo mundo. No entanto, não podemos dar muito mais do que um dia para decidir, já que precisamos dar andamento a toda a papelada de transição e passar a oportunidade para outra pessoa, se vocês não forem aceitar. E, já que Lorraine Longo é, oficialmente, a parente mais próxima de Scottie, ela que vai precisar assinar tudo, embora eu saiba que ela nos instruiu para comunicarmos vocês primeiro.

— Ok... Bem, Josh e eu vamos conversar e manter Lorraine informada. Retornaremos para vocês amanhã. — Coloquei a mão no meu peito a fim de tentar conter meu coração disparado. — Devo ligar de volta neste número?

— Sim, será perfeitamente adequado.

Josh falou por cima do meu ombro.

— Obrigado por ligar, Maxine.

Depois de desligar, encarei a sala de estar em transe.

Scottie estava ali sentado, jovial e de rosto vermelho, alheio a essa reviravolta gigante na vida dele.

— Puta merda — Josh murmurou.

Apertei minha barriga como se estivesse prestes a vomitar.

— Eu sei.

— Não estava esperando que fosse tão rápido. E você?

Balancei a cabeça.

— Não mesmo.

A expressão de Josh parecia preocupada.

— Não estou pronto...

— Será que *um dia* estaremos prontos, Josh?

Ele franziu o cenho.

— Provavelmente, não.

— É tipo... tenha cuidado com o que deseja, certo? — Suspirei. — É por isso que estivemos trabalhando desde o início, mas agora que está acontecendo, é assustador. Eu também fico pensando se é isto que eles realmente iriam querer...

Ele franziu a testa.

— Quer dizer Wayne e Brad?

— Sim. — Assenti. — Eles não veriam problema nisto ou iriam querer que a gente ficasse?

Josh desviou o olhar.

— Acho que eles nunca esperariam que ficássemos.

— Não o que eles esperariam, mas o que iriam querer? Será que iriam querer que ficássemos se estivéssemos dispostos? — Balancei a cabeça. — Acho que não importa. Obviamente, não é viável. Fico dizendo a mim mesma que o lar tem mais recursos para ele do que nós.

— Precisamos seguir com nossa vida, assim como Scottie — ele disse. — Vai precisar de um pouco de ajuste para todos nós, porém escolher o lar é o melhor.

A expressão triste dele me dizia que ele estava tentando se convencer, assim como eu.

— É. — Esfreguei o braço dele. — Isto é uma coisa boa. Mas ainda temos até amanhã para decidir. Embora eu não tenha certeza do que nos deteria.

— Não há nada que me deteria... e para você? — Ele olhou nos meus olhos.

Todo motivo me detendo seria egoísta. Eu não queria deixar Josh, e parte de mim tinha se apegado de verdade a Scottie, apesar do quanto era trabalhoso cuidar dele. Mas, no fim, Scottie precisava de cuidados contínuos, e eu precisava voltar à minha vida na Califórnia. Eu sabia, em meu coração, que, por mais que Brad amasse seu irmão, ele nunca aceitaria que eu desistisse da minha liberdade para cuidar de Scottie em tempo integral.

— Não há nada que me deteria — respondi finalmente.

— Então acho que está combinado. — Ele soltou uma respiração demorada.

— Só vamos ligar para eles amanhã com Lorraine e dizer que aceitamos.

Josh pareceu perdido em pensamentos ao murmurar:

— É.

Um clima sombrio nos seguiu pelo resto desse dia. A única coisa boa foi que o remédio de Scottie parecia estar funcionando, e a febre passou. Tentamos fazê-lo comer, porém ele não tinha apetite, o que era compreensível. E o ibuprofeno ou a febre o fazia se sentir sonolento, então ele foi dormir mais cedo do que o normal naquela noite.

Josh se sentou com ele em seu quarto até Scottie apagar totalmente, e eu estava na lavanderia minúscula tirando roupa da máquina quando ele, enfim, apareceu. Eu o senti vindo por trás de mim.

Quando envolveu o braço na minha cintura, fechei os olhos. Meu corpo rapidamente voltou a um lugar de rendição completa. O toque dele fazia meus joelhos fraquejaram.

— Disse a mim mesmo que não encostaria em você de novo — ele falou, apertando sua mão na minha cintura.

— Como está sendo para você? — Suspirei, jogando a cabeça para trás a fim de encontrar o calor da respiração dele no meu pescoço.

— Nada bem... — O ronco de sua risada gentil balançou contra minhas costas. Então senti a carícia quente de seus lábios em meu pescoço, o arranhar de seu queixo com barba por fazer.

— Estou morrendo de fome, Carly. — Ele falou em minha pele, sua ereção me pressionando. — Viu todas as marcas que deixei em você ontem à noite?

— Uhum.

— Fiquei olhando para elas o dia todo, querendo fazer mais. — Ele chupou meu pescoço. — Não consigo parar de pensar em foder você, do meu gozo dentro de você. Ficava duro toda vez que você simplesmente passava por mim hoje. Sinto que estou ficando louco.

— Pensei que tivesse dito que era melhor pararmos. — As palavras saíram da minha língua preguiçosamente conforme joguei a cabeça para trás de novo.

— Sei o que falei — ele sussurrou. — Só mais uma vez. Podemos parar tudo amanhã.

Eu estava tão excitada que nem consegui responder com palavras. Simplesmente assenti e respirações irregulares escaparam de mim. Isso era muito fácil de decidir, considerando que eu o desejara de novo desde o segundo em que levantei da cama naquela manhã. Não havia nada que eu não arriscaria para ter Josh dentro de mim mais uma vez.

O calor de sua protuberância dura pressionada em minha bunda. Minha calcinha já estava ensopada. Josh baixou a mão e tirou minha calça de yoga. Parando de repente de tirá-la, ele a deslizou para o lado.

— Sempre quis te foder contra esta coisa. Tantas vezes entrei aqui enquanto você estava lavando roupa, e fiquei duro pensando no que queria fazer com você.

Empurrei minha bunda contra ele. Então ouvi o zíper dele e, quando vi, ele entrara em mim em uma investida forte que pareceu como puro nirvana.

Ele gemeu.

— Caralho... você já está muito molhada.

O nome dele se desenrolou da minha língua em uma arfada.

— Josh...

— Não fale meu nome. Vai me fazer gozar.

Abri mais as pernas e apoiei as mãos contra a máquina de lavar.

— Isso, abra mais para mim, querida.

Josh investiu com força, entrando e saindo de mim com tanta rapidez que dava para ouvir o som molhado do meu tesão. Havia algo muito excitante em ser fodida por alguém que você costumava odiar. Só adicionava mais combustível ao fogo.

— Josh.

— O que falei sobre dizer meu nome?

— Josh... — zombei de novo.

Ele me fodeu mais forte, agarrando meu cabelo e o puxando. Resolvi fazer aquela coisa que o deixava louco. Apertei meus músculos e soltei.

A respiração de Josh ficou superficial.

— Você deve querer que eu termine agora mesmo.

Arfando, suspirei:

— Quero.

— Mal posso esperar para te encher com minha porra de novo.

Isso acabou totalmente comigo. Com meu clímax subindo para a superfície, diminuí o movimento dos meus quadris e baixei a mão para meu clitóris a fim de me fazer chegar lá. Josh estocou em mim com mais intensidade e se soltou em seu próprio alívio, a sensação quente de seu gozo deixando o fim do meu alívio ainda mais doce.

Essa foi a vez mais rápida que alguém já tinha me feito ter um orgasmo. Era para ser um sexo na lavanderia — bruto, rápido e nada mais. No entanto, conforme seu calor me preencheu desta vez, meu coração pareceu pronto para explodir. Eu *iria* ter meu coração partido — pelo último homem na Terra que já imaginei que teria esse poder.

Enquanto entrava e saía de mim, Josh falou no meu pescoço.

— Foi incrível, linda.

Quando ele saiu, me virei para olhar para ele. Os olhos dele ainda estavam enevoados, bêbados com desejo persistente. O peso em meu peito se tornou demais para suportar — principalmente com a notícia que tínhamos recebido naquela manhã. Eu precisava dizer a ele.

Envolvi as mãos no rosto dele e soltei:

— Não tenho sido sincera com você.

— Do que está falando?

— Meus sentimentos são mais fortes do que deixei transparecer. — Coloquei a mão dele em meu coração para que ele pudesse sentir como batia por ele. — Não me sinto mais morta por dentro, Josh. Você fez isso. Mas acho que é uma boa ideia se pararmos agora. Estou começando a sentir *demais*. Logo, não estaremos juntos, e é melhor se pararmos antes de nos prejudicarmos mais.

Ele fechou os olhos.

— Desculpe. É tudo culpa minha.

Ele se aproximou mais, apoiando a testa na minha.

— Sou fraco pra caralho.

— Você não é o único — eu disse. Dava para sentir seu gozo pingando pela minha coxa.

Eu já o queria de novo, meros segundos depois de ter falado para ele que precisávamos parar. Mas o problema? Não apenas o queria dentro de mim, eu o queria na minha cama naquela noite — me abraçando. Estava começando a querer *tudo* com Josh — coisas que, provavelmente, ele não estava disposto a me dar. Era precisamente por isso que precisávamos recuar.

VINTE E CINCO

Josh

Na manhã seguinte, encontrei meu irmão Michael para tomar café da manhã. Meu plano era continuar negando que tinha acontecido algo sexual entre mim e Carly. Infelizmente, meu irmão conseguiu enxergar através da minha fachada.

— Carly e Scottie vão comigo para sua casa no Natal — avisei a ele. — Espero que não tenha problema...

— Está brincando? — ele disse com a boca cheia de panqueca. — Quanto mais, melhor. Vou avisar Vanessa. Ela vai ficar empolgada.

— É, e pode falar para Vanessa adicionar Carly e Scottie ao amigo secreto?

— Pode deixar. Ela ficará animada.

— Valeu. — Peguei um sachê de açúcar e o esvaziei na minha caneca, agitando-o repetidamente.

— Então... o que aconteceu na outra noite, depois que Carly chegou em casa do encontro dela? Você nunca me contou nem respondeu minha mensagem.

Não falei nada enquanto mexia meu café, mas, aparentemente, ele enxergou algo na minha cara. Ou talvez fosse o fato de eu não ter olhado para ele.

— Você dormiu com ela...

Merda. Não havia por que negar. Batendo minha colher na caneca, enfim, encontrei os olhos dele.

— Só... aconteceu. Fiquei com um ciúme do caralho. E você tinha razão. Ela estava me mandando mensagem de lá. Mas o que quer que tenha acontecido conosco naquela noite, acabou.

— Espere, então você realmente dormiu com ela *naquela* noite depois que ela voltou?

Assenti, murmurando:

— Foi a primeira vez, pelo menos...

— E espere... O que você quer dizer com *acabou*? Não começou agora? Isso foi só há duas noites.

— Nós decidimos... — Me fiz parar. — Bem, na verdade, *ela* decidiu mais recentemente que precisamos parar. E está certa. Não ficaremos por muito mais tempo aqui em Woodsboro.

— Como assim?

— Essa é uma das coisas que eu queria te contar. — Forcei um sorriso. — Scottie conseguiu um lar.

— Não pode ser. Pensei que fosse demorar um ano ou mais.

— Nós também. Mas eles têm uma vaga para ele. Vai se mudar depois do ano-novo.

— Uau. — Meu irmão olhou para fora pela janela. — Preciso dizer... Estou meio chocado. Estava meio que esperando que você ficasse um pouco mais por aqui.

É. Eu também.

— Tudo acontece por um motivo. Não posso voltar atrás do que fiz com Carly. E, sinceramente, não iria querer. Mas sexo e amor são duas coisas diferentes. Se fôssemos nos envolver mais... não seria bom. Já é bem ruim eu ter transado com ela, mas qualquer outra coisa a mais não pertence a mim. Sempre vai pertencer a Brad. Não tenho direito de tentar continuar com ela de onde ele parou. — Massageei minhas têmporas. — Deus, isto é tão bizarro.

— Vocês só são humanos, Josh. É perfeitamente natural ter os sentimentos que vocês têm um pelo outro. Principalmente porque passaram pela mesma perda. Sei que é a parte irônica, mas, provavelmente, é isso o que mais une vocês.

Minhas entranhas se reviraram ao pensar que Brad era o nó que unia Carly e eu. Mudei de assunto.

— Enfim, vamos à fazenda de árvores de Natal de Pete hoje. Vamos tentar levar Scottie. Ver como vai ser.

Michael sorriu.

— Tenho certeza de que ele vai gostar do chocolate quente.

— Não sei se ele sequer vai beber aquela coisa. Ele é seletivo quanto a escolhas de comida. Mas me lembro de que ele costumava gostar das luzes da árvore de Natal de Wayne. Visto que este será o último Natal dele naquela casa, eu não poderia não comprar uma árvore para ele. — Senti meus olhos começarem a lacrimejar. — Que porra! Quase chorei ao pensar que ele nunca mais vai voltar.

Meu irmão balançou a cabeça.

— Certo, agora você vai me fazer chorar. Dois homens adultos chorando em cima da maldita panqueca deles no meio de uma lanchonete. Não pega bem.

Carly estava pronta para ir quando voltei para casa naquela tarde. Eu tinha lhe enviado mensagem para falar para ficar preparada. Ela parecia uma princesa da neve, vestindo um casaco branco com um gorro branco combinando e um cachecol de doces de bengala listrados.

— Você está linda — eu disse a ela. Não consegui me conter.

Ela girou.

— Pensei em entrar no clima de espírito de Natal.

Nem sequer um minuto em casa, e eu desejava poder envolver as pernas dela em mim e tê-la contra a parede. Viver esses últimos dias sem encostar nela seria excruciante.

Em vez de agir no impulso de beijar o Natal para fora dela, peguei o casaco de Scottie.

— Está pronto para ir, amigão? Vamos comprar uma árvore de Natal!

Pareceu que ele entendeu porque não nos deu problema para vestir o casaco. Com bastante frequência, ele resistia quando tentávamos tirá-lo de casa, mas, felizmente, não hoje.

A caminho da fazenda de Pete, liguei na rádio em que tocava músicas natalinas. Misturava-se com os sons do iPad de Scottie no banco de trás.

Quando chegamos, o lugar estava lotado — sem surpresa, já que estava se aproximando bastante do Natal. No entanto, eles ainda tinham bastante mercadoria. Havia fileiras de árvores de todos os tamanhos e larguras imagináveis alinhadas no campo aberto, fornecendo o cheiro da temporada no ar. Flocos de neve começaram a voar, o que adicionou o clima perfeito de festas. A nostalgia me inundou. Eu ia ali desde que era criança, geralmente com os Longo — e Brad. Então uma onda de culpa me acertou.

Como eu desconfiava que Scottie não iria querer ficar ali por tanto tempo, levei os dois para uma parte onde havia muitas árvores menores.

Apontei para uma delas.

— Que tal esta? Está bonita por inteiro.

— Acho que é perfeita. — Carly se virou para Scottie. — Você gostou desta árvore?

Ele emitiu algo ininteligível e saltitou.

— Parece que Scottie gostou, então acho que é esta. — Eu sorri, arrancando a etiqueta da árvore, para levar ao caixa. — Por que não fico na fila para pagar com ele? Você se importa de ficar na fila para o chocolate quente para não perdermos tempo? Já estou vendo que ele está inquieto.

— Nem um pouco. É um bom plano.

A fila para pagar andava a passo de tartaruga. Uma rajada de vento levou todo o meu dinheiro embora, então me apressei para pegar as notas antes de sumirem para sempre. Tirei os olhos de Scottie por não mais do que três segundos. Mas só precisou disso.

— Ei! Pare! É meu! — Ouvi uma criança gritar atrás de mim. — Aquele homem acabou de pegar meu iPad!

Quando vi, o pai do garoto estava enforcando Scottie.

Meu coração quase parou.

— Por favor! Solte-o! — implorei, arrancando Scottie do homem. — Ele não sabe o que fez! — gritei.

— Qual é o problema dele, pegando o iPad do meu filho? — o homem se enfureceu.

— Ele é autista — respondi, ofegante. — Não sabe o que é certo e errado. Ama iPads, então pensou que...

Os olhos do cara se mexeram de um lado a outro, confusos.

— Bem, então fique mais de olho nele. — Então, ele levou o garoto de nariz em pé para longe.

Carly chegou correndo até nós, parecendo esgotada.

— O que aconteceu, Josh? Vi o tumulto, então saí da fila.

— Me virei por, literalmente, três segundos, e Scottie pegou o iPad de um menino. O pai pensou que ele fosse um ladrão. Quase o machucou. — Minha voz falhou.

— Ah, não. — Ela cobriu a boca.

— Eu não deveria ter tirado os olhos dele.

Ela esfregou meu braço.

— Não é culpa sua, Josh.

— É, sim. Virei as costas. Poderia ter acontecido qualquer coisa.

— Poderia ter acontecido com qualquer um de nós. Não é fácil tirá-lo de casa. Não tinha como saber que ele faria isso. Ele é bem instável às vezes.

Ela segurou a mão de Scottie e usou a outra mão para passar os dedos levemente pelo meu cabelo.

— Tudo bem. Você fez tanto por ele… por nós dois nesses últimos meses. Se dê um pouco de folga, ok? Ele está bem. Estamos todos bem.

Estamos todos bem.

Só que eu sentia o vazio por dentro do nosso tempo juntos estar acabando. E o pobre Scottie nem sabia o que viria.

Estamos todos bem.

Fechando os olhos, aproveitei a sensação do toque de Carly, o que me trouxe bastante conforto. *Nada merecedor*.

Balancei a cabeça para sair dessa névoa.

— Certo. Chega. Vamos pegar a árvore e ir para casa.

O resto do nosso tempo foi bem tranquilo. Amarrei a árvore ao topo do carro de Carly e, depois de Scottie estar seguro no banco de trás, assistindo em seu iPad, eu o deixei com Carly e voltei para a fila a fim de pegar chocolate quente para nós para a volta para casa. Falei para eles colocarem leite extra no de Scottie para que não ficasse quente demais. Ele pareceu gostar.

Have Yourself a Merry Little Christmas, de The Carpenters, tocou no rádio na volta. O som calmante da voz da cantora me tranquilizou um pouco. Jurei não deixar o que aconteceu naquela tarde arruinar o resto da nossa noite.

De volta em casa, conforme Carly e eu arrumávamos a árvore de Natal, Scottie pulava em volta, ouvindo Elton John ao contrário. Normalmente, ele ficaria sentado ou fugiria para seu quarto, então parecia que ele estava ficando conosco de propósito naquela noite. Ele sabia que teria luzes, e era muito fofo vê-lo tão empolgado — principalmente por uma coisa que não era um eletrônico. Inspirando fundo o cheiro de pinheiro fresco, eu o deixei me levar de volta por um instante para os muitos Natais que passara naquela casa.

Carly foi para o quarto por um instante e voltou com uma caixa vermelha enorme.

— Tenho uma surpresa.

Parei de mexer nas luzes penduradas.

— O que é?

— Há um tempo, encontrei esta caixa de decorações de Natal. Sei que compramos uns enfeites no Walmart, mas podemos adicionar uns dos Longo também.

— Puta merda, Carly. Isso é incrível.

Abrimos a caixa juntos. As bolas estavam embrulhadas em papel-toalha e, cuidadosamente, desembrulhamos cada uma. Algumas pareciam ser muito antigas. Uma tinha o nome de Brad escrito em glitter.

Em certo momento, Carly ergueu outra e disse:

— Josh, veja...

Uau. Aí está.

— É sua. — Ela sorriu.

Ainda me lembrava do dia em que Brad e eu tínhamos nos sentado à mesa da cozinha e feito aquelas bolas com Yvonne. Eu sempre tinha amado ver meu nome na árvore todo ano. O Natal ali parecia uma verdadeira festa, diferente da cena deprimente na casa do meu pai. Depois que minha mãe foi embora, ele nunca mais montou árvore de Natal.

— Fizemos uma para Scottie também naquele dia — lembrei. — Deve estar aí em algum lugar.

Em certo momento, encontrei o enfeite de Scottie, junto com muitos outros sentimentais dos quais me lembrava. Penduramos todos eles e não precisamos de muitos do Walmart. Não havia mais espaço.

Então tive uma ideia.

— Já volto — eu disse ao desaparecer no quarto de Scottie.

Eu sabia que ele tinha glitter que Lauren havia trazido para fazer arte e trabalhos com ele. Encontrei cola também. Voltei para a sala de estar e peguei um dos enfeites do Walmart, cuidadosamente usando a cola para escrever CARLY antes de jogar brilhos por ele todo. O glitter acabou por todo o chão, mas ninguém pareceu se importar.

— Você faz parte desta família estendida agora. Merece um lugar na árvore — eu disse a ela. — Só precisamos deixar secar.

Carly sorriu para minha criação bagunçada.

— Obrigada, Mathers.

— Acho que, depois do Natal, vou pegar todos esses enfeites e os guardar na casa do meu pai, para não se perderem. Lorraine, provavelmente, só vai jogar tudo fora se não pegarmos o que quisermos antes de ela vender este lugar.

Carly franziu o cenho.

— Nem consigo pensar nisso. Me deixa tão triste pensar que, assim que Scottie entrar no lar, ele nunca mais vai voltar aqui. Mas você está certo. Ela já mencionou que precisa do dinheiro.

Coloquei o braço em volta de Carly para um abraço lateral.

— Tudo isso é péssimo, Abóbora.

Olhamos para Scottie, que estava com o rosto praticamente enterrado nas luzes da árvore de Natal.

— Olhe para ele — ela disse. — Está tão feliz agora.

Dei risada.

— Teria colocado essas luzes bem mais cedo se soubesse o quanto ele ficaria maravilhado.

— Ele não é tão difícil de agradar. Só precisa de um lugar seguro para viver, energia e do frango dele. E agora de luzes. — Carly se virou para sorrir para mim e me flagrou encarando-a. — O que foi?

— Nada.

Queria tanto beijá-la. Era nisso que eu estava pensando. Queria poder beijá-la a noite toda e finalizar a noite dentro dela. Mas sabia que meus sentimentos por ela eram bem mais do que sexuais. Era diferente de qualquer coisa que já sentira. Eu tinha um desejo profundo de fugir para ela, abraçá-la e dormir com ela nos meus braços. Me tornar um com ela. A forma como ela me confortara na fazenda de árvores de Natal — tudo que ela fizera foi me tocar, e tudo parecia melhor. Ela sempre melhorava tudo. Ela melhorava minha vida. Ela *me* melhorava. E isso me assustava. Porque estávamos prestes a ficar longe um do outro para sempre. *Porque precisávamos.*

VINTE E SEIS

Carly

Três tipos diferentes de bolo de frutas. Martinis de doce de bengala. Castanhas assadas. A cunhada de Josh, Vanessa, tinha preparado um banquete para a véspera de Natal. Era muito legal ela e Michael terem me aceitado na festa de braços abertos.

No entanto, o clima festivo da noite era agridoce. Josh e eu estávamos nos aproximando do fim do nosso tempo em Woodsboro. Em menos de duas semanas, Scottie se mudaria para o lar, e Josh e eu voltaríamos de onde tínhamos vindo. Eu nunca tinha desejado tanto parar o tempo.

Havia colocado minha melhor roupa de festa, um vestido vermelho brilhante, porém o clima era casual na casa de Vanessa e Michael. Na verdade, Vanessa usava um pijama xadrez comum. Então talvez eu estivesse bem-vestida demais. *Ah, tudo bem.* Scottie já havia se plantado ao lado da árvore de Natal com seu iPad, e Josh estava no canto da sala com o sobrinho, Max, ajudando-o a montar seu brinquedo novo. A sobrinha dele, Maya, estava com a mãe na cozinha enquanto Michael assistia TV com o pai deles. Ficamos sobrando eu e Neil no buffet, prestes a ter uma conversa desconfortável.

— Eu só queria falar oi — ele disse. — Tirar o desconforto do caminho. — Ele pegou uma azeitona e a jogou na boca.

Coloquei uma mecha de cabelo atrás da orelha.

— Obrigada. Tenho certeza de que você preferiria aproveitar o Natal da sua família sem seu encontro fracassado aparecer.

— Está brincando, Carly? Estou feliz que você e Scottie estejam aqui.

— Obrigada, Neil.

— E, de verdade, não há nenhum rancor.

Ele pegou um martini de bengala.

— Agora sei que nunca poderia ter dado certo entre nós.

— Por quê? — Eu tinha quase medo de perguntar.

— Você não sabe? — Ele deu um gole na bebida dele e olhou em volta. — Posso te contar uma coisa, só entre nós?

— Claro... — Também precisava de um martini, então peguei um.

— Nunca vi meu irmão olhar para alguém do jeito que ele olha para você. Sei que há motivos pelos quais ouvir isso possa ser agridoce. Mas é só uma observação. Também percebi o jeito que você falou dele em nosso encontro. Talvez vocês dois estejam em negação. Mas vejo que se gostam.

Dei um gole demorado na minha bebida.

— Você tem razão. Mas, como tenho certeza de que sabe, é uma situação complicada.

— Ah, eu sei. — Ele colocou sua bebida no balcão. — Mas... acho que Josh, às vezes, complica as coisas quando não precisa. A vida é uma bagunça, sabe? — Ele suspirou. — Mas também entendo o dilema neste caso. Acho que o que quero dizer é que, independente do que aconteça entre você e Josh, desejo a vocês dois o melhor depois de irem embora de Woodsboro. Realmente me admiro por vocês terem assumido a responsabilidade de cuidar de Scottie.

Eu sorri.

— Eu não conseguiria ter feito isso sem Josh.

— Sei que ele fala a mesma coisa sobre você.

— O que é isso? Está tentando ter sua chance de novo? — Josh repreendeu conforme chegou, interrompendo nossa conversa.

— E se estiver? — Neil provocou, dando uma piscadinha para mim. — Na verdade, Carly acabou de me informar que acha que eu sou o irmão mais bonito.

— Bem, agora sei que ela já bebeu demais. — Josh sorriu para mim, e isso me fez arrepiar.

— Foi bom conversar, Carly. — Neil pegou sua bebida. — Vou ver se Vanessa precisa de ajuda.

Me senti corando.

— Você está bem? — Josh perguntou.

— Sim. Neil é tão legal. Sua família inteira é incrível.

Josh estava muito bonito naquela noite com uma blusa marrom justa. Eu queria cravar minhas unhas nela. Era eu que tinha criado essa regra de sem-sexo-de-novo, porém estava sendo difícil cumprir. Queria Josh a todo segundo de todo dia, e aquela noite não era exceção.

Os olhos dele desceram para meu decote. Meu vestidinho vermelho provavelmente deixava pouquíssimo para a imaginação para uma reunião familiar. Eu tinha visto Josh me secando inúmeras vezes naquela noite e, toda vez, isso me dava um arrepio. Embora eu tivesse jurado não deixar nada acontecer entre nós, ainda desejava sua atenção e qualquer confirmação de seu desejo. Era meu consolo.

Ele pigarreou quando ergueu de novo os olhos.

— Vanessa queria que eu te avisasse que já vamos trocar presentes.

— Ah, legal.

Peguei minha bebida e segui Josh para a sala, me sentando ao lado dele no menor dos dois sofás. O calor da coxa dele aqueceu minha pele, e eu sentia bem entre as pernas. Dando um longo gole no meu martini, eu esperava adormecer o sentimento torturante.

Vanessa sentou-se no chão no meio da sala com um saco enorme cheio de todos os presentes do amigo secreto. Alguns deles tinham sido embrulhados em papel xadrez, que combinava com o pijama dela.

Ela enfiou o braço dentro do saco.

— Certo, vou passar os presentes e, depois, será a vez de cada um da sala abrir.

O pai de Josh, Tom, foi o primeiro. Ele era a pessoa que eu tinha tirado. Josh havia me contado que o pai dele era um pescador ávido, então eu comprara uma rede de pesca na Bass Pro Shops. Tive arrepios enquanto o via abrir o presente, torcendo muito para ele não se decepcionar.

Depois que o sr. Mathers viu que os itens eram de mim, ele se levantou e me deu um abraço.

— Carly, eu mesmo não teria escolhido um presente melhor. Obrigado, querida. Como sabia do que gosto?

— Um passarinho me contou. — Olhei para Josh, que estava sorrindo para nós.

O pai dele parecia ser fofo, e fiquei brava pela esposa tê-lo enganado e aos seus filhos. Eu havia crescido sem pai por perto, então admirava o bom pai que Josh e os irmãos tinham.

Vanessa era a próxima a abrir o presente: uma cesta de café da Starbucks e várias canecas.

— Meu marido me conhece muito bem. — Ela se levantou para dar um beijo em Michael. — A Starbucks mais próxima fica a quarenta minutos daqui — ela explicou para mim. — Então é uma viagem quando eu consigo ir.

Em seguida, Scottie abriu o presente de Vanessa: um tablet Kindle Fire novinho. Como se ele precisasse de outro eletrônico. Mas, aparentemente, ela sabia que era a forma mais rápida de chegar ao coração dele. Ele nunca poderia ter eletrônicos suficientes.

— Só no caso de acabar a bateria de todos os outros de uma vez, Scottie. — Ela sorriu.

Ele tinha levado muitos outros naquela noite, porém Scottie examinou o novo aparelho com grande interesse. Ela já o tinha carregado com muitos dos apps preferidos dele. Josh deve tê-la ajudado com isso.

Em seguida, as crianças abriram seus presentes. Elas haviam se tirado. Max havia comprado roupas da Hollister para Maya, e ela comprara um cartão-presente de uma loja de jogo e umas balas.

Na minha vez, só havia algumas possibilidades restantes para meu amigo secreto. Quando abri o cartão em cima da caixa, fiquei tonta ao ver que dizia: *Para Carly, de Josh.* Uma sensação quente e indistinta me tomou. Pensei se havia sido sorte ou se Josh tinha mexido uns pauzinhos.

Eu pensara que meu coração estava preenchido um segundo antes, mas, quando abri a caixinha, achei que ele fosse explodir. Dentro, havia uma pulseira de prata com um monte de pingentes. Olhei cada um deles com atenção — uma casinha, um cachorro, sorvete... e um limão. Muitas das nossas "coisas". No entanto, o que mais me emocionou foi o pingente de três pessoas dando as mãos: uma garota entre dois meninos. Meu primeiro instinto foi pensar em Josh, Brad e eu, por mais louco que fosse. Mas não fazia sentido. Éramos Scottie, Josh e eu. Nossa família improvisada que estava prestes a ser desfeita.

— Josh, isto é... — Eu não conseguia encontrar as palavras para expressar o quanto isso era fofo.

— Pensei em imortalizar esta época maluca, já que está prestes a chegar ao fim.

— É linda. Obrigada. — Meus olhos começaram a lacrimejar. — De verdade, é a melhor coisa que eu poderia ter ganhado.

— Por nada. — Os olhos dele encontraram os meus. — Fico muito feliz que tenha gostado.

Todos os olhos da sala pareciam estar em nós conforme fui até ele, envolvendo meus braços em seu pescoço. Me perguntei se meu esforço para disfarçar meus sentimentos estava tão óbvio para os outros quanto estava para mim.

Então, Josh abriu o fecho e colocou a pulseira em mim. Até o contato da mão dele em meu pulso me dava frio na barriga.

Os últimos presentes foram sendo abertos. Continuei olhando para a pulseira e pensando em nosso período chegando ao fim. Assim que Josh e eu voltássemos às nossas respectivas cidades, aquela época seria somente uma lembrança. Pelo menos eu teria essa pulseira para me lembrar.

Após todo mundo ter recebido presente, nos sentamos para jantar. Tínhamos levado o frango de Scottie, e eu o peguei na cozinha e o esquentei no forno elétrico.

Enquanto comíamos, Josh e eu conversamos com vários membros da família à mesa de jantar, contudo, de vez em quando, eu o flagrava roubando olhares para mim. Os olhos dele, silenciosamente, me diziam que ele estava com dificuldade por causa do mesmo desejo que eu sentia naquela noite.

Depois do jantar, voltei para a cozinha a fim de levar meu prato para a pia. Segundos depois, Josh entrou e, por um instante, nós dois ficamos sozinhos. Os pelos do meu pescoço se eriçaram conforme ele chegou por trás de mim enquanto eu estava em frente à pia. A última vez que ele tinha ficado tão perto, acabamos transando contra a máquina de lavar roupa.

Quando me virei, o rosto dele estava a apenas centímetros do meu.

— Não era só sexo, Abóbora. Esse é o problema. — Ele se apoiou, bem delicadamente.

Meus lábios se abriram, desesperados para se conectar aos dele.

Um segundo depois, a sobrinha de Josh entrou saltitando na cozinha. Ele recuou imediatamente.

— Tio Josh, venha ver meu skate novo!

Ela o arrastou, deixando-me sozinha com o coração palpitando.

VINTE E SETE

Josh

Os dias seguintes ao Natal passaram rápido demais. Eu havia conseguido manter meu juramento, portanto, meu pau dentro da calça. Merecia uma porra de um prêmio por isso. Um prêmio de consolação, pelo menos. Quase tinha escorregado inúmeras vezes, no entanto, no fim, eu sabia que precisava respeitar os desejos de Carly e minha própria promessa de não deixar o que ela e eu tínhamos começado crescer para algo de onde não poderíamos voltar.

Foi como se eu piscasse e, de repente, ali estávamos nós, levando Scottie para seu novo lar. O dia da mudança foi surreal, embora tivéssemos feito tudo que podíamos para nos preparar. Carly e eu havíamos nos revezado para ir ao lar novo dele nos últimos dias, levando as coisas de Scottie lentamente. Nosso objetivo era tornar o quarto dele ali tão parecido quanto possível com o quarto de casa. Mas não pudemos levar tudo. Simplesmente não tinha espaço. Carly havia emoldurado uma foto de nós três e colocado na mesa de cabeceira dele. Minha cunhada a havia tirado na festa da véspera de Natal. Eu só poderia torcer para que, quando Scottie olhasse para a foto, não nos odiasse por abandoná-lo.

Carly e eu, agora, estávamos sentados um de cada lado da nova cama dele, ainda sem querer ir para casa. Era para já termos ido embora.

— Isto não parece certo — eu disse.

Carly olhou para Scottie, que estava jogando no iPad. Ele não parecia entender a magnitude daquele dia ou, pelo menos, não estava demonstrando.

— Meio que queria poder passar a noite com ele ou algo assim — ela falou.

— Não podemos. Isso até tornaria pior e mais difícil para nós o deixarmos aqui.

— Sim. — Ela tirou um fiapo do lençol dele. — Acho que esta é uma daquelas situações em que você precisa arrancar o curativo.

Isso meio que me lembrou do que eu teria que fazer com meus sentimentos por ela — me afastar de tudo de uma vez. Não apenas precisávamos nos despedir de Scottie naquele dia, como também nos despediríamos um do outro no dia seguinte.

— Já confirmei com Lorraine que ela vai trazer o frango dele na sexta-feira — Carly disse. — A porção que fiz só deve durar até lá.

— Espero que ela cumpra isso. — Olhei para fora pela janela; estava começando a chuviscar.

Carly segurou na cabeceira.

— Me pergunto quanto tempo vai demorar para ele pular nesta cama e quebrá-la.

— Dou dois dias. — Dei risada. — Tenho certeza de que, da próxima vez que um de nós visitar, haverá um colchão no chão. Eles vão aprender a lição.

Alguém apareceu na porta.

— Vamos servir o jantar em breve. Vocês são bem-vindos para ficar, mas talvez seja melhor se forem embora para que Scottie se adapte à rotina.

Consegui entender o sinal.

Mencionei que isso era um saco?

— Obrigado. — Assenti. — Vamos sair daqui a pouco.

Sem mais delongas, me estiquei para abraçá-lo.

— Amo você, amigão. Juro voltar para Woodsboro com mais frequência. E, quando voltar, você será minha primeira parada.

Carly estava com lágrimas nos olhos ao abraçá-lo.

— Desculpe por termos que ir, Scottie. Mas sei que isto vai ser melhor para você. Espero que passe a amar aqui. De verdade.

A coisa toda não parecia nada natural. Entretanto, me obriguei a me levantar porque sabia que nunca iria querer sair. Carly e eu tínhamos começado a andar no corredor quando percebemos passos atrás de nós.

Me virei.

Era Scottie.

Ele havia pegado sua jaqueta e seu iPad.

Ele pensava que era para ir embora conosco. Ele não entendia.

A porra do meu coração estava prestes a se partir.

— Não, Scottie. Você vai ficar — Carly falou. Ela se virou para mim com um olhar impotente. — O que fazemos? — ela sussurrou.

— Não sei. — Cocei a cabeça e murmurei: — Não faço a menor ideia.

Segurando seu braço, eu o levei de volta para o quarto dele.

— Scottie, você fica aqui, ok? — Nem consegui dizer que voltaríamos... porque não era a verdade. — É aqui que você vai morar agora.

Por um milagre, quando saímos pela segunda vez, ele não nos seguiu. Mas não consegui olhar para trás, temendo que essa seria uma das raras vezes que ele me olharia nos olhos. Isso teria impossibilitado minha saída.

Em nosso caminho para a porta principal, Carly e eu nos despedimos dos funcionários, que nos garantiram que Scottie estava em boas mãos.

Quando saímos, Carly desmoronou. Eu a peguei nos braços e falei em seu cabelo.

— Vai ficar tudo bem, Abóbora. Nós dois sabemos que é o melhor para ele no longo prazo, mesmo que seja difícil hoje.

— Acho que ele não entende... que nunca mais vamos voltar para levá-lo para casa.

Embora estivesse me matando por dentro, eu precisava ser forte por ela.

— Em certo momento, não vai mais importar tanto. Ele vai começar a enxergar este lugar como a casa dele. Só vai levar um tempo.

— Espero que também fique mais fácil para mim. — Ela fungou. — Porque, neste momento, parece insuportável.

— Vamos comprar sorvete de pistache e vinho na volta para casa. É melhor tentarmos relaxar. Nós dois temos que levantar cedo amanhã.

Havia algo que eu ainda não tinha contado a ela. Mal podia esperar, para ser sincero. Eu sabia que não iria animá-la tanto assim, mas esperava que ajudasse. Só queria aguardar até estarmos de volta em casa.

Quando abrimos a porta da frente de casa, o silêncio estava ensurdecedor. Nenhum som do iPad de Scottie, de sua murmuração ou de Elton John sendo tocado de trás para a frente. Era a primeira vez que vivenciávamos esse tipo de silêncio. Eu tinha desejado um momento de paz e silêncio tantas vezes enquanto cuidava dele, e agora era a última coisa que eu queria. Teria dado qualquer coisa para olhar e ver meu amigão ali no sofá com seu eletrônico no ouvido enquanto balançava para a frente e para trás, o cheiro de seu frango frito aquecendo no forno.

Carly foi até o quarto dele. Muita coisa tinha sido deixada para trás.

— Acho que Lorraine não vai conseguir limpar este lugar para prepará-lo para a venda.

— Ela não vai precisar — eu disse, endireitando minha postura, bastante ansioso para contar.

Carly piscou, confusa.

— Você vai voltar para ajudar?

— Não, Carly. — Dei uns dois passos na direção dela. — Esta casa... não vai ser de mais ninguém.

Ela arregalou os olhos.

— Como assim?

— Eu a comprei — respondi, explodindo de orgulho.

A expressão dela se encheu de esperança.

— O quê?

— Comprei de Lorraine.

Carly colocou a mão no coração.

— Vai se mudar para cá?

— Não. Quero dizer, não sei se um dia vou morar nela permanentemente. Mas vou ficar com ela. Estava pensando em voar para casa em feriados... buscar Scottie e o trazer para cá para uma visita, para que ele saiba que as coisas nem sempre vão embora eternamente. Às vezes, elas voltam.

Os olhos dela se encheram de lágrimas, e quase não dava para ouvir sua voz.

— Ah, Josh... — Carly pulou em meus braços. — Esta é a melhor notícia do mundo.

Meu pau deu sinal de vida com a sensação de seus seios pressionados em mim. Cheirei o cabelo dela e mandei meu pau se acalmar.

— Também não planejo mudar nada — eu disse, me obrigando a recuar. — Então não precisa passar a última noite que estamos aqui limpando tudo. Podemos deixar como está e só relaxar.

Ela secou os olhos.

— Não acredito que você fez isso. — Ela sorriu. — Não me sinto mais tão triste quanto a deixá-lo, sabendo que esta ainda será a casa dele.

— Que bom. Porque não quero que se sinta culpada, Carly. Você foi além do que qualquer outra pessoa no seu lugar teria feito. Deixou Brad orgulhoso. E você merece toda a felicidade do mundo.

— Você também, Josh. — Ela fungou, secando o nariz com a manga. — Falo sério.

Se tivesse um desejo, teria sido de poder fazer amor com essa mulher naquela noite sem desfazer qualquer progresso que tínhamos feito desde que paramos. Mas dar esse passo quando iríamos embora no dia seguinte parecia a decisão mais burra do mundo. Então me contive de ceder para todas as coisas pelas quais meu corpo implorava.

Em vez disso, assistimos a uns DVDs de Wayne, tomamos sorvete e refletimos sobre nosso tempo com Scottie. Precisei de toda a minha força de vontade para não arruinar minha determinação, mas, de alguma forma, consegui passar pela noite sem estragar tudo.

Na manhã seguinte, Carly fez café para nós, mas eu estava com pouquíssimo apetite. Quando trocamos endereços, o fato de estarmos deixando um ao outro começou a parecer real demais. Eu estava com medo de voltar para minha vida em Chicago, a qual parecia muito vazia depois dos últimos meses ali.

O plano era que Carly me deixasse no aeroporto e continuasse sua longa viagem de volta para a Califórnia.

O esforço da noite anterior tinha continuado naquela manhã. A cada segundo, eu tinha que me conter de puxá-la para perto, levá-la para o quarto uma última vez e mostrar o quanto a queria — uma despedida apropriada. Nunca quis tanto Carly. Mas, se a noite anterior era um péssimo momento para perder o controle, aquela manhã teria sido ainda pior. Agora eu tinha um voo para pegar, e não havia mais volta. Ela merecia retornar à vida dela sem que eu complicasse tudo de última hora. Carly merecia muito mais do que ser amarrada a mim. Eu só queria que meu coração não estivesse doendo com o conhecimento de que o que quer que tivéssemos acabaria, oficialmente, no instante em que ela me deixasse no aeroporto.

A ida até o aeroporto em Manchester demorava mais de uma hora, mas, de alguma forma, pareceu durar minutos. Por quase toda a viagem, pensei em mudar de ideia e oferecer para acompanhá-la na viagem até a Califórnia. Eu não gostava muito da ideia de ela viajar para tão longe sozinha. Estava preocupado com ela, tentado a mudar meu voo e voar de L.A. para Chicago.

No entanto, não seria capaz de confiar em mim mesmo; uma mudança de planos só seria uma desculpa para passar mais tempo com ela e arriscar ceder à tentação.

Carly parou o carro na parte de desembarque do aeroporto. Tudo em mim queria se inclinar e a beijar, mas, em vez disso, me estiquei e enfiei os dedos no cabelo dela.

— Por favor, tome cuidado ao dirigir — eu disse.

— Vou tomar.

A tristeza nos olhos dela era palpável. Ela parecia exatamente como eu me sentia. Nenhum de nós parecia querer ir embora, ainda assim, lá estávamos nós, prestes a dizer adeus.

— Josh... — ela finalmente disse.

Sem conseguir evitar, trouxe a mão dela até minha boca e a beijei delicadamente.

— Sim, querida?

— Acha que será demais para você se eu também voltar para Woodsboro no próximo Natal? Sabe, para ver Scottie.

— Demais para mim por quê?

— Não sei...

Me fingi de besta, mas sabia o que ela queria dizer. Qualquer coisa poderia acontecer em um ano. Ela e eu nos vermos de novo significaria um desconforto inevitável se um de nós tivesse seguido em frente. Eu precisava ser maduro quanto a isso, porque não queria perder contato com ela. Precisava saber que ela estava feliz, e precisava acreditar que a veria de novo, mesmo que pudesse ser doloroso.

— Claro que adoraria. Assim como Scottie.

— Eu gostaria muito de fazer isso acontecer — ela disse.

O potencial de vê-la de novo no Natal seguinte me aterrorizava ao mesmo tempo que me dava algo a ansiar. Ou eu temeria isso ou contaria cada maldito dia até lá.

— É melhor eu ir... — falei, me obrigando a soltar a mão dela.

Ela me seguiu para fora do carro e ficou parada do outro lado da rua.

— Tenha um bom voo.

Quando eu a peguei nos braços pela última vez, percebi o quanto estivera mentindo para mim mesmo. Não apenas meu coração voltou à vida, mas todos os sentimentos que eu estivera abrigando vieram à superfície. Meu coração não tinha entendido a mensagem de que havia acabado o que quer que havíamos tido. Eu ainda estava muito imerso no processo de me apaixonar por alguém que nunca poderia ter. Envolvi as mãos no rosto dela e dei um beijo firme, porém casto, sem permitir que minha língua a provasse nem sequer por um segundo.

Carly foi a primeira a recuar. Observei-a voltar para o banco do motorista de seu carro. Acenei e soprei um beijo. Então me obriguei a me virar e passar pelas portas de vidro deslizantes. Me virei uma última vez para vê-la ainda me esperando desaparecer de vista. Soprei outro beijo e jurei não olhar mais para trás.

Mesmo com toda a tristeza em meu peito, conforme andava na direção da escada rolante para fazer check-in, eu não tinha arrependimentos. Não teria mudado nada no nosso tempo juntos e o que eu havia aprendido quanto à minha capacidade de abrir o coração. Pensara que estivesse morto por dentro, no entanto, Carly Garber havia me trazido de volta à vida, e eu sempre seria grato por isso.

VINTE E OITO

Carly

Sempre carregava o último bilhete que Josh deixou para mim. De vez em quando, eu o pegava na bolsa e olhava para ele de novo.

> Obrigado pelos três melhores meses da minha vida.
>
> Obs.: Provavelmente, vou me arrepender, enquanto eu viver, de não ceder uma última vez.
>
> UM AGRADECIMENTO DOS MONGES TRAPISTAS DE ST. FRANCIS.

Josh havia enfiado esse pedaço de papel na minha bolsa em algum momento antes de sairmos de Woodsboro há um mês. Mas eu não o tinha encontrado até voltar para a Califórnia e desfazer minhas malas.

Eu havia acabado de fazer a maquiagem da minha última cliente do dia e estava prestes a ir para casa quando peguei meu celular, desci para o nome dele e digitei:

Estou com saudade.

Mas, em vez de enviá-la, imediatamente a apaguei. Digitara essas três palavras vezes demais recentemente. E, nenhuma vez, tive coragem de enviar para ele. Porque qual era o objetivo de falar isso? Não mudaria nada.

Quatro semanas haviam se passado desde que eu voltara para a Califórnia. Voltar para a rotina não tinha sido fácil. Meu apartamento parecia gelado e estéril. Embora eu tivesse bastante sorte de ter tido alguns trabalhos de maquiagem marcados quando retornei, queria que o trabalho fosse mais uma distração. Havia simplesmente tempo demais para pensar enquanto aplicava base e delineava olhos porque eu sabia maquiar de olhos fechados. Meus pensamentos constantemente iam para Josh — me perguntando o que ele estava fazendo, se ele já tinha ido a algum encontro. Eu sonhava acordada com a casa de Woodsboro, imaginando me sentar perto do fogão ao lado de Josh e Scottie, só conversando. E me perdia, principalmente, ao repassar nossos encontros sexuais.

Eu não sabia o que era pior, o fato de eu não conseguir parar de pensar em Josh ou o fato de antes minha mente costumar pensar em Brad. Minha obsessão por Josh havia tirado um pouco do foco da tristeza de perder Brad. Não sabia se isso era uma bênção ou um pecado.

Quando cheguei em casa do trabalho, estava preparando jantar para mim quando chegou uma mensagem.

Josh: Será que é possível ver um desses e um dia não pensar nas suas axilas de limão?

Foi seguida de uma foto dele no supermercado em Chicago,

segurando um limão. Só de ver sua mão grande segurando o limão me deu arrepios. Encarei seu polegar calejado. Meu corpo sentia falta dele demais. *Eu* sentia falta dele demais. O que éramos agora? Amigos?

Chegou outra mensagem.

Josh: Ok, talvez eu pense em você até quando não estou olhando para limões. Espero que esteja tendo um bom dia. Beijos.

De novo, digitei: **Estou com saudade**. Depois apaguei, em vez disso, digitei uma resposta menos emotiva.

Carly: Estou, sim. Longo dia no trabalho, mas estou feliz que acabou.

Queria contar a ele muito mais — que os sentimentos de solidão e depressão tinham voltado com força total quando retornei à Califórnia. Que a última vez que fui feliz, estava com ele.

Josh: Sinto muito por ter tido um longo dia.

Mais ou menos uma hora depois, um entregador bateu à porta do meu apartamento. Eu não tinha pedido nada, mas ele insistiu que era o endereço certo. Quando abri a sacola, havia um pote de sorvete de pistache dentro. Não havia nenhum recado, mas não era necessário.

No dia seguinte, o sol brilhante da Califórnia iluminou a janela do meu apartamento. A palmeira pequena do lado de fora balançava gentilmente na brisa.

— Ai, meu coração. Essa é a coisa mais fofa que já ouvi. — Christina suspirou.

Eu havia acabado de contar a ela que Josh tinha comprado a casa dos

Longo. Ela e eu não havíamos tido oportunidade de conversar desde que eu voltara para L.A. porque ela estivera visitando a avó em Portugal. No entanto, enfim, havia ido ao meu apartamento para tomar chá e conversar.

— Como Scottie está se ajustando ao novo lar?

— Lorraine diz que ele parece estar bem quando ela aparece lá para deixar a comida dele. Preciso visitá-lo algum dia. Jurei que o faria. Nem me importo se ele me entendeu ou não. Só preciso vê-lo de novo, para saber que está bem. Então estou pensando em, talvez, ir no próximo Natal.

— Você precisa ver Scottie... não Josh? — Ela olhou para mim, cética.

Encarei minha xícara de chá.

— Também quero vê-lo de novo. Só tenho dificuldade de visualizar como seria isso daqui a um ano.

Ela cruzou as pernas para ficar mais confortável no sofá.

— Acha que será estranho... tipo, se um de vocês tiver seguido em frente?

— Sim. Eu não iria querer ficar na casa com ele se ele estivesse com alguém.

Ela deu risada.

— Entendo como isso deve ser um saco.

— Mas, provavelmente, é o que eu mereço.

Ela arqueou uma sobrancelha.

— Fala isso por causa do Brad?

Traçando o dedo pela lateral da minha xícara, dei de ombros.

— Nunca vou deixar de me sentir culpada por isso. Mas a culpa não foi o suficiente para me impedir... claramente.

Christina se esticou para pegar um cookie.

— E se Brad orquestrou a coisa toda? — Ela deu uma mordida. — Já pensou nisso?

Semicerrei os olhos.

— Como assim? Tipo, lá de cima?

— Sim. — Ela falou com a boca cheia. — Como sabe que ele não teve a ver com você e Josh se reunindo? Tudo é possível.

— Por que Brad não teria me enviado outra pessoa além de seu melhor amigo?

— Porque talvez ele soubesse que ninguém mais poderia entender o que você passou como Josh poderia. Não sei. — Ela deu outra mordida. — Não se pode descartar isso.

— Ou ele pode estar revirando no túmulo por eu ter feito sexo desprotegido inúmeras vezes com o melhor amigo dele. Minha aposta é *nesse* cenário.

— Falando nisso... — Ela deu um gole. — Nunca perguntei para você sobre o sexo. Você tem sido muito reservada quanto a isso. Mas tenho certeza de que era incrível.

Corei.

— Era.

— Como falei, só de olhar para esse cara você já sabe que ele sabe foder. — Christina pausou, depois sorriu. — Certo, estou vendo que você não quer me dar detalhes.

— Tem razão. Não quero. — Minhas bochechas queimaram.

Também parei pouco antes de admitir que tinha pensado em pouca coisa além de Josh desde que voltara para lá. Ou que quase enviei mensagem para ele a fim de falar que estava com saudade umas cem vezes.

— Bem, não pode ficar sentada e esperar o próximo Natal para transar. Vai tentar seguir em frente agora que voltou, certo? Sair para encontros?

Pensar nisso fazia meu estômago se revirar.

— Não tenho escolha.

— Parece que você precisa de uma ajudinha.

Me estiquei para pegar um cookie e mordi.

— Pode ser.

Christina levou muito a sério a coisa toda de "ajudinha".

Na sexta à noite da semana seguinte, fui a uma festa para a qual ela me convidou — algo para um cliente dela em Newport Beach. Demorei duas horas no trânsito para chegar lá. Estava exausta depois de um longo dia, mas não conseguia imaginar só ficar no meu apartamento sozinha na maioria das noites.

Quando cheguei ao country club, ficou bem óbvio que era mais do que apenas uma festa. Christina me apresentou a um cara com quem, aparentemente, ela já tinha ficado e — surpresa — ele tinha um amigo que simplesmente acabou indo com ele ao evento.

Isso era combinado. Ela havia dito que iria me ajudar a voltar a sair e, aparentemente, falava sério.

Todd Marino era um corretor encantador e carismático de Orange County. Apesar de ele ser um pouco mais velho do que os caras com quem eu geralmente saía — provavelmente tinha seus trinta e muitos anos —, ele era alto, bonito e cheirava bem. Parecia bastante interessado em ouvir sobre minha carreira como maquiadora e o trabalho de caridade que, em breve, eu recomeçaria em um abrigo local de sem-teto, fazendo maquiagens de graça para mulheres se reposicionarem no ramo profissional.

Todd era atencioso, bonito e bem-sucedido — todas as coisas que você poderia querer, certo? Mas, mesmo assim, eu não estava a fim. E ter que estar "ligada" por minutos, no fim, era exaustivo. Me fez perceber que eu ainda não estava pronta para conhecer ninguém.

Quando Christina e eu escapamos para o banheiro, ela me interrogou.

Passou a mão por seu cabelo comprido, escuro e cacheado conforme olhava no espelho.

— Então... o que acha dele?

— Primeiro de tudo, você não me falou *nada* sobre esta noite ser um encontro duplo.

— Teria vindo se eu tivesse falado?

— Provavelmente, não.

— Está vendo? — Ela deu risada.

— Ele é ótimo. Só não me sinto pronta para dar a ele a atenção que merece.

— Tradução: Ainda não superei Josh.

Sem nem tentar negar, ergui as mãos.

— O que quer que eu faça? Não consigo evitar como me sinto...

Ela retocou o batom e se virou para mim.

— Prender-se a um cara que deixou claro que você e ele não têm um futuro juntos porque ele se sente culpado pra caramba para fazer mais do que foder você não é um bom uso do seu tempo, Carly.

As palavras dela foram cruéis. Elas, literalmente, machucaram meu peito.

— Tenho consciência disso. — Engoli em seco. — Mas você sabe que sentimentos nem sempre são baseados em lógica.

Ela suspirou e balançou a cabeça.

— Certo... Desculpe. É meio cedo demais para um amor difícil. Vou voltar lá para fora. O que acha de eu falar para eles que você não está se sentindo bem e que precisou ir para casa?

— Você vai me zoar por dias se eu fizer isso.

— Além de me atormentar, o que quer fazer agora?

— Gostaria de ir embora.

— Certo, garota. Então vá. Pode deixar.

— Obrigada — eu disse, sentindo um alívio imenso.

Eu a abracei antes de sair do banheiro e ir embora por uma porta lateral.

Mas, afinal, não acabei indo direto para casa. Em vez disso, fiz uma longa caminhada por um píer próximo. Conforme o sol se punha, havia muitas pessoas felizes andando por ali, preparando-se para curtir uma noite de sexta-feira em seus barcos.

Ouvindo o som das ondas batendo, me sentei em uma pedra enorme e peguei meu celular. De novo, desci até o nome dele e digitei:

Estou com saudade.

Mas, desta vez, realmente enviei.

VINTE E NOVE

Josh

Olhei em volta pelo restaurante, para qualquer lugar menos para ela. Não havia nada errado com Sydney, e ela tinha o diferencial de ser a primeira mulher com quem eu saía desde que voltei para Chicago. Eu havia me obrigado a voltar para o app de encontros porque era o único jeito de ter uma oportunidade de seguir em frente. Mas, com base na minha falta de interesse quase desde o instante em que me sentei, parecia que essa decisão talvez tenha sido meio prematura.

Sydney tinha falado a maior parte do tempo daquela noite. Me contou que seu divórcio havia sido recentemente finalizado, e ela tinha acabado de entrar novamente ao cenário de encontros.

— Esta é minha primeira vez saindo, na verdade — ela explicou.

Ótimo. Primeira vez saindo, e foi desperdiçada com um homem que não estava a fim dela. Agora eu sentia pena mesmo da pobrezinha.

— Não percebi isso. Você diz tipo o primeiro encontro desde seu marido?

— Sim.

— Você falou que era nova no cenário de encontros. Não pensei que realmente este fosse seu primeiro encontro.

— É. E sinto que ganhei na loteria. — Ela piscou sedutoramente. — Você é lindo.

— Bom, obrigado. — Mexi minha bebida. — Esta é minha primeira vez saindo há um tempo também... desde que voltei.

— Voltou? — Ela inclinou a cabeça para o lado. — Aonde você foi?

— Fui para casa, para Woodsboro, New Hampshire, para cuidar de uma emergência familiar.

— Ah. — Ela colocou o guardanapo no colo. — Está tudo bem agora?

— Sim.

Ergui a mão para pedir outra bebida. Só de falar em Woodsboro me fez sentir que eu ia precisar. Uma dor cresceu em meu peito conforme aguardava a garçonete trazer, e essa dor só piorou com a pergunta seguinte de Sydney.

— Quando foi seu último relacionamento, Josh?

Sem pensar muito, respondi:

— Não sou de relacionamentos. Não tenho namorada desde o ensino médio.

Uau. Essa era a resposta padrão que sempre estivera na ponta da minha língua. Mas parecia errado falar isso desta vez. *Era* errado. Sydney se abriu para mim sobre seu divórcio e, em troca, eu tinha acabado de mentir na cara dela. Talvez, Carly e eu não tenhamos sido oficialmente "namorados", mas identificar o que tivemos como qualquer coisa menos do que um relacionamento era uma mentira. Mesmo a palavra *relacionamento* não parecia forte o suficiente. Foi uma verdadeira parceria, embora apenas por alguns meses. E, apesar de estar acabado agora, não parecia natural fingir que nunca aconteceu.

— Na verdade, isso não é muito verdade. — Balancei a cabeça e encarei meu copo vazio. — Desculpe.

Sydney piscou, confusa.

— Ah, é?

A garçonete colocou a nova bebida diante de mim, e eu dei um gole demorado antes de bater o copo na mesa com mais força do que pretendia.

— Eu estive em um relacionamento recentemente. Lá em New Hampshire. Acabou há um mês.

Ela estreitou os olhos.

— Por que você mentiu?

— Não tinha certeza se queria falar sobre isso. Desculpe.

Sydney assentiu com empatia.

— Então as feridas ainda estão abertas.

Senti meu peito apertado.

— Dá para dizer isso.

— Posso saber o que aconteceu?

— Foi uma decisão mútua. Assim como eu, ela só estava em New Hampshire temporariamente. Moramos em lados opostos do país. — Engoli em seco.

Outra mentira. Não foi esse o motivo de não ficarmos juntos. Eu teria ido para qualquer lugar por Carly, se as coisas fossem mais simples.

— Na verdade... isso também não é totalmente verdade. — Dei outro gole longo na bebida. — Admitir o que fiz é meio difícil.

— Você não é um mentiroso muito bom, Josh. — Ela deu risada. — Confessa toda a verdade em segundos.

— Porra. Eu sei. — Massageei minhas têmporas. — Sinto muito de verdade, Sydney. Realmente. Temo que não esteja recebendo a melhor versão de mim esta noite. Estive meio fora de órbita desde que voltei.

Ela mexeu seu cabelo ruivo, inclinando-se curiosamente.

— O que você fez de tão ruim?

Respirei fundo, me preparando para o julgamento.

— Carly era noiva do meu melhor amigo antes de ele morrer. Brad morreu em um acidente de carro há alguns anos.

— Você deu em cima da noiva dele?

Um nó se formou em meu estômago.

— Não é tão simples assim. Não foi como se eu decidisse ir atrás dela porque ele não estava por aqui. Na verdade, nunca gostei muito dela quando eles estavam juntos. — Dei risada. — Dá até para dizer que nos odiávamos.

— Por que não gostavam um do outro?

— Mal-entendidos. Ideias preconceituosas que não eram verdadeiras. Decisões burras da minha parte. Pode escolher. Não nos conhecíamos de verdade até passarmos um tempo juntos.

Ela inclinou a cabeça para o lado.

— Então como acabou ficando com ela?

Nesse momento, expliquei a situação de Scottie e tudo que havia acontecido ao longo dos últimos meses em Woodsboro.

— Então vocês eram apenas duas pessoas jogadas na mesma situação ao mesmo tempo. Acho que entendo como isso poderia acontecer.

Talvez tenha sido assim que começou. Mas lá estava eu, longe de Carly agora e ainda pensando nela todos os dias, meu corpo ainda a desejando. Então essa não era exatamente uma situação normal para mim. Meus sentimentos por ela haviam passado do meu normal, do meu comum. Acho que é isso que acontece quando alguém entra em seu coração. Não importa onde esteja; a pessoa está lá com você.

— Tenho praticamente certeza de que me apaixonei por ela. — Surpreso com minha franqueza, parei para refletir sobre isso. — Praticamente certeza de que ainda sou.

— Então por que está aqui comigo?

Nota zero para minha performance nesse encontro.

— Não sei. — Balancei a cabeça. — Sinto muito.

— Eu também. — Ela abriu um sorriso triste.

Então, quando vi, Sydney tinha lágrimas nos olhos.

— Merda. Por que está chorando?

Ela pegou um guardanapo para secar os olhos.

— Porque ouvir você falar dela me lembra de como ainda me sinto por meu ex-marido. Estou aqui com um homem lindo esta noite e, ainda assim, só consigo pensar em Ray.

Me recostando na cadeira, cruzei os braços.

— Bem, que time dos sonhos nós somos...

Notavelmente, assim que Sydney e eu resolvemos que éramos uma causa perdida, pudemos aproveitar a refeição juntos. Toda a pressão da situação evaporou.

Ela me contou mais sobre seu ex, e eu contei histórias de Woodsboro. Até contei a ela sobre o incidente do peito de silicone com frango. Ela riu tanto que pensei que fosse fazer xixi na calça.

Quando terminamos o jantar, Sydney e eu desejamos o melhor um para o outro e seguimos caminhos separados. Eu duvidava que a veria de novo, e tudo bem. Nosso encontro tinha servido para um objetivo; através um do outro, aprendemos coisas sobre nós mesmos.

Fiquei na mesa para pagar depois que ela foi embora, mexendo no meu celular. Vi que, de alguma forma, não tinha visto uma mensagem de Carly.

Carly: Estou com saudade.

Passei o polegar na tela, como se acariciasse essas palavras. Carly devia estar pensando em mim tão intensamente como eu estava pensando nela.

Josh: Desculpe por não ver essa mensagem. Mas como sabia que eu estava pensando em você esta noite?

Os pontinhos se mexeram conforme ela digitava.

Carly: Pode falar?
Josh: Sim, espere um pouco. Estou em um restaurante barulhento.

Novamente motivado, paguei a conta e saí para meu carro. Assim que liguei o carro, digitei o número de Carly e a coloquei no viva-voz.

— Oi — eu disse.

— Interrompi sua noite? — ela perguntou.

— Não havia nada para interromper.

— Estava sozinho quando me mandou mensagem?

— Sim.

— Você foi a um restaurante sozinho?

— Bem, eu tinha encontrado uma mulher lá mais cedo.

Após uma breve pausa, ela murmurou:

— Ah.

— Podemos falar sobre esse tipo de coisa? — perguntei.

— Não quero muito, mas também não quero que minta para mim. Então, sim. Me conte. — Ela soltou a respiração profunda no celular.

— Foi a primeira vez que tentei encontrar alguém novo desde que voltei. E foi um fracasso épico. Eu não estava a fim.

— O que houve?

Ela não era você, eu queria dizer.

— Só não tinha química. E não me sentia muito pronto para a coisa toda de encontro, para ser sincero.

— Tenho uma confissão... — Carly disse. — Acabei de chegar em casa de um tipo de armadilha que Christina armou.

O ciúme imediatamente se instalou, mas tentei não demonstrar.

— Christina? A garota do vibrador?

— Sim. — Ela deu risada.

— Como foi?

— Bem, considerando que saí cedo e inventei uma história de que não estava me sentindo bem... não foi ótimo.

— Uau, olhe para nós, hein?

— É. — Ela suspirou.

— Só para você saber, eu também estou com saudade, Carly.

Após uma pausa rápida, ela disse:

— É muito bom ouvir sua voz. Era tudo que eu queria.

Conversamos por muitos minutos enquanto eu chegava no meu apartamento.

Quando entrei, ela disse:

— Não parece que você está dirigindo mais.

— Acabei de chegar em casa. — Joguei minhas chaves na mesa.

— Precisa desligar?

— Não. Vamos ficar no telefone, a menos que você tenha outro lugar para estar.

— Não tenho — ela disse.

Continuamos conversando conforme tirei minhas roupas e deitei na cama, querendo, desesperadamente, que ela estivesse ali comigo.

— Fui visitar meu pai no Arizona — Carly me contou.

Me endireitei na cabeceira da cama.

— Quando?

— No fim de semana passado.

— Você não o via há anos, certo?

— Sim, no mínimo, sete anos.

— O que fez você ir para lá?

— Acho que, quando vi seu pai no Natal, me fez sentir saudade do meu... ou pelo menos sentir saudade da *ideia* dele. Resolvi que, talvez, me arrependesse se não tentasse fazer as pazes com ele.

— Como foi?

— Ele ficou muito feliz em me ver. Falou que sentia que eu o odiava, e isso o havia desencorajado a entrar em contato comigo, falou que não queria me chatear. Sei que é mentira, em um sentido, porque, se você ama seu filho, tenta falar com ele independente de qualquer coisa. Mas percebi, ao longo da viagem, que ele tem uma certa imaturidade que afeta a forma como lida com as coisas. Não acho que seja uma má pessoa nem que queira me magoar. Mas também não acho que ele me ame do jeito que eu queria que amasse.

Partia meu coração ouvi-la dizer isso.

— Tenho praticamente certeza de que perdi o único homem que um dia realmente me amou quando Brad morreu.

"Não perdeu, não", eu queria gritar. Mas sabia que não haveria volta se o fizesse. Mais do que isso, eu não iria ofuscar uma declaração sobre o amor genuíno de Brad por ela ao soltar uma revelação inapropriada sobre mim, com um *timing* impecável. Nem queria lhe dar falsa esperança quando era para termos terminado tudo.

Fechei os olhos, então os abri, transmitindo somente uma parte do que eu realmente queria dizer.

— O melhor ainda a espera, Carly. Só sei disso. Por favor, não desista da ideia de amar. Sempre há esperança, enquanto estivermos vivos. Não deixe seu pai de merda impactar sua perspectiva da vida.

— Acho que você deveria seguir um pouco seu próprio conselho, Josh.

De muitas maneiras, com Carly, parecia que eu tinha encontrado a versão feminina de mim mesmo. O que era irônico, considerando o quanto não gostávamos um do outro em certo momento.

— Temos bastante coisa em comum — eu disse a ela. — Mais do que apenas Brad. Nunca fui capaz de entender como minha mãe simplesmente pôde ir embora. E isso impactou minha autoestima. Entendo por que seu pai faz você se sentir assim, mas não podemos definir nosso valor pelas péssimas atitudes ou decisões de pessoas que, provavelmente, precisam de terapia. Estou tentando me fazer acreditar nisso. E ouvir você falar, sabendo o quanto sinto intensamente que você foi levada erroneamente a acreditar em certas coisas por causa das atitudes do seu pai, me faz entender que eu poderia estar enganado sobre mim mesmo. Também levei muito para o lado pessoal as atitudes da minha mãe. É esclarecedor ver sua situação de fora.

— Bem, fico feliz por minha merda toda poder te ajudar, Josh.

— Nós dois somos meio bizarros, Abóbora. Mas está tudo bem.

— Posso confessar outra coisa esta noite? — ela perguntou.

— Claro.

— Estou com saudade de transar com você.

Apertando meus músculos, chiei.

— Fazíamos isso muito bem, não fazíamos?

— Sei que acabou. Mas... penso muito nisso — ela admitiu. — Foi o melhor sexo da minha vida.

Eita.

Essa era uma declaração e tanto.

Melhor do que Brad?

Fugi desse pensamento porque era doentio.

— Era diferente com você — ela adicionou. — Talvez *melhor* não fosse a palavra certa ou justa... mas vivi coisas com você que nunca tinha vivido. Foi isso que quis dizer. — Ela hesitou. — Não comparo você com ele. Sabe disso, certo? O que quer que você e eu tivemos é totalmente diferente.

Ela tinha acertado um ponto sensível — eu sempre teria a ideia de que, não importava como me sentia por ela, nunca poderia chegar aos pés dele, porque ele não estava mais aqui. E se, de alguma forma, ele milagrosamente voltasse, ela o escolheria.

Parecia a coisa mais egoísta do mundo me comparar a alguém que não tinha mais o privilégio da vida. Então forcei esses pensamentos para fora da minha mente. Ao mesmo tempo, não queria aceitar a satisfação que veio de saber que, aparentemente, eu a tinha levado sexualmente a lugares que ninguém tinha antes. Que tipo de pessoa isso me tornava, de me orgulhar por isso?

Carly e eu ficamos no telefone até eu sentir que ela estava sonolenta. Naquela noite, tinha ficado feliz por, enfim, poder sair com alguém de novo. Acontece que o encontro que acabei tendo era o único que eu realmente queria.

TRINTA

Carly

Começou como um dia normal de trabalho. Eu estava no estúdio de filmes feitos para TV, me preparando para uma cliente às seis da manhã, quando vi um número de New Hampshire ligando.

Que estranho.

Atendi imediatamente.

— Alô?

— Carly, é Lorraine. Não sei o que fazer. Estou ficando louca.

— O que aconteceu?

— Acabei de receber uma ligação do lar. Scottie fugiu esta manhã. Ele está desaparecido.

Meu coração parou.

— O quê?

Sua voz tremia.

— Havia um funcionário novo, eu acho, trabalhando no lar, e ele não trancou a porta dos fundos.

Parecia que a sala estava girando.

— Isto acabou de acontecer?

— Eles me ligaram há dez minutos. A polícia já está no local. Estou dirigindo para lá agora. Só senti que precisava avisar você.

Meu coração estava indo a um quilômetro por segundo.

— Josh sabe?

— Ainda não. Liguei para você primeiro.

— Certo. Vou ligar para ele agora mesmo. — Comecei a arrumar minhas coisas o mais rápido possível. — Lorraine, vai ficar tudo bem. Vão encontrá-lo. — Jogando vários tubos de maquiagem na minha maleta de qualquer jeito, eu disse: — Vou pegar o próximo voo para aí.

— Obrigada, Carly. Estou tremendo. Não sei o que pensar ou esperar.

Fechei com força minha maleta enorme de maquiagem.

— Por favor, me ligue de volta se algo mudar.

— Vou ligar.

Me virei para minha cliente.

— Sinto muitíssimo. Tenho uma emergência familiar. Preciso embarcar em um avião para New England.

Ela arregalou os olhos e assentiu.

— Ah, não. Vamos encontrar alguém para cobrir você. Não se preocupe.

Saí correndo do prédio e liguei para Josh. Não tínhamos nos falado desde nossa ligação demorada há uma semana, e eu odiava que isso fosse deixá-lo devastado.

— Carly? Está tudo bem? — ele perguntou ao atender.

— Ah, Josh... — Comecei a chorar.

— Carly, o que aconteceu? Está chorando?

— Lorraine acabou de ligar. — Funguei. — Scottie fugiu do lar. A polícia o está procurando.

— O quê? — ele gritou. — Ai, meu Deus. Como isso pôde acontecer? Aquele lugar é uma fortaleza.

— Um funcionário novo se esqueceu de trancar a porta dos fundos e, aparentemente, foi só disso que precisou.

— Caralho. Vou pegar o próximo voo.

— Eu também. Estou no carro agora e vou para o aeroporto. Vou ligar para reservar uma passagem no próximo voo assim que desligarmos.

— Carly... — A respiração dele estava irregular. — Nunca vou me perdoar se acontecer alguma coisa com ele.

— Não pense nisso, Josh. — Liguei o carro e corri para a estrada. — Não podemos pensar nisso.

Graças a Deus, depois que pousei em New Hampshire, consegui alugar um carro rapidamente. Outra bênção? Quase não havia trânsito entre Manchester e Woodsboro.

Quando cheguei à casa de Wayne, usei minha chave para abrir a porta.

Lorraine estava parada no meio da sala, parecendo perdida.

— Alguma coisa? — implorei.

— Não. Estou com tanto medo. — Ela se aproximou correndo e jogou os braços em volta de mim.

Recuei.

— Josh já chegou?

— Sim. — Ela assentiu. — Ele já está lá fora com a equipe de busca.

— Certo. — Respirei fundo. — Vou usar o banheiro e, depois, encontrar com ele.

Tão rápido quanto entrara na casa, estava em meu carro de novo, de volta à rodovia. Embora eu não devesse estar usando o celular e dirigindo, enviei uma mensagem de voz para Josh a fim de saber sua localização exata.

Quando cheguei a uma rua na esquina do lar, eu o vi parado ali. Depois de encontrar a vaga mais próxima para estacionar, saí correndo do carro.

Os olhos de Josh pareciam fundos, ainda assim, alertas ao mesmo tempo. Ele estava totalmente distraído, e ainda não tinha me visto.

— Josh — gritei para chamar sua atenção.

Ele se virou, a dor em seus olhos diminuindo bem levemente.

— Oi.

Nos abraçamos por um momento.

Quando ele me soltou, disse:

— A polícia me falou para não me envolver, mas não tem como eu ficar parado enquanto ele está por aí em algum lugar. Estava procurando a pé, mas acho que é melhor dar uma volta de carro agora.

— Vamos — incentivei.

Entramos no carro alugado de Josh e dirigimos pelo bairro. Segurei a mão dele o tempo inteiro, como se segurando nele estivesse nos segurando juntos. Scottie *precisava* estar bem. Mas, na verdade, qualquer coisa poderia ter acontecido. Scottie nunca nem tinha atravessado a rua sozinho. Tive que expulsar os pensamentos de "e se" da minha mente.

Nunca tinha visto Josh assim, tão focado. Conforme dirigimos devagar em silêncio, ele equilibrava entre prestar atenção na estrada e observar a área para encontrar pistas.

De repente, ele estacionou.

— Acho que é melhor pararmos aqui e andarmos um pouco.

— Será que é melhor irmos em direções diferentes?

Josh refletiu sobre isso por um instante e assentiu.

— Provavelmente, é uma boa ideia. Melhor uso do tempo. — Ele expirou. — Mas, por favor, tenha cuidado, Carly.

Ele tinha sido esperto e pegado duas lanternas da casa, já que estava escuro agora. Pegamos uma cada e fomos em direções opostas, jurando manter contato por mensagem.

Depois de uma hora procurando, a situação começou a ficar sinistra. Eu não me sentia totalmente segura perambulando sozinha pelas estradas rurais no escuro, mas teria ficado ali a noite toda se significasse encontrar Scottie.

Mandei mensagem para Josh.

Carly: Achou algo?

Josh: Não. Posso te levar de volta para casa para dormir, mas vou ficar aqui fora.

Carly: Não quero voltar. Quero continuar procurando.

Josh: Certo. Me encontre de volta no carro.

Josh estava segurando uma sacola quando voltei para o carro.

— Comprei água e uns salgadinhos — ele disse, entregando-a para mim. Ele se apoiou no carro com a cabeça nas mãos. — Você reza, Carly?

— Não o suficiente, mas com certeza rezei hoje... baixinho praticamente o tempo todo.

Ele se virou para mim com os olhos vermelhos.

— Se ele levou um eletrônico, já deve ter acabado a bateria agora. — Ele balançou a cabeça. — Que porra! Não era para isso ter acontecido. Nunca vou me perdoar se acontecer alguma coisa com ele.

— Eu sei — murmurei, esfregando as costas dele. — Não podemos perdê-lo.

Após algumas lágrimas e um momento rápido de histeria,

conseguimos nos recompor de novo. Continuamos vasculhando as ruas a pé com nossas lanternas até o nascer do sol. Meus olhos estavam muito pesados, e Josh tinha bolsas sob os dele. Devíamos estar parecendo zumbis.

Como conhecíamos Scottie melhor do que qualquer um, os policiais tinham nos pedido para encontrá-los na casa de Wayne naquela manhã. Eles tinham uma lista de perguntas que queriam fazer.

Um policial estava nos esperando na casa quando chegamos. Nós o convidamos para entrar e colocamos nossos celulares para carregar antes de nos sentarmos com ele.

— Imagino que não dormiu ontem à noite — ele disse para Josh.

— Não, senhor.

— Bem, quero garantir a você que temos uma equipe inteira procurando o sr. Longo. Mas esperávamos obter informações de vocês que possam nos ajudar.

Passamos a meia hora seguinte contando todas as coisas preferidas de Scottie — seu frango, seus apps, sua música do Elton John de trás para frente. Eu não tinha total certeza de como essas coisas iriam ajudá-los a encontrá-lo, principalmente porque ele não tinha nada disso naquele momento. Pensar em sequer um policial estar ali na casa e não lá fora procurando-o me deixava inquieta.

Quando o policial foi embora, puxei a jaqueta de Josh.

— Vamos voltar lá para fora.

— Tem certeza de que não precisa dormir?

— Sim. Só preciso fazer xixi.

Usamos o banheiro rapidamente e, então, voltamos para o carro, desta vez seguindo para outra região a alguns quilômetros do bairro em que o lar estava localizado, sem nenhum motivo em particular, mas precisávamos expandir a busca.

Assim que estacionamos, Josh e eu nos dividimos de novo e fomos para direções diferentes. Rezei em silêncio a cada passo, sentindo que estava pedindo um milagre. Quanto mais tempo passava, era menos provável que encontrássemos Scottie são e salvo.

Cada um de nós andou quilômetros, distribuindo panfletos que as autoridades tinham feito com o rosto de Scottie neles. Deus, ele se parecia muito com Brad naquela foto. Mas, no fim, acabou sendo outro longo dia sem pistas.

Conforme a escuridão voltou, me senti perdendo as forças, e dava para ver que Josh estava assim também. Agora, cada canto de Woodsboro tinha sido vasculhado. Josh e eu não tínhamos comido, além dos salgadinhos que ele comprara em uma loja de conveniência na noite anterior. Apesar de nenhum de nós estar com fome no momento, eu sabia que precisávamos de sustância para outra noite de busca. E, em algum momento, sabia que meu corpo iria desligar.

Resolvemos parar em casa para usar o banheiro e engolir um fast-food que tínhamos comprado no caminho. Eu fizera o melhor que pude para encontrar algo que conseguisse comer. Minha dieta sem glúten não importava em tempos como esse.

Lorraine havia ligado para nos dizer que tinha saído da casa de Wayne para tomar banho na casa dela e dormir por algumas horas, então a casa estava vazia quando voltamos. As coisas estavam tão quietas que estava quase misterioso conforme Josh e eu nos sentamos um à frente do outro à mesa da cozinha e devoramos nossa comida. Em certo ponto, nossos olhos se fixaram um no outro, a expressão de Josh quase tão sem esperança quanto imaginei que a minha estivesse.

Comecei a falar algumas vezes, mas não saiu nada. Queria poder dizer a Josh que ficaria tudo bem, no entanto, não diria isso a menos que acreditasse do fundo do coração. A ideia de receber uma ligação me deixava aterrorizada, apesar de também estar desesperada para ter notícias. Meu nervosismo estava intenso enquanto me preparava para o pior. Precisava estar preparada, caso acontecesse algo.

Assim que estávamos prestes a sair de novo, o celular de Josh tocou. Tínhamos dado o número dele para a polícia, e meu coração se afundou mais do que eu tinha pensado que o faria.

TRINTA E UM

Carly

— Alô? — A mão de Josh tremeu conforme ele ergueu o celular até a orelha.

Seu peito subia e descia e seus olhos se movimentavam de um lado a outro.

Tem notícia. Só não sabia qual. Meu coração batia como um louco. Ele continuou assentindo e, de repente, os lábios dele começaram a tremer.

Ele olhou para mim.

— Ele está vivo. Eles o encontraram. Ele está vivo! Ele está bem.

Ele está bem.

Ele está bem.

Ai, meu Deus! Ele está bem!

Explodi em lágrimas, e uma quantidade enorme de ar escapou de mim. Parecia que o oxigênio tinha acabado de voltar para o meu corpo. Eu estivera um zumbi desde que chegara ali, e agora estava viva de novo.

Josh passou a mão pelo cabelo e andou de um lado a outro.

— Onde ele está? Podemos ir até ele? — Ele continuou assentindo, se virou para mim e sussurrou: — Eles vão trazê-lo aqui. — Ele assentiu um pouco mais. — Certo. Certo. Obrigado, senhor. Muito obrigado.

Depois que desligou, Josh jogou o celular e caiu de joelhos. Segurou a cabeça nas mãos e chorou. Fui até lá e me ajoelhei, juntando-me a ele no chão. Nos abraçamos e choramos de alegria. Lágrimas de amor.

Após muitos minutos, funguei e perguntei:

— Onde o encontraram?

Os olhos de Josh brilharam.

— Um cara chamou a polícia porque pensou que houvesse um urso dentro da casinha anexa ao balanço do filho dele. Graças a Deus, ele não atirou. Quando chegaram lá, não era um urso. Era Scottie. — Josh secou os olhos. — Ele havia se enfiado dentro da casinha por sabe Deus quanto tempo. É só o que sei. Disseram que os paramédicos o estão examinando antes de trazê-lo para casa, mas ele parecia bem, e talvez ele tenha guardado comida e água de alguma forma, porque não parecia desidratado.

Depois de ligarmos para Lorraine para contar a ela a notícia maravilhosa, Josh e eu mal conseguíamos ficar parados conforme esperávamos o carro aparecer. Quando, enfim, chegou, corremos para fora a fim de recebê-los.

Um policial abriu a porta de trás e deixou Scottie sair. Seu cabelo loiro desgrenhado estava bagunçado, e ele tinha um pouco de terra na camiseta, mas, de resto, parecia ótimo. Exatamente como nosso Scottie.

Josh envolveu as mãos nas bochechas de Scottie e beijou o rosto dele.

— Você nos assustou pra caramba, amigão.

Esfreguei o braço de Scottie.

— Estamos muito felizes que você esteja bem.

Com olhos enevoados, Scottie parecia meio desorientado, provavelmente em choque pela experiência de estar perdido. Ele ainda estava com seu iPad na mão, apesar de a tela estar preta. Devia ter acabado a bateria há muito tempo.

Ele olhou para mim e apontou para seu aparelho.

— Sim. Sim! — Me estiquei, nunca tão feliz de colocar algo para carregar para ele. — Vou carregar para você. É o mínimo que posso fazer. — Corri para dentro da casa a fim de conectá-lo ao carregador do meu celular.

Dois policiais nos acompanharam para dentro. Scottie se sentou em seu lugar no sofá, e eu lhe entreguei meu celular enquanto ele esperava que seu tablet carregasse. Eu havia aberto o site preferido dele e, felizmente, isso pareceu resolver por enquanto.

— Onde exatamente era essa casa? — Josh perguntou a um dos policiais.

— A pouco mais de um quilômetro do lar. É um milagre ele não ter sido atropelado por um carro.

Olhei para o teto e pensei em Brad. *O irmão dele o estava protegendo.*

Josh olhou para Scottie.

— O proprietário não faz ideia de por quanto tempo ele ficou lá?

— Não. O cara só percebeu há uma hora mais ou menos. Ele viu uma sombra se mexendo dentro da casinha e presumiu que fosse um animal, porque já apareceram animais por lá.

— Graças a Deus. Scottie, no fundo, é uma criança — eu disse. — Provavelmente, ele viu o balanço, e foi isso que o atraiu para esse quintal. Temos sorte de ele ter ficado em um lugar seguro.

— Os paramédicos o examinaram no local. Iriam levá-lo para a emergência, porém seus sinais vitais estão bons, e ele não parece estar desidratado. De alguma forma, ele teve acesso a comida e água. Desconfiamos que ele pode ter roubado algo de uma loja de conveniência porque preencheram um relatório sobre alguém que combinava com a descrição do sr. Longo. Relataram que um homem entrou e, descaradamente, pegou uma garrafa de suco de cranberry da geladeira e um pacote de Oreos antes de sair. A senhora do caixa tem uma perna machucada e não quis ir atrás dele, e ela falou que o homem apenas olhou para ela sem entender quando ela gritou para ele. Então, está alinhado com o que você relatou sobre o comportamento de Scottie. Mas esse relatório chegou pouco antes de o encontrarmos, então não tínhamos feito a conexão. Enfim, isso pode explicar por que ele está em boas condições. De qualquer forma, nós lhe demos água e algumas barras de granola, mas tenho certeza de que ele ainda está com fome.

— Scottie era um bandido em fuga. — Josh deu risada.

A porta se abriu rapidamente, e Lorraine entrou.

Ela avançou na direção de Scottie.

— Você nos deixou loucos de preocupação. — Scottie a ignorou, continuando a jogar no meu celular.

Depois de abraçá-lo por alguns segundos, Lorraine se juntou a nós onde estávamos parados com os policiais.

— Sou Lorraine Longo, tecnicamente a guardiã de Scottie — ela disse, estendendo a mão. — Mas, como provavelmente vocês sabem, ele morou com Carly e Josh antes de se mudar para o lar.

— Estão planejando levá-lo de volta àquela residência? — um dos policiais perguntou a ela.

Lorraine olhou na nossa direção para saber o que responder.

— Não — Josh respondeu inflexivelmente. — Pelo menos, não no curto prazo. Mas ainda não conversamos sobre isso.

— Certo, bem, nós os avisamos que o traríamos aqui porque foi isso que a sra. Longo nos instruiu a fazer no caso de ele ser encontrado. Terão que entrar em contato com o lar e avisá-los de seus planos.

— Faremos isso, senhor — Josh prometeu. — Não sei como agradecer por trazê-lo para casa em segurança.

O policial assentiu.

— É isso que fazemos, filho. É um prazer.

Os policiais se viraram para sair, e Scottie pulou do sofá. Ele se aproximou de Josh e começou a se despir. A calça dele estava na metade das pernas quando Josh o fez parar.

— Ele sempre faz isso? — Um dos policiais deu risada.

— Ele quer tomar banho — tentei explicar. — Não é muito sutil.

— Certo, vamos deixar vocês começarem sua noite — ele disse, parecendo desconfortável.

Depois que a porta se fechou, Josh tirou a camisa e a jogou para o lado.

— Nunca estive tão feliz de ficar pelado na minha vida. — Ele deu risada. — Vamos, Scottie! Vamos tomar banho!

— Festa do banho dos homens! — Dei risada.

Então, Josh percebeu que ele não tinha levado uma troca de roupas, assim, foi para o velho armário de Wayne e pegou umas coisas para ele e para Scottie.

Depois que desapareceram no banheiro, pude ouvir a música estourando pela porta. Estava uma verdadeira comemoração lá dentro. Todas as emoções dos últimos dois dias pareceram me atingir de uma vez. Lorraine havia ido para a cozinha preparar o frango de Scottie, e eu me sentei no sofá e chorei nas minhas mãos. Tínhamos tido tanta sorte hoje. Muita sorte mesmo.

Quando Josh e Scottie saíram, ambos estavam com o cabelo molhado e usando roupas de Wayne, que estavam muito justas.

Josh balançou os ombros, brincando, e zombou.

— Sem querer ofender, mas os limões vão vencer depois de quarenta e oito horas, Abóbora. Acho que você precisa tomar banho agora.

— Obrigada pelo conselho. E concordo. Desta vez, você tem razão. Vou ver se consigo encontrar algo para vestir também.

Fui para o quarto de Wayne em busca de algo que conseguisse vestir. Quando olhei nas gavetas, mal conseguia acreditar na minha sorte. Aparentemente, eu havia deixado para trás uma única calcinha da última vez que estive ali. Peguei uma das camisas verdes xadrez de Wayne e um short de cordão, então eu ficaria bem até ter a oportunidade de ir ao mercado no dia seguinte ou lavar a roupa com que tinha chegado.

Um banho quente nunca foi tão bom. Conforme a água escorria por mim, conversei com Deus, agradecendo a Ele ou Ela formalmente por trazer Scottie de volta em segurança. Então, falei com Brad e Wayne e jurei para eles que faria qualquer coisa que pudesse para garantir que isso nunca mais acontecesse. Apesar de todas as emoções, provavelmente foi o melhor banho da minha vida, não apenas pelo nível da gratidão em meu coração, mas porque nem conseguia me lembrar de quando fiquei dois dias sem tomar banho.

Quando saí, Lorraine estava na cozinha. Scottie já estava à mesa comendo seu frango.

Ela olhou para mim.

— Ah, nossa, você está interessante.

Olhei para minha camisa xadrez.

— Acho que quer dizer ridícula. — Dei risada. — Como fez esse frango com tanta rapidez?

— Tenho feito um monte dele, congelado e levado para o lar em porções. Ainda tinha um pouco no meu freezer, então o trouxe. Imaginei que ele fosse estar morrendo de fome.

Foi o mais rápido que já tinha visto Scottie devorar sua comida. E nunca estive tão feliz na vida por testemunhar alguém comendo.

— Cadê o Josh? — perguntei.

— Ele foi pegar umas coisas de Scottie no lar, e foi ao mercado para comprar roupas e outras coisas que você e ele possam precisar.

Assim que Scottie terminou, Josh retornou, e Lorraine voltou para a casa dela.

Éramos só nós três de novo, como se o tempo não tivesse passado.

Não apenas Josh tinha pegado a maioria dos pertences de Scottie, como também havia comprado comida para nós e umas coisas no Walmart.

— O que comprou no Walmart? — perguntei.

— Algumas roupas para mim. Imaginei que você fosse querer escolher suas próprias coisas amanhã, porém comprei umas calcinhas extras, pijama para esta noite e uma roupa que não vai te fazer parecer tão...

Olhei para a camisa xadrez de Wayne de novo e dei risada.

— O que está tentando dizer?

Ele deu uma piscadinha.

— Também comprei limões para sua axila, café e coisas para o café da manhã. Sabe, o essencial.

— Como é que você sabia o tamanho da minha calcinha?

— Havia uma mulher que parecia ser do seu tamanho, aí perguntei a ela que tamanho de calcinha ela usava. Ela pensou que eu fosse pervertido.

— Sério?

— Não. — Ele deu risada.

— Eu ia dizer que essa mulher, provavelmente, ficou empolgada por um cara como você estar interessado na calcinha dela.

— Rasguei um dos pacotes e dei meu melhor palpite. Mas também me acostumei com sua calcinha no passado, então meio que sabia seu tamanho.

Balancei a cabeça e dei risada.

Levamos nossa comida para a sala para que pudéssemos nos sentar ao lado de Scottie, nenhum de nós disposto a sair do lado dele por muito tempo.

— Qual é o plano? — perguntei depois que terminamos de comer.

Josh se virou para mim.

— Não faço ideia, Abóbora. — Ele sorriu. — O que acha de dormir? Parece um bom plano, para começar.

Bocejei.

— Realmente mal posso esperar para fazer isso.

— Mas sei que não era isso que você estava perguntando. Felizmente, vou ter uma ideia melhor sobre o que fazer quanto a Scottie e a situação de moradia assim que espairecer de novo. No entanto, isso será só amanhã.

Estava tarde. Depois que Josh levou Scottie ao quarto dele para colocá-lo na cama, fui até o quarto de Wayne, torcendo para Josh não tentar dormir no sofá. Eu estivera hesitante em falar sobre o assunto de onde iríamos dormir porque o problema parecia banal comparado a tudo pelo que tínhamos passado hoje. Resolvi deixar as coisas acontecerem sozinhas.

Abri a sacola das coisas que ele havia comprado para mim. Tirei uma calça de moletom fofa e uma blusa combinando que meio que parecia que tinha vindo do departamento juvenil. Mas cabiam em mim. Ele também tinha comprado um pacote de seis calcinhas tipo biquíni que realmente tinha sido rasgado. Então, fiquei boquiaberta quando tirei o pijama que ele mencionara. Era um macacão de tamanho gigante!

Que porra?

Ele apareceu na porta do quarto.

— Gostou do seu pijama?

— Como assim?

— Vou dormir na cama com você esta noite — ele explicou. — E, apesar de eu não fazer nada além de dormir agora, quando acordar de manhã, vou precisar de toda a ajuda que puder conseguir para manter as mãos longe de você.

Sentindo que eu não tinha nada a perder depois do inferno pelo qual passamos, desabotoei a camisa xadrez e tirei as roupas de Wayne bem diante dele. Josh engoliu em seco conforme absorveu a visão rápida dos meus seios nus e da calcinha. Manteve os olhos em mim a todo segundo enquanto eu vestia o macacão, fechando o zíper até em cima.

— Certo... — Ele soltou uma respiração trêmula. — Isso foi cruel, e acabou com o objetivo, sabe.

— Nada que você nunca tenha visto, Mathers — zombei antes de subir na cama.

Segundos mais tarde, senti o calor dele nas minhas costas. Josh envolveu os braços em mim e me puxou para perto. Quaisquer limites que tínhamos determinado da última vez que nos despedimos pareciam ter saído voando pela janela depois da experiência dos dois últimos dias. Quando o corpo dele envolveu o meu, fechei os olhos e me deixei aproveitar. Eu não fazia ideia do que o dia seguinte traria, mas dormir nos braços de Josh era tudo de que eu precisava esta noite.

TRINTA E DOIS

Carly

Na manhã seguinte, abri os olhos e vi Josh me encarando.

— Oi...

— Oi — ele disse com uma voz grossa, matinal.

— Você estava me olhando dormir?

Ele apoiou o queixo na mão.

— Estava.

— Era para eu fazer isso.

— Pensei em ganhar de você... observar você de forma bizarra antes de você acordar e me observar. — Ele deu uma piscadinha.

— Ouviu se Scottie já acordou? — perguntei.

— Não. Se tivesse, estaria lá e não aproveitando a vista daqui.

— Como você dormiu?

— Como uma pedra — ele respondeu. — E você?

— Como um bebê.

— Em um macacão. — Ele puxou meu pijama, enviando um raio de eletricidade por minha lateral.

— Exatamente. — Revirei os olhos.

Josh colocou a mão na minha cintura e apertou, seu toque despertando os músculos entre minhas pernas. Meus olhos foram para os quadris dele. Precisando desesperadamente tocá-lo, me estiquei e enfiei os dedos em seu cabelo viçoso. Ele fechou os olhos e gemeu. Fechei meus olhos por um instante e, antes que pudesse abri-los, senti o calor dos seus lábios nos meus.

Sim.

Sim.

Sim.

Imediatamente, abri a boca para ele e nossas línguas se reencontraram desesperadamente. O beijo ficou mais intenso conforme continuei a enfiar os dedos em seu cabelo, puxando com desejo. Sua ereção dura pressionou em meu abdome através do tecido do macacão bobo. Minha perna se envolveu no corpo dele. E... Foi nesse momento que ouvimos a porta abrir, seguido de um barulho na cama.

Scottie.

— Que porra... — Josh resmungou.

— Scottie! — Dei risada.

Ele veio entre nós e se ajeitou como se fosse uma coisa totalmente normal de se fazer. Apoiando-se na cabeceira da cama, ele ficou confortável e colocou um vídeo em seu aparelho. Josh e eu sorrimos. Eu sabia que nós dois estávamos agradecendo aos céus por ter Scottie de volta são e salvo.

— Ele nunca entrava aqui de manhã — eu disse. — Me pergunto se está verificando se ainda estamos aqui... por motivos óbvios.

Josh se arrastou para fora da cama.

— Você é o melhor bloqueador de pau do mundo, Scottie.

Apesar da emboscada, Josh ainda estava visivelmente duro através da calça de moletom cinza com que ele dormira. Ele desapareceu pela porta. Quem saberia o quanto levaríamos as coisas adiante se Scottie não tivesse interrompido?

Já que Scottie parecia satisfeito na cama, eu me levantei, deixando-o ali, e fui encontrar Josh, que agora estava parado ao lado da cafeteira na cozinha.

Ele ergueu uma caneca.

— Café?

— Sim, por favor. — Eu sorri. — Você está todo sexy nessa camiseta enquanto eu pareço a Coelhinha da Páscoa.

Ele se apoiou no balcão para esperar o café ser feito na máquina.

— Bem, meu plano de cobrir você dos pés à cabeça, para que eu não pudesse ter acesso fácil a você, não funcionou. Ainda te quero agora mesmo, apesar de estar com essa roupa. — Ele fez carinho no meu cabelo. — Precisamos conversar. Mas mais tarde. Talvez depois de Scottie ir dormir. Certo?

Engoli em seco.

— Certo...

Sem saber se ele queria conversar sobre Scottie ou sobre nós, não pedi para que explicasse; parte de mim estava com medo de descobrir.

— Só quero aproveitar este dia sem nenhum estresse — ele disse.

— O que vamos fazer? — perguntei.

— Nada. Ficar com ele. Assistir a uns filmes de Wayne. Tomar sorvete. Relaxar do pesadelo dos últimos dois dias. — A mão dele encontrou a minha.

Conectei meus dedos aos dele.

— Não vai me ouvir reclamar disso.

Josh me pegou nos braços e me segurou, descansando o queixo no topo da minha cabeça.

Uma batida à porta nos afastou um do outro.

— Quem será tão cedo assim? — ele indagou.

Josh foi atender, e eu o segui. Meu coração se afundou quando vi um policial ali parado. Sabia que Scottie estava seguro no quarto de Wayne, mas meu primeiro instinto foi entrar em pânico. Devia ser o trauma.

— Desculpe perturbar vocês, pessoal. — O policial olhou para mim e riu, um lembrete do quanto eu devia estar ridícula naquele maldito macacão. — O proprietário da casa onde o sr. Longo foi encontrado descobriu esta foto emoldurada no chão debaixo do lugar em que ele estivera escondido. Então pensamos em devolver a vocês. O sr. Longo devia estar segurando quando fugiu do lar.

Peguei a foto dele. Era uma de nós três tirada na festa de Natal de Michael e Vanessa.

— Uau. — Josh cobriu a boca, encarando a foto.

— Dei isso para ele quando o deixamos no lar naquele primeiro dia — expliquei ao policial. — Muito obrigada por devolver.

— É um prazer. Fico feliz que tenha dado tudo certo.

— Obrigado, de novo, senhor — Josh disse ao fechar a porta. Ele se virou para mim com um olhar indignado. — Scottie levou duas coisas com ele quando resolveu fugir... seu eletrônico e uma foto de nós três juntos. Tinha pensado que o fato de ele sair havia sido meio sem querer, só um resultado de eles deixarem a porta destrancada. Mas agora acho que ele deve ter planejado. — Josh coçou a cabeça. — Acho que ele estava...

— Nos procurando — finalizei a frase.

— É — Josh murmurou, em transe. — Puta merda, Carly.

Meu peito ficou pesado.

— Eu sei.

Tínhamos passado o dia descansando em casa, e foi glorioso. Apesar de eu ter ido rapidamente ao Walmart para comprar um pijama normal, mais alguns itens de vestuário e comida.

Agora, era quase hora de dormir e, de novo, estávamos descansando na sala. Josh e Scottie tinham tomado banho, e estavam olhando alguma coisa no iPad.

— Olhe o que ele está fazendo. — Josh apontou para a tela. — Está usando o filtro Andy Warhol de novo e, tipo, tem umas cem fotos do próprio rosto dele.

— Exatamente como nos velhos tempos — eu disse. — Ele deve gostar de si mesmo.

— Essa é uma boa qualidade. — Josh bagunçou o cabelo de Scottie. — Se ao menos todos gostássemos tanto assim de nós mesmos.

Scottie colocou a cabeça no ombro de Josh e continuou brincando com as fotos. *Ai, meu coração.*

— Ele está muito calmo esta noite — falei. — Dá para ver que está feliz de estar em casa.

Josh sorriu.

— E você pode culpá-lo?

— Não, não posso.

— Também estou feliz de estar aqui — ele disse.

— É loucura que precisou Scottie desaparecer para nos fazer ficar juntos de novo assim.

— Não do jeito que eu teria escolhido que acontecesse, com certeza — Josh falou.

Ele olhou para seu celular por um instante e colocou a mão no ombro de Scottie.

— Já passou da sua hora de dormir, cara. — Ele levou Scottie para o quarto a fim de prepará-lo para dormir.

Pareceu demorar uma eternidade para ele voltar para a sala, já que eu estava nervosa com a conversa que teríamos.

Quando Josh voltou, se jogou no sofá e descansou a cabeça por um instante. Apesar do quanto tínhamos relaxado hoje, Josh ainda parecia meio preocupado e exausto. Ele não começou a falar imediatamente, mas resolvi que não conseguiria mais esperar.

— Então... — Pigarreei. — Você falou que precisávamos conversar...

Ele se virou para mim e se endireitou.

— Sim. — Ele mexeu as pernas. — Então... — Ele pausou. — Quero saber se estaria disposta a ficar aqui por umas duas semanas com Scottie enquanto eu volto para Chicago.

Arregalei os olhos. Essa era a última coisa que pensei que ele fosse dizer.

— Vou me mudar para Woodsboro, Carly. Praticamente tomei essa decisão no instante em que pousei de novo aqui. Jurei a mim mesmo que, se Scottie voltasse em segurança para casa, eu nunca mais o deixaria sair da minha vista. Não quero que ele volte para o lar. Vou cuidar dele sozinho.

— Uau. — Assenti. — Então você... precisa que eu fique aqui enquanto vai pegar suas coisas?

— Basicamente, sim. Preciso conversar no meu trabalho para ver se eles estariam dispostos a me deixar trabalhar remotamente de forma permanente.

— E se não deixarem?

— Então vou pedir demissão e pensar em outra coisa. Ou vou trabalhar na empresa de construção de Neil em alguma vaga de gerência e contratar ajuda por meio-período para Scottie. Tentamos a coisa do lar, certo? Mas, claramente, ele não queria ficar lá. *Esta* é a casa dele. Ele merece ficar aqui, e quero que isso aconteça para ele, mesmo que eu tenha que contratar ajuda.

Não havia o que pensar. Assenti.

— Claro que vou ficar.

— Não é permanente — ele me garantiu. — Você pode voltar para a Califórnia assim que eu voltar.

Meu estômago se revirou quando falei a primeira coisa que me veio à mente.

— E se eu não quiser?

Isso pareceu surpreendê-lo. Caramba, até me surpreendeu.

— Você é bem-vinda para ficar o quanto tempo quiser — ele me disse. — Sabe disso. Só presumi que *quisesse* voltar para sua vida.

O que eu realmente queria era que ele me *pedisse* para ficar. Mas não queria tornar essa conversa sobre mim e ele. Ele havia acabado de tomar uma decisão enorme na vida, e falar sobre a questão complicada de em que pé estávamos não seria justo agora. Não achava que os motivos pelos quais ele pensava que não poderíamos ficar juntos haviam magicamente desaparecido no tempo em que ficamos longe.

Respirando fundo, resolvi confiar no processo. O destino havia nos unido de novo — mesmo que fosse temporário. Jurei não pensar demais em nada, aproveitar meu tempo com ele por quanto durasse e até aproveitar meu tempo sozinha com Scottie enquanto Josh ia para Chicago resolver as coisas.

Em vez de descarregar todas as minhas preocupações nele, apenas assenti.

— Está tomando a decisão certa, Josh.

Ele soltou uma respiração aliviada.

— Você acha?

— Com certeza.

— Vou pedir para Lorraine transferir a guarda dele para mim. Acha que ela vai aceitar?

— Acho que sim. Nós dois sabemos que ela não é capaz de cuidar dele. E acho que será um alívio para ela você querer assumir oficialmente.

— Me preocupei de que você pudesse achar que eu estava ficando louco, assumindo isso de forma permanente.

Indo me sentar ao seu lado, coloquei a mão na dele.

— Você já provou que consegue, Josh. Repetidamente. A verdade é que, mesmo que não seja perfeito nisto, ninguém vai amá-lo como você o ama. Você é o mais próximo que ele tem de família. E acho que Scottie será o cara mais sortudo do mundo em ter você como guardião dele.

Me peça para ficar. O que eu mais queria era que Josh me incluísse nesses planos. Mas era ele que deveria sugerir. Eu já tinha dado o sinal de que não queria voltar para a Califórnia. A bola estava na quadra dele. Com certeza, eu não ia insistir para nada. Jurei esperar até ele retornar de Chicago para começar a me preocupar com o que o futuro guardava.

Confie no processo.

Resolvi tomar banho antes de dormir. Estar perto de Josh de novo me deixava muito excitada — principalmente depois de não termos terminado o que começamos naquela manhã.

Sob a água, deslizei a mão para baixo e circulei meu clitóris. Queria tanto que Josh me tocasse o dia todo. Não sabia se ele planejava dormir na cama comigo de novo naquela noite, mas, de qualquer forma, eu tinha bastante certeza de que teria outra noite de frustração à frente.

Após alguns minutos, a porta do banheiro se abriu. Pulei, pensando que fosse Scottie, mas, quando vi a silhueta alta e musculosa com o cabelo me-foda através da porta enevoada de vidro, percebi que era Josh.

Meu estômago teve uns sobressaltos quando ele abriu a porta do box e entrou, gloriosamente nu. Meus olhos foram para seu corpo lindo. Eu não o tinha visto assim em muito tempo, e pensei que poderia nunca mais ter a oportunidade. Seu pau enorme brilhava com pré-gozo na ponta. Me sentindo envergonhada por encarar — ainda um pouco do trauma de quando ele me repreendeu na época —, me virei de costas para ele, encarando o chuveiro.

Seu corpo quente se pressionou nas minhas costas, sua voz vibrando em minha pele.

— Oi.

— Hum, olá — sussurrei.

— Tem problema? — ele perguntou.

— Não. — Suspirei.

Meus músculos se apertaram conforme ele colocava seu pau quente e rígido contra mim, deslizando-o em minha bunda.

— Senti falta desta bunda linda.

— Eu senti falta de *você.* — Sorri.

— Fiquei morrendo de vontade de você o dia todo, Carly. — Ele envolveu o braço na minha cintura. — Lavaria você com sabonete, mas, para ser sincero, quero que você só fique com meu cheiro esta noite.

Minhas pernas bambearam.

— Desde quando nos despedimos, não consegui parar de fantasiar sobre foder você. — Ele falou no meu ouvido: — Não estive com mais ninguém. Não *quero* mais ninguém. Só quero você. E preciso te mostrar o quanto agora mesmo.

— Me pegue — implorei.

— Quero te foder com força. Tudo bem?

Tremendo, assenti.

— Também quero.

— É? — Ele massageou meu clitóris.

— Sim, por favor.

— Tão educada. — Ele deu risada. — Apoie os braços na parede. Vai precisar se segurar.

Tremendo com desejo, fiz exatamente o que ele disse, apoiando ambas as mãos na parede de azulejo molhado.

O pau duro dele ainda estava para cima contra minha bunda, mas ainda sem me penetrar.

— Mal posso esperar para ver meu pau entrando e saindo de você e gozar dentro de você de novo.

Ele entrou em mim sem avisar, uma fricção quente e úmida, o calor queimando um fogo dentro de mim.

— Senti falta disto, querida. — Ele gemeu ao entrar até as bolas. — Pra caralho.

— Eu também. — Arfei conforme minhas paredes se agarravam a ele.

— Não quero precisar de você deste jeito, mas preciso. — Ele bombeou em mim mais rápido.

— Tudo bem — arfei.

— Me odeio, mas *amo* demais isto. — Ele tirou e, então, estocou com mais força. — Você me possui, Carly, mas não sinto que você poderia ser minha um dia.

Estocada.

— Sou sua — murmurei. — Senti muito sua falta, Josh.

Estocada.

— Também senti sua falta, linda. Vou muito para o inferno por isto, mas não dou a mínima. Preciso demais de você. Estou cansado de tentar fingir que não. — Ele circulou meu clitóris de novo conforme entrava e saía de mim. — Me diga se estiver te machucando.

— Não dói. Eu aguento.

As bolas dele batiam em mim enquanto ele levava a sério minhas palavras. Nunca tinha sido tão intenso, tão lindamente bruto.

Ele mordeu levemente meu ombro.

— Carly... — O corpo inteiro dele se balançou e uma onda de gozo quente me preencheu. — Caralho, não consigo parar. É demais. Tive que gozar.

Meu próprio clímax me percorreu alguns segundos depois, pulsação após pulsação de êxtase percorrendo meu centro até o ritmo dos nossos movimentos diminuir.

Ele enfiou o dedo em mim após voltarmos de nossos orgasmos.

— Amo sentir meu gozo dentro de você. — Josh beijou gentilmente minhas costas e permaneceu atrás de mim conforme continuei apoiada na parede, saciada. — Amo mais ainda vê-lo escorrer de você — ele disse, rouco.

Sem fôlego, murmurei:

— Josh... Eu...

— O que foi, linda?

— Não sei o que fazer com você.

— Eu sei o que pode fazer. — Ele me virou e colocou a testa na minha. — Me leve para a cama para podermos fazer isso de novo. Porque não estou nem perto de terminar com você esta noite.

TRINTA E TRÊS

Josh

Eu precisara ficar em Chicago um pouco mais de duas semanas.

A longa viagem de volta a New Hampshire era exaustiva, mas, já que eu queria levar meu carro, dirigi em vez de ir de avião. Vamos só dizer que isso acabou me dando muito tempo para pensar — principalmente no fato de que eu não queria que Carly fosse embora. E precisava avisá-la disso sem parecer um babaca egoísta. Ao mesmo tempo, pedir para ela ficar significaria pedir para ela desistir de sua vida na Califórnia. Também significaria eu me comprometer com ela de uma forma que desprezaria meu próprio juramento de não trair Brad.

Em meu coração, eu sabia que não poderia evitar o jeito que me sentia por ela só porque pensava que deveria. Teria dado qualquer coisa para ter uma conversa de verdade com Brad sobre isso, para realmente saber o que ele achava. Mas nunca saberia, apesar de rezar para ele enviar um sinal.

Ainda faltavam uns oito quilômetros até chegar em Woodsboro. Ao passar pela cidade vizinha de Shearborn, vi uma placa ao longe.

St. Francis Abbey: Lar dos Monges Trapistas de St. Francis

Era um complexo lindo no meio de um campo enorme e aberto, localizado no topo de uma colina. Com inúmeros prédios anexos um ao outro, também havia uma catedral grande ao lado. *Uau*. Era para este lugar que Wayne havia doado dinheiro. Como eu nunca tinha reparado naquela propriedade em todos os anos que morei naquela região?

Em uma decisão de última hora, pisei no freio e virei o carro, finalmente parando no estacionamento do monastério. Aquele lugar tinha sido um mistério para mim desde que eu descobrira todos os cadernos de anotações na casa. Não conseguia entender por que isso tinha sido tão importante para Wayne. Talvez não se tratasse dos monges, mas, sim, do que eles poderiam fazer por ele. Mas ele deve ter tido seus motivos para fazer as doações.

Quando toquei a campainha da entrada principal, soou uma série de sinos. Um homem vestido com uma capa preta e comprida abriu a porta.

Em que porra fui me meter?

A voz dele era baixa e gentil.

— Posso ajudá-lo?

Pisquei.

— Não tenho certeza.

— Está encrencado?

— Não, não. Desculpe. — Olhei além do ombro dele para uma estátua enorme religiosa pela qual Wayne, provavelmente, tinha pagado, caso contrário o vestíbulo estaria vazio. — Eu... só estou curioso sobre este lugar. Significou muito para alguém que significava muito para mim.

— Gostaria de entrar?

Pensei por um segundo. Apesar de estar ficando tarde, me senti obrigado a entrar — como se o lugar estivesse me chamando e, de alguma forma, não fosse uma coincidência eu ter passado por ele.

— Claro. Obrigado.

Ele me levou a uma pequena sala de espera logo depois da entrada.

— Você é da região? — ele perguntou.

— Na verdade, estou me mudando de volta para Woodsboro. Estou me realocando de Chicago, mas cresci aqui.

— O que o traz de volta?

— Vou cuidar de um familiar adulto com transtorno do espectro autista. — Pausei. — Você está falando comigo. Por que pensei que monges fizessem silêncio?

Ele deu risada.

— Não mantemos o silêncio perpétuo aqui. Atualmente, isso é raro. Embora tenhamos momentos de silêncio e certamente evitemos conversa fiada.

Arqueei uma sobrancelha.

— Isto não é considerado conversa fiada?

— Quando a conversa é necessária para ajudar os outros, é encorajada. Tenho a impressão de que você está precisando de um direcionamento.

Tem razão. Passei os minutos seguintes atualizando-o da situação com Scottie, sem mencionar nenhum nome. Mas, por fim, não consegui me aguentar.

— Na verdade, você deve conhecer o pai de Scottie.

Ele cruzou as mãos no colo.

— Ah, é?

— Wayne Longo.

O homem arregalou os olhos.

— Wayne Longo... sim, com certeza reconheço o nome.

— Imaginei que sim. Claramente, este lugar significou muito para ele. Encontrei um monte de cadernos de anotações com o nome deste monastério na casa de Wayne. Presumo que ele deva ter doado bastante dinheiro para ganhá-los.

O monge assentiu.

— De fato, ele doou.

— Tem alguma ideia do porquê? Quero dizer, não que alguém precise de um motivo para doar para seu monastério, mas...

— As pessoas doam para o monastério com pedidos específicos de oração. Então, adicionamos o pedido delas em nossa bênção diária.

— Wayne estava, tipo, no pagamento automático ou algo assim? — brinquei.

Ele não esboçou um sorriso.

— Wayne sempre tinha o mesmo e único pedido: que rezássemos para o filho dele, para que Scottie sempre fosse cuidado, estivesse seguro e zelado no caso de algo acontecer com Wayne.

Demorei um instante para absorver isso.

— Sério...

— Sim. Era a única coisa que ele pedia.

— Uau.

— Então parece que as orações dele foram atendidas.

Desviei o olhar, absorvendo essa revelação.

— É. Acho que sim.

— Tem mais alguma coisa te incomodando... — ele disse.

Esse monge tinha um sexto sentido. Não havia motivo para me conter.

— Como falei para você, o filho mais velho de Wayne, Brad, faleceu em um acidente antes de Wayne morrer. — Inspirei um pouco de ar. — Temo que eu tenha me apaixonado pela noiva de Brad... a mulher de quem ele estava noivo antes de morrer. Estávamos cuidando de Scottie juntos e nos apaixonamos. Não sei como *não* a amar, mas também não sei como lidar com o fato de trair meu amigo.

A expressão do homem não mudou. Ele não parecia afetado pelo que eu tinha acabado de confessar.

— Seu amigo tem um propósito muito maior agora do que se preocupar com essas coisas — ele disse.

— Como sabe disso?

— Ele está com Deus. Não mais conhece ciúme ou sentimentos de traição. Além desta vida, é compreendido que essas coisas são venenos. Elas não existem com Deus. Só há amor e perdão.

— Está dizendo que Brad não ficaria bravo comigo por, basicamente, viver a vida que era para ele ter aqui? Ele não acharia injusto?

— Essa vida que ele conheceu aqui na Terra acabou, filho. Brad está em um lugar melhor. Mas, mesmo se ele *estivesse* preocupado com essas coisas, duvido que iria querer que seus entes queridos sofressem, se o que você e ela querem é ficar juntos. Mas, de novo, Brad está com Deus, e suas ações agora não são mais relevantes para ele.

A perspectiva dele, no mínimo, era uma na qual eu queria desesperadamente acreditar.

Assenti.

— Nunca pensei nisso dessa forma, acho... que ele seguiu em frente de qualquer emoção que pudesse surgir com as coisas acontecendo aqui. Na maioria dos dias, ainda é difícil, para mim, compreender que ele realmente se foi.

— Ele não se foi — o homem corrigiu. — Ele está com Deus, filho. E você está aqui, cuidando do irmão dele. E recuperando o coração partido de sua querida... — Ele pausou. — Qual é o nome dela?

— Carly.

— Carly. — Ele fechou os olhos por um momento. — Deus abençoe vocês dois.

— Obrigado. Agradeço imensamente por suas palavras gentis. — Me levantei da cadeira. — Por mais que eu tenha que ir, sinto que era para eu parar aqui hoje. Você não faz ideia do quanto me ajudou. Isto pareceu vir no momento exato em que eu precisava.

— É assim que funciona, filho.

O monge me acompanhou para fora, e saí de lá sentindo uma paz que nunca havia esperado. Pareceu um presente — de Brad ou Wayne, talvez de ambos.

Durante toda a minha viagem hoje, tinha desejado poder conversar com Brad. Agora escolhi acreditar que ele tinha se comunicado comigo através do monge Trapista. Ou talvez eu *tivesse* que acreditar nisso a fim de fazer o que eu sabia que precisava fazer assim que chegasse em casa.

Carly soltou a roupa que estava dobrando e correu até a porta quando me viu.

— Você voltou! — Ela me abraçou.

— Oi, Carly... — Inalei demoradamente seu cheiro.

— Fiquei com saudade.

— Também fiquei com saudade. — Apertei-a com mais força. — Muita, linda.

Ela recuou, parecendo surpresa.

— Sério?

Me inclinei para beijar sua testa.

— Sério...

Me sentei ao lado de Scottie no sofá, interrompendo seu tempo na internet.

— Também fiquei com saudade de você, amigão.

Primeiro, ele mal fez contato visual comigo. Depois, enfim, olhou para mim antes de apertar o ícone "tomar banho" de seu app.

— Ainda não. — Dei risada, levantando-me do sofá. — Mas em breve, ok?

Carly estava parada à minha frente.

— Como foi a viagem?

Esfreguei a mão em seu braço.

— Longa.

— Foi tudo tranquilo para sair de seu apartamento?

— Felizmente, o proprietário vai ficar com toda a minha mobília. Ele comprou por uma mixaria.

— Pelo menos você não precisa lidar com ter que trazer os móveis.

— Exatamente.

— Seu chefe aceitou tudo?

— Por enquanto, sim. Vamos ver como vai ser. Haverá vezes em que vou ter que voltar para Chicago, mas vou contratar alguém para Scottie quando isso acontecer. Felizmente, vai dar tudo certo.

Ela olhou para baixo. A incerteza que eu sabia com que ela estava lutando era palpável. Isso era culpa minha. Eu tinha deixado tudo em um limbo antes de ir para Chicago. Isso foi porque eu ainda estivera com a culpa e me contendo. Não mais.

— Você está bem? — perguntei a ela.

— Sim. — Ela fingiu um sorriso. — Só não sei como as coisas estão. Está meio que me corroendo.

— Tive a sensação de que sabia o que você estava pensando. — Acariciei sua bochecha com as costas dos dedos. — Bem, *eu* também estive pensando. Sobre nós. Ia esperar para ter esta conversa quando Scottie tivesse ido dormir, mas estou vendo agora que não dá para esperar nem mais um segundo.

Ela colocou a mão acima do coração, como se estivesse se preparando. Isso me doeu. Entendia por que ela presumia que isso iria doer. Eu a tinha condicionado a pensar o pior por tanto tempo, afastado-a por tempo demais. Não mais.

Peguei a mão dela na minha.

— Carly, deixei você ir porque pensei que a pior coisa que eu poderia fazer com Brad era amar você. Então tentei impedir que isso acontecesse, como se tivesse escolha. — Apertando a mão dela, olhei profundamente em seus lindos olhos verdes. — Mas percebi que *não consigo* parar de amar você. E, mesmo que diga a mim mesmo que não devo ou não posso, não importa. Ainda amo. — Respirei fundo. — Amo você, Carly Garber. Amo muito você, e não quero que vá embora. Nunca. Quero você aqui neste buraco na floresta com a gente. Mas só se você quiser ficar. Sei que é pedir muito abandonar suas clientes lá e...

— Não há nada que eu queira mais, Josh. — Lágrimas preencheram os olhos dela. — Nunca estive mais feliz do que aqui com vocês dois. *Tudo* de que preciso está aqui. — Ela olhou para Scottie e de volta para mim. — Só estava esperando você pedir. — Ela envolveu as mãos no meu rosto. — E, ai, meu Deus, eu também amo você!

Meu corpo, enfim, relaxou. Conforme nossos lábios se encontraram, só consegui pensar que mal podia esperar para Scottie dormir naquela noite.

Interrompi nosso beijo para adicionar uma coisa.

— Quero enfatizar que quero que fique *não* porque preciso da sua ajuda, mas porque não quero ficar longe de você de novo. Não consigo imaginar minha vida sem você.

Ela massageou meu cabelo.

— Você sofreu com sentimentos de culpa por tanto tempo. O que mudou?

— Sei há um tempo que amo você. Sabia que precisava te dizer como me sentia quando voltasse dessa viagem, mas algo aconteceu na volta para casa hoje. — Olhei para o teto, ainda perplexo com aquele encontro mágico. — Foi incrível, e vou te contar a história toda outra hora. Mas, por enquanto... Acredito que Brad aceite nós dois. Ele me enviou essa paz hoje. Ele nos ama. E quer que sejamos felizes.

— Uau. Certo. — Ela secou os olhos. — Estava preocupada que você fosse me falar para voltar para a Califórnia... assim como nos outros dias.

— Nunca mais, Abóbora. — Eu a ergui e girei. — Um dia você pensou que se apaixonaria por um porco do mal?

— Um dia imaginou que aprenderia a amar meu rosto? — ela disse quando a coloquei no chão.

— Não apenas amo seu rosto... — Coloquei a testa na dela. — Vejo meus futuros filhos nele.

Carly pareceu aturdida ao sorrir para mim, com os olhos brilhando.

— Uau — ela sussurrou.

Conforme nos abraçávamos, continuei me sentindo em paz. Aquele encontro no monastério tinha me libertado, em parte porque eu simplesmente *tinha* que acreditar nisso para poder me permitir ser feliz.

Me virei para Scottie.

— Amigão, o que acha de Carly ficar com a gente permanentemente? Nós três morando juntos de novo... mas para sempre desta vez?

A resposta dele foi pular de seu assento, aproximar-se de nós e apertar o ícone do banho de novo em seu aparelho.

Dei tapinha nas costas dele.

— Muito bem, meu amigo. Seu plano de fuga não apenas te fez voltar para onde pertence, como finalmente colocou um pouco de noção em mim. Tenho que te agradecer por nos fazer voltar para cá.

Dei um beijo nos lábios da *minha mulher* e disse:

— Sei que Brad sempre será o amor da sua vida... Mas espero que você tenha espaço para um segundo.

Carly envolveu um braço em mim e o outro em Scottie.

— Tenho espaço para três.

EPÍLOGO

Carly

Um ano depois

Um envelope interessante tinha chamado minha atenção quando fui verificar a caixa de correios.

Era dos Monges Trapistas de St. Francis e endereçado a Josh. Curiosa demais, eu o rasguei e, claro, dentro havia um dos caderninhos de *Um agradecimento dos Monges Trapistas de St. Francis*.

Hã. Interessante.

Falando em Josh, ele estivera fora por muito tempo naquela tarde, e eu estava ansiosa para ele voltar para casa. Ele falara que ia fazer umas coisas, mas estava fora há umas duas horas.

Scottie e eu, por outro lado, estávamos tendo um dia de preguiça. Me sentei ao lado dele no sofá conforme ele deslizava pelas fotos no álbum de seu iPad. Cobri a boca quando ele chegou a umas fotos mais espontâneas de Josh nu no banheiro. Não apenas isso, ele decidira colocar o filtro Andy Warhol nelas desta vez.

Imediatamente, peguei meu celular.

Carly: Agora seu pau foi imortalizado com o filtro de Andy Warhol.

Josh: Estou surpreso por ter demorado tanto.

Carly: Vamos vendê-las? 😉

Josh: Estou pensando em apagá-las.

Carly: Pode deixar! Já está voltando?

Josh: Só tenho que resolver umas coisas. Devo chegar logo em casa. Por quê? Está precisando de algo?

Carly: Sempre estou precisando de algo de você. 😉 Mas não, não estou com pressa.

Josh: Já volto, linda.

— Deixe-me ver isso um segundo, Scottie. — Peguei seu aparelho e comecei a apagar todas as fotos do pau Warhol de Josh antes que elas chegassem nas mãos erradas. Felizmente, Scottie só trocou para outro tablet.

Depois que as fotos problemáticas estavam apagadas, olhei algumas das outras. Scottie tirava as fotos mais bizarras e tinha gravado uns vídeos estranhos. Muitos deles eram simplesmente vídeos de outros vídeos de seus tablets. Mas, de longe, sua coisa preferida era tirar fotos de si mesmo ou de Josh e colocar filtros nelas. Felizmente, muitos deles eram para todas as idades.

Vi um monte de vídeos feitos durante sua rotina de sono com Josh também. Josh lia muito para ele à noite e, com frequência, eles tinham conversas unilaterais engraçadas, de homem para homem. Eu xeretava às vezes, e era a coisa mais adorável. Josh conversava com Scottie como se ele respondesse. Ele se abria para ele sobre coisas que poderiam estar incomodando-o e fazia perguntas. Às vezes, Scottie fazia um breve contato visual com ele.

Sorrateiro como sempre, Scottie, aparentemente, tinha gravado algumas dessas conversas. Apertei play em um vídeo desse. Só conseguia ver a lateral do corpo de Josh conforme ele falava com Scottie. Algo que ele disse no meio da conversa me fez congelar.

— *Posso te contar um segredo, Scottie? Tenho uma grande surpresa para Carly no sábado. Ela nem advinha, e eu mal posso esperar. Você sabe guardar segredos, certo? Você é o melhor guardador de segredos do mundo. Essa é uma das coisas que amo em você. Posso te contar qualquer coisa, e sei que ninguém vai descobrir.*

Pausando-o, olhei para a data do vídeo; tinha sido gravado há três dias. Isso significava que o sábado a que ele estava se referindo era *hoje*. Imediatamente, eu o fechei sem ouvir mais nada porque não queria estragar a surpresa. Josh estava tramando alguma coisa. Minha mente acelerou para adivinhar qual poderia ser a surpresa, tentando não pensar no que meu coração queria.

Será que é possível que ele me peça para casar com ele?

Josh e eu tínhamos falado sobre nos casarmos no ano anterior. Mas também concordamos que não precisávamos da formalidade para validar nosso relacionamento. Josh nunca tinha parecido definir isso, então nunca havíamos chegado a uma conclusão.

Mas parte de mim sempre meio que torcia para ele me pedir, de qualquer forma, mesmo que eu não precisasse de um papel para me sentir satisfeita. Eu já tinha tudo de que precisava. Josh, Scottie e eu havíamos formado, de verdade, uma vida juntos ali em Woodsboro. Josh continuava trabalhando remotamente, e ele só viajava de vez em quando para Chicago. E eu havia começado meu próprio negócio de viajar para maquiar em eventos especiais, cobrindo a maior parte de New Hampshire e outras partes de New England. Também estávamos fazendo planos de fazer uma reforma na casa para que tivéssemos mais espaço.

Tudo estava perfeito, então por que eu precisava de um documento a fim de legitimar meu relacionamento com Josh? Eu sabia que ele era o certo para mim independente de qualquer coisa, e ele sabia que eu não iria a lugar nenhum, então não havia motivo para colocar pressão em nós dois.

Suspiro. Dito tudo isso — parte de mim ainda queria ser esposa dele.

No resto daquela tarde, fiquei ansiosa. Piorava quanto mais Josh ficava fora. Qualquer que fosse a surpresa, pensei se tinha dado errado. Ele havia me dito que voltaria logo há mais de uma hora.

Quando seu carro, enfim, chegou, meu coração quase pulou do peito. Eu estava tão nervosa — por ele e por mim porque sabia que, provavelmente, tinha elevado minhas esperanças exageradamente.

Me sentei casualmente no sofá ao lado de Scottie, como se não estivesse esperando com a respiração suspensa Josh entrar. Ainda assim, quando a porta se abriu, me levantei. Era demais para permanecer indiferente.

O som de uma coleira de cachorro tilintou atrás dele.

Então eu o vi — um goldendoodle familiar.

Bubba-Hank?

Lágrimas preencheram meus olhos e corri para o cachorro grande e peludo.

— Como assim? — chorei quando o cachorro começou a pular em mim e lamber meu rosto. — O que ele está fazendo aqui, Josh?

— Surpresa! — Josh sorriu.

— Você não o roubou, né?

— Claro que não. Não sou um ladrão como você. — Ele deu uma piscadinha.

— Então o que ele está fazendo aqui?

— Ele voltou, querida.

— O que quer dizer?

— A pobre mulher que era dona dele faleceu.

— Ah, não. — Olhei para ele. — Mas como você soube disso? Estava perseguindo-a ou algo assim?

Ele deu risada.

— Não. Mas sempre me lembrava do nome dela e onde moravam. Então, fiz umas pesquisas e entrei em contato com a filha dela há um tempo para ver como ele estava. Naquela época, ela me contou que a mãe estava doente, mas ainda queria o cachorro. Falei para ela que Bubba-Hank significava muito para você e, se algo mudasse na situação, nós adoraríamos pegá-lo. Não achei realmente que fosse dar em algo, mas então recebi uma ligação dela há umas duas semanas. Ela me contou que a mãe tinha morrido, e o cachorro era responsabilidade demais para ela. Ela queria saber se ainda o queríamos.

A esperança me preencheu.

— Ele não vai voltar?

— Não. Ele veio para ficar.

Enfiando o nariz em seu pelo castanho-alaranjado, eu chorei.

— Esta é a melhor surpresa que você poderia ter me dado, Josh. Pensei que estivesse feliz antes, mas ter Bubba-Hank de volta? Agora me sinto completa. — Me levantei e abracei Josh conforme o cachorro nos rodeava. — Por que demorou tanto para voltar?

— Bem, a filha da mulher mora em Massachusetts. Tive que buscá-lo lá. Houve um acidente na 93 na volta, então demorou uma eternidade. — Josh se inclinou para me beijar. — Estou tão feliz que tenha dado certo.

Bubba-Hank se acomodou no lugar vago no sofá ao lado de Scottie como se nunca tivesse saído daquela casa. Me sentei do outro lado dele e massageei suas orelhas por muitos minutos. Os olhos de Bubba-Hank se fecharam lentamente. Scottie não pareceu perturbado pela presença do cachorro. Josh se sentou à nossa frente, parecendo ter um imenso prazer ao me observar me reencontrar com meu cachorro precioso.

A pilha de correspondência que eu havia pegado mais cedo estava na mesa de canto ao lado dele.

— Você ganhou um caderno de anotações dos monges. Deve ter feito doação.

— Ah. — Ele se virou e pegou o envelope contendo o caderno. Ele o tirou e o folheou. — É. Pensei em manter a tradição.

— Há algo em particular pelo qual está pedindo para eles orarem?

— Tenho algumas coisas. — Ele sorriu, mas não explicou. Então se levantou e foi até a cozinha. Quando voltou, me entregou um recado ao passar pelo sofá.

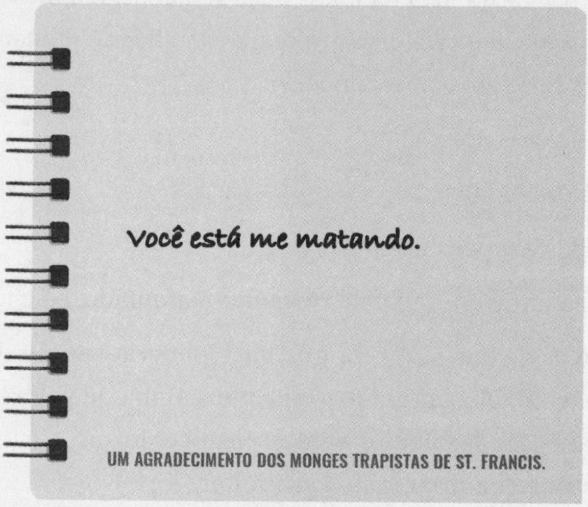

— Sobre o que é isto? — Pisquei. — Por que estou te matando?

Ele se sentou de volta à minha frente, esfregando as mãos juntas. Seu rosto, na verdade, estava ficando vermelho.

O que está acontecendo?

Ele apontou para o cachorro.

— Acho que Bubba-Hank quer um carinho no pescoço. Sabe, bem debaixo da coleira dele. Por que não faz?

Semicerrando os olhos, cética, comecei a massagear o pescoço do nosso goldendoodle. O cachorro fechou os olhos, parecendo estar no paraíso.

Então dei uma olhada melhor no pingente pendurado em sua coleira. Eu não tinha visto o que realmente estava *escrito* nele. Gravado no pingente estava uma mensagem: *Casa comigo?*

Minha boca se abriu e olhei para Josh. Quando vi, ele estava de joelhos na minha frente.

Minhas mãos tremiam.

— Devo ser idiota por não ter visto.

— Não conseguia esperar nem mais um segundo, Abóbora. Entrei em casa tão nervoso, e se passou quase uma hora, e você ainda não tinha visto. — Ele abriu uma caixinha vermelha de anel, suas mãos tremendo. — Carly, sei que falamos sobre casamento e eu disse que não era uma coisa que precisávamos ter, mas eu *quero* que você seja minha esposa. *Quero* que tenha meu sobrenome. Talvez eu só seja bem egoísta. — Ele tirou a aliança da caixa e a estendeu, respirando fundo e demoradamente. — Perdi meu melhor amigo quando Brad morreu. Ele sabia que eu precisava de uma nova melhor amiga. Agora acredito que seja por isso que *ele* me enviou você. Sou tão feliz todos os dias para onde a vida me levou, mas, principalmente, pelo que ela me trouxe. — Josh colocou a aliança no meu dedo. — Espero que você diga sim.

Minha boca continuou aberta. Enfim, encontrei as palavras.

— Sim! — Eu o abracei. — Milhões de vezes, sim, Josh Mathers.

Ele me apertou forte, e pude sentir seu coração batendo contra mim. *Uau*. Ele estava nervoso mesmo. Quando me soltou, virou-se para Scottie.

— Vamos nos casar, amigão! Está empolgado?

Scottie o encarou sem expressão, então apertou o ícone em seu aparelho.

"Quero tomar banho."

Josh deu um tapa, brincando, na perna dele.

— Obrigado por compartilhar sua alegria, cara. — Ele se voltou para mim. — Gostou da aliança? Estava com medo de, talvez, ser original demais.

— Eu amei — respondi, olhando para o desenho ornamentado. Nunca tinha visto nada igual. A pedra central era um diamante alongado no formato de um hexágono, flanqueada por dois diamantes menores no mesmo formato.

— É diferente da que Brad comprou para você — ele disse. — Não queria ser presunçoso quanto a isso de nenhuma forma. Ele deu para você uma pedra enorme, redonda... centralizada e perfeita, exatamente como ele era. Esta aliança... bem, acho que, provavelmente, não é algo que você estava esperando. Mais igual a mim. Irregular nas beiradas.

— É exatamente isso. Inesperado e nada como eu tinha imaginado... algo que eu nunca soube que precisava tanto. É o que você é, Josh. E é por isso que esta aliança é perfeita. — Olhei para ele de novo. — Eu a amei muito. E amo *você*. Você me fez a mulher mais feliz do mundo hoje.

— Jura por Bubba-Hank?

Me inclinei para abraçar nosso cachorro fofo.

— Juro por Bubba-Hank.

Josh se levantou de sua posição ajoelhada, e Bubba-Hank, imediatamente, começou a transar com a perna dele. Josh o ignorou, ainda sorrindo para mim com um olhar de puro amor.

Esse homem era a última pessoa que eu tinha sonhado que me amaria assim. O quanto eu era sortuda por ser amada por *dois* grandes homens na minha vida?

— Pensei que minha vida tivesse acabado quando Brad morreu — contei a ele, fazendo carinho em sua barba por fazer. — Nunca imaginei que gozaria minha vida com você.

Josh deu uma piscadinha.

— Agora vou poder te fazer gozar pelo resto da sua vida.

Uma vez, ouvi um ditado que a família é o maior bem que alguém pode ter. Sem ter noção de família na época, não entendi. Claro, nossa família não era convencional. Meu futuro marido, uma vez, foi meu pior inimigo. Nosso cachorro gostava de transar com a perna dele. E nosso bebê pesava noventa quilos.

Não há cerca branquinha nem gramado aparadinho. Nada é perfeito, e *tudo* é caótico. Mas há um monte de amor. E se a família é o maior bem que se pode possuir? Bem, então eu sou rica.

AGRADECIMENTOS

Preciso começar agradecendo meus amados leitores de todo o mundo que continuam apoiando e promovendo meus livros. Obrigada por permanecerem comigo nesta jornada e por me permitirem ter esta carreira. Para todos os blogueiros de livros e influenciadores que trabalham incansavelmente para me apoiar livro após livro, por favor, saibam que estimo muito vocês.

A Vi. Sou muito grata por continuarmos a fazer mágica juntas quase uma década depois. Você é a melhor amiga e parceira do crime que eu poderia pedir. Que venham mais dez anos.

A Julie. O epítome de força e resiliência. Dez dedos na areia!

A Luna. Obrigada por seu amor e apoio, um dia sim, e no outro também. Sou grata por sempre estar a uma mensagem de distância quando preciso de você e que eu possa te ver uma vez por ano.

A Erika. Sempre será uma coisa de E. Sou muito grata por seu amor, humor e visitas de verão. Obrigada por sempre iluminar meus dias com seu espírito otimista.

A Cheri. Obrigada por sempre ter cuidado e nunca se esquecer de uma quarta-feira. Você sabe qual cena deste livro foi escrita para você!

A Darlene. A melhor boleira de bolo de cenoura do mundo e uma amiga melhor ainda. Obrigada por ser tão doce comigo.

Ao meu grupo de leitura do Facebook, Penelope's Peeps. Adoro todos vocês. Vocês são meu lar e o lugar preferido de estar.

À minha agente, Kimberly Brower. Obrigada por trabalhar duro para conseguir que meus livros cheguem às mãos de leitores pelo mundo todo.

À minha editora, Jessica Royer Ocken. É sempre um prazer trabalhar com você. Anseio por muito mais experiências que virão.

A Elaine, de Allusion Publishing. Obrigada por ser a melhor preparadora, formatadora e amiga que uma garota poderia pedir.

A Julia Griffis, de The Romance Bibliophile. Seu olho de águia é maravilhoso. Obrigada por ser tão maravilhosa de trabalhar junto.

À minha assistente, Brooke. Obrigada por trabalhar duro para lidar com todas as coisas que Vi e eu nunca conseguimos fazer. Gostamos muito de você!

A Kylie e Jo, de Give Me Books. Vocês são realmente as melhores que existem! Obrigada por seu trabalho promocional incansável. Eu estaria perdida sem vocês.

A Letitia Hasser, de RBA Designs. Minha incrível capista. Obrigada por sempre trabalhar comigo até o produto final estar exatamente perfeito.

Ao meu marido. Obrigada por sempre assumir muito mais do que deveria para que eu possa escrever. Amo tanto você.

Aos melhores pais do mundo. Tenho muita sorte em ter vocês! Obrigada por tudo que já fizeram por mim e por sempre estarem lá.

Por último, mas não menos importante, para minha filha e meu filho. A mamãe ama vocês. Vocês são minha motivação e inspiração!